LE QUARTIER DES MAUDITES

DU MÊME AUTEUR

Le Saut de l'ange, Fixot, 1987.
Tristes Plaisirs, Fixot, 1989.

avec la collaboration de Marie-Thérèse Cuny

Maud Marin

LE QUARTIER DES MAUDITES

avec la collaboration de
Marie-Thérèse Cuny

FIXOT

Les événements et les situations décrits dans cet ouvrage sont authentiques. Toutefois, les noms des personnes et des lieux, ainsi que les dates, ont été changés.

Juger, c'est de toute évidence ne pas comprendre, puisque si l'on comprenait, on ne pourrait pas juger.

André Malraux
Les Conquérants

S'il y avait un Nüremberg des prisons, je plaiderais coupable.

Docteur Georges Fully
Médecin inspecteur des prisons

Prisonnière

J'ai voulu voir l'Espagne et on a vu l'Espagne. C'est qu'en Espagne, un honneur vient de m'être fait : la traduction, en langue catalane, de mon premier livre, *El Salt del Angel, Le Saut de l'Ange.*

Maud Marin est écrivain. En vacances sur la Costa del Sol, où les pierres sont rouges comme la terre, le ciel du même bleu que la mer, le tout emmagasinant la chaleur sèche et torride de l'été 1989.

Si j'ai échangé mon pedigree contre un statut social, je n'ai pas, en revanche, échangé mes amies. Nous sommes trois : Valérie, Laurence et moi, blanches et roses, en provenance de Paris, à nous prendre pour des aoûtiennes en vacances, cherchant vainement dans cet enfer estival un courant d'air frais ou un brin d'ombre.

Marguerite, une ancienne, nous a fait la retape pour son pays d'adoption. « Venez chez moi en Espagne, y'a du pot-au-feu. » Marguerite, trente ans de Maroc à Tanger, est devenue maîtresse d'un mini Las Vegas – l'Europe des jeux étant en Espagne. Cinquante pour cent des recettes pour les racketteurs, cinquante pour cent pour elle. Le milieu aime la machine à sous : « Mieux qu'une frangine, ça travaille jour et nuit, c'est jamais malade et ça te balance pas aux poulets. »

Marguerite, c'est aussi la grande bouffe. Elle a su rentabiliser le pot-au-feu à l'espagnole et le transformer en « bouffe pour beaufs », comme elle dit.

Le jeu et la bouffe lui font donc la retraite dorée en Espagne. Valérie, Laurence et moi : à nous trois nous ne gagnerons jamais autant d'argent, nous ne savons pas faire ça.

Le soleil m'a épuisé la peau; l'ombre de l'auberge, l'anisette fraîche, le guitariste danseur de tango m'endormiraient, si je n'entendais, tout à coup, la voix de notre Marguerite :

– « Bonjour Madame le Commissaire!

Je sursaute. Nous sursautons toutes les trois – vieille méfiance. Même en vacances en un lieu ami, même en règle, avec des papiers conformes, le mot « commissaire » a un mauvais parfum de menace.

La voix de Marguerite se fait mielleuse comme un loukoum. Elle aime trop le fric, elle devient vulnérable. Mais j'ai bien entendu « Madame le Commissaire ».

J'examine le personnage les yeux en oblique, le nez dans mon verre, on ne sait jamais...

Une femme, exactement. Soixante-dix ans bien sonnés, visage mollement buriné, tailleur chic et bijoux vrais. Son regard me dit quelque chose, un regard qu'on n'oublie pas, la méchanceté de... C'est elle!

Gamberge dans mes cauchemars d'antan. C'est elle.

– Qui, elle? demande Valérie et répète Laurence.

– La mère Matonne.

J'explique : 1975, année de la révolte des prostituées, année mondiale de la femme, création de la première femme commissaire. A l'époque, tout le monde en rigole. Le milieu comme les « lardus » du quart des Champs-Élysées. « Des femmes flics, disent-ils, et pourquoi pas archevêques! »

Nous nous souvenons toutes de la première femme commissaire, et de celles qui suivirent. Mais la mère Matonne n'était pas commissaire, elle n'aurait d'ailleurs pas pu l'être, à cinquante ans, dans les années 75.

Marguerite, tout miel, nous présente officiellement :

– Madame le Commissaire.

J'ai beau être devenue Maud l'avocate, puis Maud l'écrivain, je me sens devenir verte, grise, safran... le mélange des couleurs de la taule. La prison. La Maison maudite. Saint-Lago, Saint-Lazare.

Madame le soi-disant Commissaire, Matonne, un nom qui décoiffait les putes, est, en fait, la dernière directrice de Saint-Lazare... la matonne-chef est là, devant moi, souriante. Je ne l'avais jamais vue sourire, moi. Grimacer, hurler, ça oui ; mais sourire, jamais.

La silhouette s'est tassée, la tête est devenue patronnesse, les yeux marron, eux, scrutent toujours avec la même intensité. Mes années noires me remontent à la gorge, sous ce soleil sang et or.

Marguerite insiste :

– Madame le Commissaire n'a fait que du « bien » aux « filles ».

Madame le Commissaire ne me remet pas. Mon visage fait partie de la longue file de celles qui entrèrent un soir dans son antre. Certaines pour en ressortir après humiliation légale. D'autres pas. Des visages fantômes qu'elle a oubliés.

Son cas m'intéresse, tout à coup. Je devine l'aisance, la fortune, et je me demande comment le fonctionnariat a pu la mener là, au soleil d'Espagne, avec tous ces bijoux.

Elle parle de « ses » locataires, de « ses » immeubles. Stop. Arrêt sur image. Je n'ai pas à savoir. Je devine.

Marguerite a fait fortune. Madame le Commissaire aussi. En exil, hors de France. Ne t'en mêle pas, Maud.

Il fut un temps où je baissais les yeux devant ce regard. Aujourd'hui je les lève. Je regarde en face. Valérie regarde la mer, Laurence regarde ailleurs, la même mer. Et Marguerite fait la gaffe :

– Vous savez, Maud, mon amie Maud, elle « fait dans les livres ».

– Ah bon ! dit la dame patronnesse, poliment. Vous écrivez ? Comme c'est intéressant.

Et Marguerite de raconter *le Saut de l'Ange*, la transsexuelle, la prostitution, la réhabilitation... Et d'ajouter :

– Vous les avez connues, vous, les putes de Saint-Lago, Madame le Commissaire.

Tant pis, je me lance.

– Madame n'était pas commissaire, Madame était directrice de la prison Saint-Lazare.

Elle se souvient. Elle doit se souvenir de ce qu'elle hurlait en ce temps-là : « Nous ne voulons plus de transsexuelles à Saint-Lazare. »

Cette fois, elle me voit vraiment, avec, même, une sorte d'inquiétude. Je viens de détruire son folklore, sa fausse identité d'exil. Commissaire, ça sonne mieux que matonne. Comme fausse identité, c'est drôle... En 1975, je travaillais dans une maison close, avec de faux papiers de femme. Je dois à cette rentière au soleil ma peur la plus terrible, celle qui dure encore. Être enfermée. Quatre murs et elle. Je la traîne toujours, cette angoisse de la taule. Je suis probablement devenue avocate pour cela aussi, comme certains psychiatres apprennent leur métier par peur de devenir fou un jour.

La taule, pour moi c'est une phobie, une névrose. Je dois être claustrophobe du système. Je sais qu'enfermée en prison, je n'aurais pas survécu. C'était la mort pour moi, et cette menace me suivait partout. Je n'y ai échappé que par miracle. Tout devait m'y conduire. Mon état de transsexuelle, mon métier du trottoir, les « macs » qui s'occupèrent de moi, des gros, des dangereux. Or, je n'ai connu que les gardes à vue, les nuits en cage, et Saint-Lago, le dépôt des putes. J'avais aussi la terreur d'être reconnue et enfermée avec les hommes, dans une prison d'hommes. A l'époque, je frôlais sans cesse cette menace pire que la mort : je crains moins la mort que la prison. J'ai eu la chance extraordinaire de ne fréquenter les prisons qu'en faisant mon métier d'avocate, qu'en écoutant les prisonnières, qu'en essayant de les en sortir. Le moindre parloir ou un simple couloir longeant des cellules me fait geler d'angoisse, transpirer le froid de l'enfermement.

– J'étais chez vous en 1975. Avec de faux fafs. Légalement, j'étais un homme; pour la taule, j'étais une femme... Je vous ai échappé de justesse mais je connais les lieux, les méthodes. Je vous connais, VOUS.

Elle se lève, blanche et rouge, traquée. Traquée, elle, par le souvenir que j'en ai. Elle sait. Elle se voit dans mes yeux, puisqu'aujourd'hui je ne les baisse plus.

– Madame Marguerite, je ne suis pas venue chez vous pour me faire insulter par une pute!

Et Madame Marguerite prend l'addition de tout le monde « pour elle ». Ça se fait en cas de gaffe. Manière de ne plus en parler.

Mais l'Espagne n'avait plus le même goût. Bleus à l'âme, vague à l'âme. « Pute » avait-elle dit. La réinsertion de l'avocat, comme celle de Maud « qui fait dans les livres », ne changeait rien pour l'ancienne matonne. Un principe demeurait incrusté dans sa tête : une pute reste une pute.

Et la pute occupait un appartement de vacances sur la

Costa del Sol, dans un immeuble appartenant en toute propriété à l'ex-chef matonne de Saint-Lago. Comme celui de gauche, celui de droite, et celui d'en face.

Le boeing d'Iberia m'a ramenée à Paris. Je gambergeais dans les nuages, accrochée au ciel de ma mémoire de vaincue.

Monsieur Victor Hugo voulait détruire Saint-Lazare. Merci, Monsieur Hugo, pour l'idée qui mit 123 ans à se réaliser.

107, faubourg Saint-Denis : le numéro de Saint-Lago. Je me retourne, je n'avais pas vu le numéro. J'ai transgressé la superstition des putes. On ne se retourne pas sur une prison, même clandestine.

La mère Matonne m'a renvoyée à mes souvenirs. J'ai résisté un hiver et un automne. Ce printemps frileux et bizarre de 1990 m'y entraîne, comme la tempête qui souffle sur les toits de Paris.

Le square est toujours là, avec son bac à sable. Le kiosque vert du gardien aussi. J'y entre comme par effraction, je n'ai pas d'enfants à la main. J'approche de l'immense bâtisse de briques rouges, ornée d'une croix, l'hôpital Saint-Vincent-de-Paul. Tiens, on a rajouté une stèle au marbre trop gris, trop lugubre : la tête de Monsieur Vincent, fondateur de l'Assistance publique. Et cette phrase que j'ai toujours prise en plein cœur : « Que j'ai peiné de ta peine. » Cela n'est pas un monument dédié à la prostituée anonyme, c'est un arc de triomphe de la Morale.

Un autre mur en noir et blanc, un autre Monsieur Vincent de vingt mètres de haut, au visage strié de noir et de blanc, façon colonne de Buren, façon barreau de prison.

Derrière ce square, derrière cet hôpital, était Saint-Lago. La Maison maudite, de son nom populaire.

Il y a un parking sous le square. Je longe cette route qui sombre à gauche dans un sous-sol inquiétant. Les deux arbres, au coin, sont toujours là. Trois mètres carrés de verdure.

Ici, la route en ciment remontait lentement; en douceur, au rythme de nos peines, elle passait sous le porche lugubre. Il n'y avait plus d'échappatoire. L'entrée était d'autorité la sortie aléatoire.

Aujourd'hui, je lis : *Visites médicales des G.I.C* et *Services vétérinaires*. Les invalides civils et les chiens ont remplacé les putes.

« C'est par la même porte d'infamie qu'entraient dans le même bâtiment des voleuses, des criminelles, des prostituées et de simples malades ». Le professeur Fournier, patron de Lariboisière, a écrit cela.

Cette « porte d'infamie » est toujours là. Tapie dans son coin, avec son escalier sinistre.

Je n'ai plus envie de traîner, soudain. Prise au piège des fantômes. Et si un flic, pardon un « médecin des mœurs » comme ils s'appelaient eux-mêmes, ou qu'une assistante de police me rattrape par le bras tout à coup? Quinze ans après? On ne sait jamais. Pour voir, me revoir, la poisse au tournant du porche? Les fantômes galopent sous ce ciel de tempête.

Le premier de ces fantômes, c'est moi, en 1975, avec quinze ans de moins sur les épaules. J'étais alors en rupture de maison close. Je fuyais la taule sado-maso d'une Madame Léa, espérant me faire une autre vie à Londres. Je fuyais un mac, un gang, des racketteurs. La vie des filles en ce temps-là devenait impossible. Et je vivais en fille. C'était ma seule réussite. Mais, pour gagner Londres, il me fallait des papiers de fille. Des vrais-faux, comme on dit maintenant.

Pour obtenir de vrais-faux papiers, nul besoin de ministre. Catherine était là. Un exemple pour nous, un modèle pour moi. Elle avait réussi ce que toutes les filles espèrent : se « mettre » avec un client. Un ingénieur. Catherine avait un homme normal, de type courant, aisé. Plus de mac. Elle avait une belle voiture, deux yorkshires pomponnées, une maison. Elle allait s'offrir un cabaret. C'est si rare dans le milieu que la chose y avait fait du bruit. J'avais la chance d'être son amie.

L'état civil dont j'avais besoin pour ne plus me faire « coincer comme travelo », pour ne plus risquer la prison des hommes en cas de contrôle, elle me l'offrait.

Sous-préfecture de Valenciennes, nord de la France. Un employé en quête de quatorzième ou quinzième mois était à la tête d'une combine sans faille. Il vendait par lots des cartes d'identité et des permis de conduire avec tampons et signatures adéquates. Pour être dans la note, il fallait me trouver un nom du Nord. Avec une terminaison en *ain*, ou *in*.

Michèle Merlin, née en 1945 à Lille, boulevard Victor Hugo. Photos, empreintes digitales, tampons... j'existais sur de vrais papiers tout comme une véritable demoiselle Merlin, une « cavette » inconnue de moi mais dont j'avais repéré l'immeuble et la boîte aux lettres, à Paris.

J'avais donc des papiers et une adresse en béton : en cas de vérification d'identité, je savais quoi dire. Mon plumage ressemblait enfin à mon langage : papiers de fille, adresse de fille, allure de fille. Tant que je ne parviendrais pas à faire un procès à l'État, officiellement, pour faire rectifier l'erreur de ma naissance, j'étais contrainte d'en passer par là, surtout en voulant échapper au mac qui me rackettait alors. Il ne devait pas savoir que je le « doublais ».

De vrais-faux papiers, c'est à la fois rassurant et dangereux. On se trouve à la merci d'une « balance ». Prise dans une rafle si, par malheur, je me retrouvais avec l'ancienne cavalerie des Champs-Élysées, mon identité, en béton pour les flics, pouvait tomber et moi avec. Le résultat serait pire qu'avant : délit de prostitution, fausse identité, expédition à la Santé, en cellule avec des hommes. Un cauchemar auquel je m'efforçais de ne pas penser. J'avais changé de secteur par prudence, Catherine m'ayant indiqué des « coups » sur le 17e arrondissement, des « clandés » entre Maillot, Champerret et Monceau. Ce que l'on appelle dans le métier « du super discret bourgeois ».

La vie en marge, l'éternelle errance des prostituées de ma catégorie. Du genre : Maud, t'as tout faux au départ, débrouille-toi pour faire du vrai.

Les bourgeois aimaient « partouzer » en 1975. Une mode. Mais pour pénétrer dans un club spécialisé, il fallait être en couple, à deux filles.

Catherine et moi, nous sortions un soir de l'un de ces clubs dans le 17e, rue du Débarcadère. Les poulets du 17e l'avaient bouclée. Ils guettaient la sortie des clients. Deux filles dans une Mercedes, accompagnées de deux messieurs, les intéressaient. Pas forcément les messieurs d'ailleurs. Le client est relâché avec tous les respects dus au micheton, pas les filles.

Catherine était « prostituée notoire ». Moi, avec mes vrais-faux papiers tout neufs, j'étais inconnue au bataillon.

Inconnue aussi, heureusement, au commissariat de la

rue Truffaut. Mais je ne pouvais pas nier l'évidence. Je fus donc immédiatement fichée comme une « nouvelle » dans le quartier, une « occasionnelle ». Les papiers tenaient la route, l'adresse parisienne aussi. Le flic qui vérifiait mes dires dans le Bottin s'en contentait.

Je me retrouvais en cage, avec un P.V. pour racolage rose. C'était mon premier rose : les transsexuelles ont des verts. J'en avais eu, des verts... Mon premier rose, c'était presqu'une fête s'il n'y avait pas eu l'angoisse de la cage. Catherine s'amusait, sur le banc à côté de moi.

– Tu imagines la tête de la fille Merlin, le jour où elle recevra le P.V. de prostitution ? Tu vois le rififi ? Si elle est mariée, la mère, la belle-mère, le mari, les enfants... Quelle histoire !

Pour moi aussi, c'était tout une histoire. Il fallait sortir de là et tout recommencer à zéro. Replonger dans les lots de papiers à vendre du côté de Valenciennes. Payer cash. Mais le pire n'était pas arrivé. Le pire, c'était le car de Saint-Lago qui passait par là. Je n'étais jamais allée dans la Maison maudite, ils ne voulaient pas des « trans » : trop insupportables, trop semeuses de pagaille.

Saint-Lago, c'était Saint-Ubu depuis 1948. La préfecture de Police de Paris avait délégué à la Direction de l'hygiène ce qu'ils appelaient un « service social d'accueil féminin ». Le centre pilote de Paris était situé au sein même de l'hôpital Lariboisière Saint-Vincent-de-Paul, ce qui faisait de Saint-Lago une prison illégale, clandestine, sous le joli nom de « Centre d'accueil ». Car on y enfermait le « bétail » de la rue.

Saint-Lago me faisait peur. Je suis montée dans le vieux car poussif qui devait dater des manifs du Front populaire. Une fille chantait : « C'est d'la prison que j't'écris, mon pauvre Polyte. Hier j'sais pas ce qui m'a pris à la visite, c'est des maladies qui s'voient pas quand ça s'déclare, n'empêche qu'aujourd'hui j'suis dans le tas... à Saint-Lazaaaa-rrrre. »

Le vieux car descendait le boulevard Magenta, le faubourg Saint-Denis. Il passait le square de l'Auvergne, avec les trois arbres dans un coin, les bacs de sable pour les mômes. Puis il descendait en virage vers la « cache aux putes » et passait le « triste porche d'infamie ».

Terminus. Un brave flic Dupont la Joie faisait de l'esprit :

– Terminus. Si ces dames veulent bien descendre...

La porte. Une fois passé la porte, une fois monté l'escalier sinistre, qu'allait-il m'arriver ? Cette porte-là est impossible à oublier. La porte de la Conciergerie, au Palais de justice, avec sa cloche pour les condamnés à mort, est faite sur le même modèle. Toutes les portes de taules ont cette même architecture lugubre.

Au rez-de-chaussée, les mineures; au premier étage, les majeures.

Je passe devant une rangée de matonnes en blouses blanches, chargées de la répression du propre : celles qui examinent, fouillent l'intimité à la recherche des maladies « qu'on ne voit pas ».

Un baptême pour moi. Catherine me rassure.

– Tu tiendras le coup, t'es vraiment une fille, je te lâche pas.

Elle ne me lâchait pas d'un escarpin, effectivement. Prête à prendre à son compte la moindre insulte me concernant. Mais la peur s'est mise à monter dans mes jambes, au long de ces couloirs. Qui peut définir la couleur des couloirs de taule ? Jaunâtres, verdâtres, brunâtres, merdâtres... ils sont incolores, mais pas inodores. Ils puent la peur transpirée depuis des années, ils puent l'humiliation, la promiscuité. Ils puent la bonne conscience des blouses blanches.

Les dortoirs par boxes. Les lits immondes à attrapper vraiment ces maladies dont on nous suspecte, au contact de ce qui est censé s'appeler draps.

Certaines filles s'installent dans le même lit. Il faut surveiller son sac, la fauche est de rigueur à Saint-Lago. Tout le monde le sait, même moi qui découvre les lieux. Et tout le monde n'y a pas la même peur que moi.

Certaines habituées jouent au rami dans les toilettes, sans se préoccuper de l'odeur infecte qui les environne. D'autres se racontent des histoires. Les lumières sont éteintes dès qu'on nous enferme. J'assiste à un spectacle surréaliste : comme à un concert de rock, un festival de briquets allumés, de lampes torches, de piles Wonder... où l'on découvre de drôles d'ombres, de drôles de fantômes démaquillés à l'angoisse.

Soudain, un arrivage des Halles. Suréquipé : cigarettes, bières, casse-croûtes, ces filles se sont organisées depuis des lustres. Saint-Lago fait partie de leur routine. Elles n'ont pas cette peur aux jambes, comme moi, qui m'oblige à m'asseoir sur le lit immonde, dans ce box infect. Je suis enfermée. Je ne domine plus ma peur, ma logique, mon corps. Mon cerveau est en désordre, entièrement dominé par l'angoisse, la même que la mort. Peut-être est-ce maladif ? Ce doit l'être. Je n'y peux rien. Une idée fixe m'aveugle par instant. S'il y a un arrivage du 16e ou de mon secteur des Champs-Élysées, si une balance me repère et me dénonce pour un avantage quelconque, je suis bonne pour la Santé. Six mois de taule, de vraie taule à la clé. J'en mourrai, je le répète.

Ma survie se déroule déjà dans une prison personnelle, ma peau. Un enfermement dans un corps qui n'est pas le mien, que la société me conteste. Des murs en plus autour de ce corps, et j'en crève. Un transsexuel dans une prison d'hommes, c'est l'horreur absolue.

Les matons se conduisent comme de vrais nazis. La chose les amuse, et ils ont le règlement pour eux. Code de procédure pénale, article D/358 : *Les cheveux doivent être coupés courts.* La boule à zéro. Mes cheveux, c'est moi. Je ne supporterai pas cette désincarnation, cette honte, ce retour au sexe mâle que je hais tant. Article D/348 : *port du costume pénal*, le fameux « droguet ». On n'est pas loin de la bure avec la couleur grise pénitentiaire. Il ne manquerait plus que les rayures et le boulet au pied, avec chaîne et matricule.

– Catherine, la gamelle chez les mecs, je ne supporterai pas, tu le sais.

– Arrête de gamberger, tes papiers tiennent la route. A l'étage des mineures, y'en a une troupe dans le même cas, elles tiennent la route aussi.

– Tu sais ce qu'on m'a raconté ? L'arrivée des trans à Fresnes ou à la Santé. Au greffe, les matons rigolent déjà. Tu laisses ton fric, tes affaires, tu passes au piano pour la photo, à la barbotte ensuite. Pour la barbotte, on te fout à poil. Le pied sur une chaise, tu dois tousser. Une copine m'a dit que le maton lui gueulait dans l'oreille : « Tousse, enculé, t'as le fion trop gros pour pas cacher quelque chose... » Après ça, ils s'en sont pris à la poitrine : « Des nichons de plastique sur un mec... T'as perdu ta queue... chez les hommes, il te faut un braquemart. »

Alors, les matons vont chercher une balayette, ils te coincent à plusieurs et la balayette est enfoncée dans le vagin. Ça fait mal à hurler. Eux, ils rigolent : « Comme ça, t'as l'air d'un lascar ! »

Et on t'emmène comme ça chez le tondeur, pour la

boule à zéro. On te fait marcher à quatre pattes dans les couloirs. Le deuxième « jeu » consiste à te mettre un manche à balai quelque part et à t'obliger à défiler avec ça devant les cellules, pour le plaisir des mecs. Les voyous se battent pour qu'on arrête ces tortures, ils me l'ont tous dit. Ils ont pitié de nous. Pas les matons.

Même le médecin inspecteur des prisons disait à l'époque : « S'il y avait un Nuremberg des prisons, je plaiderais coupable »... Il avait raison et il en est mort, d'un paquet-poste piégé.

Catherine ne savait pas. Elle comprend mieux ma peur à présent. Cette nuit-là, à Saint-Lago, je ne pensais qu'à cela. Trois ans plus tard, Simone Veil et Hélène Dorlhac ont mis le holà à ces pratiques. Mais, en 1975, j'étais dedans.

Voilà pourquoi, Mesdames, Messieurs, les vrais-faux papiers étaient ma survie. Et le moindre risque à condition de ne pas tomber sur une balance, ou sur une matonne plus vache et plus fouineuse que les autres. Voilà pourquoi je passais le reste de la nuit à trembler à l'idée de voir arriver une troupe des Champs-Élysées, qu'une fille me désigne pour obtenir la faveur d'un retrait de P.V., par exemple.

Autour de moi, les filles fumaient, buvaient ou tentaient de dormir avec la philosophie de l'habitude. D'autres faisaient la conversation :

– Tu vois ce manteau ? Je l'ai eu en « affaires ». Il voit le jour.

– T'as vu mes deux carats ? C'est mon mec. Il est blanc-bleu...

Marché noir, fourgues, fausses richesses, clinquant.

Il est 9 heures, l'éveil des fonctionnaires. L'ambiance sent l'avant-guerre. Les blouses blanches de ce centre de triage et d'accueil, dans le but du sauvetage et du reclassement, ont l'air de guerrières en lutte contre les filles. C'est l'heure de la visite à Saint-Lago. Catherine me pousse devant elle.

– N'aie pas peur, t'es faite au moule, ça passera.

J'entre. Le toubib est une énorme femme, autoritaire, planquée derrière de grosses lunettes.

– Vous êtes nouvelle ? Je n'ai pas votre fiche.

Je hoche la tête.

– Prise de sang...

Elle va trop vite, elle fait mal. J'ai la tête qui tourne de manque de sommeil, de nourriture et de peur.

– Montez là-dessus.

La table de gynécologie, « le chameau » comme l'appelle les filles. Pour moi, c'est la minute de vérité.

Le speculum n'est pas lubrifié. L'examen, affreusement douloureux. Je serre les dents sur ce viol de métal. Devant moi, je vois l'expression changer sur le visage de la grosse.

– Qu'est-ce que c'est ? Une opération ?

La gorge serrée, je réponds :

– Une malformation à la naissance. On m'a opérée en Belgique.

– Montrez les seins.

Ma bouée de sauvetage. Ils sont à moi. Ni cicatrice d'implants ni silicones, j'ai de vrais seins à moi.

Surprise. Elle n'a pas dû souvent voir ça. La voilà bien obligée de me ranger dans la catégorie des filles. A la moindre trace de silicone, j'étais travelo, direction la Santé.

– Malformation, hein ?

Ça la travaille tout de même. La peur revient. Si elle changeait d'avis...

– Vous avez donc changé d'identité officiellement ?

– Oui, Madame. Dans le Nord.

J'ai droit au frottis vaginal. C'est bon signe.

– Descendez de là, c'est terminé pour moi. Présentez-vous à l'Assistance de police.

Petit bureau, petite fonctionnaire inodore et sans saveur. Elle porte une croix d'or sur sa blouse. Cette croix, cet insigne de moralité, c'est à travers elle qu'elle parle.

– Vous dites que vos parents sont divorcés et que vous avez quitté le Nord pour tenter votre chance à Paris ? Vous appelez cela une chance, la prostitution ? Votre inconduite ? La débauche ? L'exploitation du vice des hommes ?

Se taire. Avec une croix, ne pas entamer de discours sur l'éternel sujet de la prostitution. Il y en aura toujours, c'est la vie, c'est comme ça. Nul n'a réglé le problème. La blouse blanche avec sa croix est sur une autre planète.

– Gagnez honorablement votre vie. Vous êtes en esclavage, vous n'avez plus de principes moraux. Victime de votre paresse, de votre faiblesse, de votre débauche. Je vous trouverai un travail honnête, vendeuse ou caissière. Vous avez le bac, vous vous en sortirez. Ne restez pas sur la pente fatale. A votre âge, tout est encore possible. Vous avez des enfants ?

Si j'avais eu des enfants, j'aurais eu droit au chantage. On les prend, on les colle à la D.A.S.S., comme si les putes n'aimaient pas leurs enfants...

– Je vis seule.

– Pas de petit ami ?

Ça, c'est l'autre chantage. Balancer le petit ami, le mac, et on vous en saura gré, ma fille.

– Personne.

Dans mon dos, une présence. Celle de la mère

Matonne. Elle assiste aux interrogatoires, « d'assistance » pour tenter d'en tirer profit au niveau de l'information flic. C'est clair.

Elle aimerait savoir les lieux fréquentés, les hôtels, les copines, les bars, les mecs. Il arrive parfois, lorsqu'un détail lui paraît suspect, que la fille retourne au dortoir, en attente. On lui réserve une autre conversation avec la mondaine ou la P.J.

Cette femme n'a qu'une idée en tête : faire de nous des balances ; rassembler le plus de fiches possibles pour déclencher des enquêtes. Ces femmes ne nous apportent pas le secours mais en exploitent l'idée, pour nous passer à la Question.

J'entends :

– Vous n'êtes pas en détention, ici. Si l'on vous garde, c'est pour votre bien. Vous avez un lit, à manger, vous êtes libre de repartir quand vous voulez. Vous ne voulez pas vous confier ? Nous sommes là pour accueillir la détresse...

J'ai tenu bon. Je n'avais ni détresse à confier, ni secours catholique à accepter. Je n'avais qu'une peur ; qu'on m'enferme et, si je me confiais, on m'enfermait... Le cercle infernal.

En retrouvant la liberté, les piafs dans le square, les gosses hérissés de pelles et de seaux dans les bacs à sable, en buvant enfin un vrai café, dans un vrai bistrot de liberté, la tension a chuté d'un coup. Mais je n'oublierai jamais le regard des petits yeux marron de cette directrice de Centre d'accueil, de cette prison illégale, à portée de main des flics, où l'on traite les femmes comme du bétail avarié.

Ils ont détruit les archives de Saint-Lago. Elles ne devaient pas être propres.

Me revoilà quinze ans plus tard, au milieu du square et des moineaux. Le vent de la tempête ébouriffe les arbres, seuls et derniers témoins de ce Moyen Age carcéral.

Je revois aussi le visage vieilli et paré d'or de l'ex-matonne, au soleil de l'Espagne et je me dis qu'il y a quelque chose de pourri dans son royaume.

J'ai eu la chance d'échapper aux prisons, la chance de ne pas y mourir. Je repars en campagne. Je peux en parler des prisons de femmes. Je les ai visitées, en avocate.

J'ai entendu des témoignages effrayants, j'ai vu des résultats effrayants. Que le public n'en sache rien, c'est une méthode de désinformation. Je sais, il se trouvera toujours des gens pour dire :

– Ah ! encore un livre sur les prisons !... mais ne dit-on pas qu'en prison, elles ont la télé, les journaux, qu'elles sont nourries, logées ? Elles accouchent même en prison. Un comble ! Qu'est-ce qu'elles veulent de plus ? La liberté ? Et puis quoi encore ?

Non, pas la liberté, Mesdames, Messieurs, mais le respect pour commencer.

Je ne crains pas d'enfoncer des portes ouvertes, en disant, à mon tour, que le milieu carcéral est générateur de délits nouveaux, de compromissions, de lâchetés, de maladies.

A l'heure où, plaidant pour la Sécu, et son déficit infernal, on veut réduire la consommation de tranquillisants en France, savez-vous que, tous les soirs, on donne à ces femmes des fioles et des comprimés de Tranxène. Du fort, pour les empêcher de hurler la nuit, pour les faire rentrer dans le silence qui ne dérange personne, pour ne pas s'occuper des angoisses, des déprimes, des esprits qui tournent à vide. Droguées. Deux ans de prison et une femme ressort droguée. Officiellement. Réglementairement, après avoir avalé, sans contrôle, sans examen psychologique, sans posologie déterminée, les fioles de l'Administration.

Savez-vous qu'on meurt ou qu'on se suicide en prison ? La prison, pour vous, c'est une image obligatoire dans une société organisée pour se défendre. Ce devrait être, à mon sens, le premier pas vers la réhabilitation de soi. C'est un enfoncement vers l'enfer.

J'écrirai donc ce que je sais sur les prisons de femmes. En l'honneur du Vieux Lago, de la Maison maudite et de cette matonne à la retraite au soleil des vacances, qui a tissé sa pelote dans ce système, tranquillement.

La pute, Madame la Matonne, n'a pas renoncé à « faire dans les livres », à travailler pour témoigner. Désolée de vous contredire dans ces pages. Il y a une « autre idée des prisons de France », et je ne la vois pas venir à l'horizon. Tous régimes confondus, toutes Administrations confondues. J'y mettrai donc mon grain de sable parce que je suis obstinée, que j'ai pris l'habitude de la lutte et que mon passé bizarre ne peut servir qu'à cela.

Les taulardes ont encore besoin d'une voix extérieure. La mienne a l'accent de la vérité. Elle ne vous plaira pas.

Top secret

J'étais mal préparée à entendre cela. On est toujours mal préparé à entendre une histoire de mort. Justice, avocats, loi du plus fort, condamnation du plus faible, tous les grands poncifs, poussés à l'extrême dans ce cas précis, m'ont soudain donné envie, ou de hurler, ou de m'asseoir sur un trottoir et d'attendre que l'humanité en ait fini d'être bête à ce point. D'être méchante, nulle, conventionnelle, partisane.

J'imagine qu'à l'époque – c'était en 1980 – un journaliste tombant sur l'information en aurait fait le scandale de la semaine. Pas davantage, ne nous faisons pas d'illusions.

Il n'y eut pas de scandale, pourtant. Moi seule en ai fait un scandale dans ma mémoire. Je n'écrivais pas encore en ce temps-là, je défendais les « droits » d'une *call-girl*. C'est par son intermédiaire que j'ai vécu l'histoire de Nicole, la lamentable histoire de Nicole... La lamentable histoire des suicides en prison.

Ma *call-girl* et Nicole étaient dans la même division de Fleury, à la M.A.F. Gloire de la pénitentiaire moderne dans les années 70, que personne n'a osé renouveler. Architecture du suicide.

En prison, les directeurs tiennent un registre des suicides, des automutilations et des dépressions graves, mais ils ne publient jamais les statistiques. C'est une sorte de secret d'État. Car la prison-vengeance, expiation forcenée du châtiment, c'est gênant. Soudain la bonne conscience du citoyen en prend un coup. Son système serait-il pourri de l'intérieur ?

Je défendais donc Corinne. Une *sex-girl* huppée, officiant en profession libérale, et revendiquant son métier comme une sexothérapie d'utilité publique. Elle fonctionnait à l'aide de deux téléphones blancs. Ses clients : la *jet-set*, des milliardaires qui l'avaient fait voyager aux quatre coins du monde. Elle revenait de Copacabana, Punta del Este, New York ou Miami, d'Afrique du Sud ou de Tokyo, de Hong-Kong ou de Beverly Hills, et parlait de l'Europe comme moi de la R.A.T.P. C'était le genre de fille qui me donnait l'impression que mon sandwich était encore plus minable. Elle vivait un conte de fée et n'était plus à même de comprendre les réalités de la vie parisienne, surtout celles de la prostitution de luxe, rebaptisée chez nous « Femmes galantes ».

Corinne à Fleury, en prison, en cellule, après les suites de luxe internationales, c'était... impensable pour elle. Et pourtant, il avait suffit d'une erreur. Corinne avait commis l'erreur fatale d'échanger quelques clients avec des collègues du métier. On a le droit, même *call-girl* de luxe, de vouloir prendre un week-end de repos, ou de refiler une tête trop fatigante – doux euphémisme – à une copine plus en forme. Non, on n'a pas le droit, c'est répréhensible, surtout lorsqu'on est installée sur écoute téléphonique. Qui dit que les écoutes téléphoniques n'existent pas ?

Corinne, repérée sur écoute par la mondaine,

l'O.C.R.E.T.H. et les douanes, a retrouvé tout ce joli monde dans son salon un beau matin. Armé comme pour une perquisition chez un terroriste. Sauvage, la perquisition : tous les biens sous scellés. Un flic lui déclare : « Vous êtes riche, vous ne le serez plus. »

Corinne passe devant un juge de remplacement, les pires. Ils expédient les problèmes de ce genre en dix minutes.

– Le juge d'instruction est en vacances, je le remplace pour le courant. Je vous fais incarcérer en attendant son retour, fin août.

C'est ainsi que Corinne passe ses vacances à Fleury. Si le système ne ressemble pas à une lettre de cachet, je veux bien avaler mon Code pénal.

L'accusation est celle de proxénétisme : échanger un client avec une collègue, ça s'appelle du proxénétisme. Soyons clair : il s'agit surtout de « peler », comme on dit, le compte en banque de Corinne au bénéfice des impôts. La seule justification de notre société par rapport à ce métier étant avant tout celle-là. Non autorisé officiellement, le métier, mais taxé. Comme l'alcool, le tabac, dont on ne cesse de nous rappeler les méfaits. État proxénète. J'enfonce des portes ouvertes, je sais.

Corinne déambule donc dans l'Allée des Peupliers, le Club Med de Fleury, division des putes, proxénètes, homosexuelles, etc., à la recherche d'un avocat. Elle a confiance en la justice, Corinne, elle vient d'un monde de riches où tout s'arrange toujours, croit-elle.

Premier avocat :

– Avouez, sinon vous allez indisposer les magistrats.

Deuxième avocat :

– Je refuse de vous apporter votre dossier, il est trop lourd à porter jusqu'à la prison et je n'ai que quelques minutes à vous consacrer.

Troisième avocat :

– Je n'ai pas le droit de vous montrer votre dossier. D'ailleurs, ils ont tous les droits...

Qui, « ils » ?

Eux. Devant la quatorzième chambre correctionnelle, Corinne est condamnée à 100 000 francs d'amende, après avoir sorti en tout 150 000 francs d'honoraires pour les trois chers Maîtres.

Au moment de la cassation, j'étais là. C'était perdu d'avance mis à part l'interdiction de séjour que j'avais réussi à faire annuler, ainsi que les inscriptions déshonorantes sur le casier judiciaire. Moi aussi, j'étais « nommée d'office », comme les trois premiers, mais je n'avais pas demandé d'honoraires astronomiques. Elle pouvait donc revoir son appartement, convenablement perquisitionné, son compte en banque, définitivement vidé, son téléphone blanc, éternellement sur écoute... et la clientèle silencieuse au bout du fil.

La superbe *call-girl* d'avant Fleury n'était plus.

– La prison, Maud, c'est une usine à produire de l'angoisse et de la folie.

Corinne avait donc partagé la même cellule que Nicole. Deux femmes, deux prisonnières à l'opposé l'une de l'autre, avaient vécu ensemble deux injustices bien différentes, dans l'usine à produire de l'angoisse.

Les nuits de hurlements, les nuits où les femmes tapent sur les portes, crient d'une cellule à l'autre. La nuit où l'une d'elle, une fille splendide, une fille de luxe, a tenté de s'étrangler toute seule et s'est ratée. Les nuits de bruits de clés, d'ordres donnés dans le désordre, de civière qui arrive trop tard. Celle-là s'est ratée, elle souffrira de séquelles irréversibles.

Il y a aussi celles qui ne se ratent pas. Corinne a vu les

deux. Celle qui s'est ratée, disparaissant sur une civière, cerveau hors d'état de marche. Un légume. Et celle qui ne s'est pas ratée, Nicole. La lamentable histoire de Nicole. La terrifiante histoire de Nicole. Compagne de cellule de Corinne, elles n'avaient de commun, ces deux-là, que leur naïveté. L'une croyait à la justice, l'autre aussi ; l'une s'est retrouvée dehors, plumée mais vivante ; l'autre, pas.

Nicole...

C'était dans les années cinquante. Nicole naissait dans une famille d'ouvriers, un milieu de principes, de syndicats, de morale. Morale pour l'éducation des filles surtout.

Papa travaille sur une chaîne de montage de voitures. Maman est ouvrière dans l'industrie alimentaire. « Des gens modestes mais honnêtes », comme disent les rapports de détectives privés ou des Renseignements généraux, lorsqu'ils parlent de la classe ouvrière.

Ces gens-là, Messieurs et Mesdames, lecteurs de ma littérature populaire, estiment que leur fille a droit à un avenir meilleur que le leur. Sa situation professionnelle lui servira de dot.

Nicole travaille bien à l'école et obtient son bac technique avec mention ; elle fait la fierté de ses parents dans leur H.L.M. du 20e arrondissement parisien. C'est une belle jeune fille. Comme dirait un directeur de casting, elle a cette « beauté simple des filles d'ouvriers ». Cheveux châtains, regard noisette, vêtements simples mais allure fraîche et saine.

A vingt ans, la voilà secrétaire technico-commerciale. Elle est travailleuse, ponctuelle. Sa situation est assurée, avec promotions à la clé et treizième mois.

Reste l'amour. Eau de rose, rêves nourris par les magazines... Voici venir Jean-François.

Même famille modeste, de fonctionnaires cependant. Le père est enseignant, la mère cadre moyen dans une entreprise semi-publique. On grimpe légèrement dans le statut social. Jean-François est un beau parti, bien que sa famille n'ait pas l'équilibre de celle de Nicole. Papa gagne moins que maman, chez Jean-François. Problèmes de couple : qui porte la culotte ? Disputes de porte-monnaie. Dans cette ambiance conflictuelle, Jean-François se retrouve couvé par une mère trop possessive. Ses études en souffrent. Il obtient son bac à l'arraché dans une boîte à bachot. Il sera cadre à l'arraché. Mais il le faut, dans ces années de prospérité où l'on fabrique du cadre à la chaîne, où l'ambition tourne autour de l'argent, où il est bon de « faire du fric », et tout aussi bon de « dépenser du fric ».

Un petit yuppie est né. Cadre commercial dans une entreprise, Jean-François voyage – rendez-vous, dîners d'affaires, notes de frais, et esprit d'entreprise. Avec, dans sa tête, ce petit homme, des idées aussi classiques que Nicole, sa future. Il y a les femmes avec qui l'on couche, et celles qu'on épouse.

Jean-François épouse Nicole. Une jeune fille bien sous tous rapports. Bonne éducation, timidité de bon aloi, joliesse du corps et de l'esprit, fraîcheur de l'ensemble. La belle histoire d'amour, le joli mariage avec bouquet, robe blanche, champagne, banquet, église, fleurs, riz, et larmes de joie ! Nicole s'envole vers un appartement moderne de jeune cadre plein d'avenir. Elle donne le jour à une petite fille, puis à une autre. Les années de ce couple sans histoire passent. Papa travaille beaucoup, s'absente beaucoup pour sa profession. Mais quoi ? il est toujours là à Noël et les dimanches. Rien à redire. Rien, rien de rien.

C'est une soirée tranquille comme les centaines de soirées tranquilles de Nicole, entre ses deux enfants, la vaisselle, la télévision, les fiches cuisine. Jean-François n'est pas rentré. Il n'a pas téléphoné. Probablement un dîner de travail inopiné, ou les bouchons sur le périphérique. Il téléphonera sûrement vers 8 heures.

Jean-François n'est toujours pas là. L'angoisse prend le relais. Accident ? Les enfants sont couchées depuis longtemps et Nicole a les yeux rouges de fatigue et d'inquiétude en parcourant les péripéties des amours de stars sur un magazine en couleurs.

On cogne à la porte. On ne frappe pas, on ne sonne pas, on COGNE :

– Ouvrez ! Police !

Dans une petite existence normale, c'est un choc, déjà, cette injonction brutale.

Nicole ouvre la porte, paniquée, dans son petit peignoir de La Redoute. Vision de cauchemar : son mari, son Jean-François, est là, menottes aux poignets, entre quatre policiers à l'air mauvais.

– Qu'est-ce qu'il y a ? Qu'est-ce qui se passe, Jean-François ? Tu es blessé ? Un accident ? Mais qu'est-ce qu'il y a ?

L'un des policiers, du genre qui doit s'entraîner régulièrement devant les feuilletons américains, répond :

– C'est nous qui posons les questions ici.

Nicole est livide. Mon dieu ! et les enfants qui dorment, et les voisins... Que se passe-t-il ? Qu'arrive-t-il dans sa vie d'épouse et de mère de famille ?

– Connaissez-vous un certain Dominique ?

L'adjectif « certain » sent la mauvaise réputation à plein nez.

Dominique ? Nicole réfléchit quelques secondes.

Dominique, c'est ce jeune homme si gentil, que Jean-François a invité quelques fois à dîner à la maison... un collègue de bureau. Il travaille dans la publicité, lui semble-t-il... Oui, c'est ça.

– Que savez-vous de lui ?

– Mais rien, enfin pas grand-chose. Il travaille dans la publicité, je crois.

– Dans la « réclame » rue Sainte-Anne, non ?

– Je ne comprends pas.

– Vous n'avez rien remarqué ?

– Remarqué quoi ?

– L'allure ?

– Eh bien ! il est... enfin je crois qu'il est homosexuel. Je ne sais pas précisément, on ne pose pas ce genre de question. Sa voix, ses manières... mais pourquoi ? Il a fait quelque chose ?

– En effet. Ce gentil garçon, comme vous dites, se prostitue pour le compte de votre mari.

Visage muet. Yeux noisette noyés d'incompréhension. Nicole regarde Jean-François, ses menottes, les flics, le temps de laisser l'information pénétrer son cerveau d'épouse tranquille. Que veut dire ce policier ?

Les enfants réveillées pleurnichent, effrayées par les uniformes, la nuit et ce papa bizarre, deux mains attachées, qui ne répond pas quand on lui demande ce qu'il y a. On a changé leur papa ?

On a changé le mari de Nicole ? Qui ? Comment ? C'est impossible, c'est une histoire de fous. Ces hommes-là ont confondu la vie de Nicole et Jean-François, avec une autre vie. Avec d'autres gens. Sur une autre planète.

Maman va recoucher les enfants :

– Ce n'est rien, je suis là, ce n'est rien... Les messieurs sont venus pour l'immeuble. Ils viennent vérifier... Restez au lit, ne bougez pas, je reviens.

Nicole traverse le couloir, la salle à manger moderne, le salon moderne, la cuisine moderne. Tout son univers de catalogue s'effondre soudain comme un décor de complaisance. Jean-François... Qui est Jean-François ? Son mari ou un inconnu ? Le père de ses enfants ou un monstre de faits divers ?

– Madame, dites-nous où votre mari a caché l'argent.

– L'argent ? Quel argent ? Nous avons un compte en banque, comme tout le monde. Pourquoi aurait-il caché de l'argent ?

– Quel genre de compte en banque ?

– J'ai un compte personnel pour mon salaire, mon mari a le sien. Nous avons aussi un compte commun.

– Un coffre ?

– Oui.

– Pour quoi faire ?

– Je ne sais pas. Mon mari pensait que c'était pratique pour y déposer quelques objets de valeur, quand on part en vacances.

– Ce coffre est à vos deux noms ?

– Oui.

– Merci. On épluchera les comptes. Vous, perquisitionnez-moi tout ça.

Perquisitionner l'appartement ?

– Jean-François, qu'est-ce qui se passe ?

Il a dû commettre un crime grave pour que la police parle de perquisition en pleine nuit. Qu'est-ce que c'est que cette histoire d'argent ? Nicole ne connaît d'argent que sous forme de virements mensuels de la paye de son mari et de la sienne. Les économies, le plan-logement, trois S.I.C.A.V., des choses comme ça...

– Madame, si vous ou votre mari ne dites pas où est l'argent, on arrache la moquette et les papiers peints... je veux voir les factures de tout, des meubles, de la télé, de la chaîne hi-fi et du reste.

Ils fouillent et trouvent, dans le bureau de Jean-François, des photos de Dominique et de l'argent liquide, quelques milliers de francs. Nicole ne connaissait pas ces photos. Jean-François ne répond que pour l'argent :

– Mon salaire.

L'un des policiers place l'argent, les photos, les relevés de banque, le carnet d'adresses, dans une enveloppe scellée.

– Demain, on visite le coffre. Je suppose que vous allez aussi prétendre qu'il contient votre salaire ?

Nicole voudrait parler à son mari. Impossible. D'ailleurs, il a un drôle de visage et ne semble pas décidé à s'expliquer avec elle.

– Vous avez quelqu'un pour garder les enfants ? Une voisine ? De la famille ?

– A cette heure-ci ? Mais pourquoi ?

– On vous emmène au poste pour signer le P.V. de perquisition.

C'est l'affolement. Nicole appelle ses parents, ment pour ne pas les effrayer à leur tour, et aussi parce qu'elle ne sait pas quoi leur expliquer.

– Il y a eu un accident, pas grave, rassurez-vous. Je dois aller au commissariat. Je confie les enfants à la voisine, vous pouvez venir ?

Les petites pleurent dans les lits superposés.

– Papy et mamy seront là, dans une heure. Ce n'est rien, je reviens, je reviens, mes chéries. Maman ne s'en va pas, maman revient.

Maman est au quai des Orfèvres. Maman doit faire une déposition. Maman dépose ce qu'elle peut, c'est-à-dire pas grand-chose.

– Je croyais qu'il travaillait dans la publicité. Mon mari l'a invité à la maison.

– Ce garçon se prostitue, vous ne le saviez pas ?

– Non, je ne le savais pas.

– Ce garçon entretient une liaison avec votre mari, ne me dites pas que vous ne le saviez pas !

Une liaison ? Un homosexuel de vingt ans entretient une « liaison » avec Jean-François ? C'est ridicule, impossible, stupide ! Jean-François est son mari, il a deux enfants. Un homosexuel, lui ?

– Homo et proxénète, madame. Ça, vous ne pouviez pas l'ignorer, j'imagine. Ça rapporte, ce genre de business !

Elle ne sait rien, Nicole. Encore cette impression qu'on vient de les changer de vie et de planète. Et voici qu'elle apprend la vie nocturne et secrète de son époux convenable. Il sortait, il dînait dehors, mais ce n'était pas pour son travail, celui qui rapporte un salaire officiel, c'était un autre genre. La voilà, l'autre planète : elle est faite de boîtes de nuits de luxe, de lumières et d'argent facile. De frime et d'horreurs. Jean-François fréquente une boîte de nuit « homo ». Le genre *« Chez Michou »*, en moins spectaculaire. Une boîte de travestis. Certains « accros » au costume Dior ou Saint-Laurent, d'autres en maillots de corps et jeans serrés, exposant bronzage et avantages sexuels. D'autres encore complètement « folles », comme on dit, avec voix de fausset, perruques et bijoux d'enfer.

Jean-François est très « regardé » en ce lieu de culte du phallus, où pas une femme ne pénètre. Il se sent bien dans cette ambiance. Marié, père de famille, cadre plein d'avenir, d'accord, mais il se découvre soudain, et il n'est pas le premier, une vocation « gay ».

Ne parlons ni de Freud, ni de mère abusive couvant son petit, en écrasant le père de son autorité, parlons plutôt caractère.

Le caractère de Jean-François est double. Un comédien, un homme capable de vivre deux vies sans aucun effort. Il se prend de passion physique pour un jeune éphèbe blond, beau comme un jeune dieu, qui aurait pu interpréter le rôle d'Encolpe dans le *Satyricon* de Fellini. Il s'appelle Dominique. Et un soir, rue Sainte-Anne, vers 3 heures du matin, Jean-François et Dominique ont fait l'amour.

L'histoire aurait pu s'arrêter là. Passade, liberté d'expression sexuelle. Après tout, Nicole n'en aurait pas forcément souffert. Je connais bien des maris-pères de famille dont les soirées « gays » n'empoisonnent l'existence de personne. C'est là qu'il faut revenir au caractère de Jean-François. Tout d'abord, il ne va pas confier à sa jeune femme naïve la découverte de son ambiguïté sexuelle, comme si elle n'était pas concernée. Disons-le clairement : il s'en fout. Ensuite, devant la beauté plastique étonnante de sa découverte, il entrevoit la facilité du « fric à faire ». Il l'a dit à un policier :

– Beau cul, mais Q.I. de midinette. Il était fait pour le tapin.

Dominique, de son côté, a joué la carte émotionnelle, la découverte tragique de sa marginalité. A ses parents en pleurs, il raconte qu'après avoir tout caché, retenu, étouffé, il n'en peut plus et veut qu'on reconnaisse son homosexualité. La mère parle de psychiatre, le père de coups de pied au cul. C'est la rupture. Le jeune homme, mineur encore, disparaît dans les souterrains du Paris gay et, jusqu'aux dix-huit ans fatidiques, se fait entretenir, draguer, michetonner, pour « subvenir ». Lorsqu'il rencontre Jean-François, il a donc déjà l'expérience de la vente de son joli corps. Passades d'un soir, dîners, week-ends, cadeaux, quelques photos de mode pour justifier un domicile et contempler narcissiquement sa beauté... Rencontre avec Jean-François dans une boîte gay. Et Jean-François prend l'avenir de l'éphèbe en mains. Car, derrière les masques vient vite le calcul. Après l'amour vient le sexe et, avec lui, le sexe-fric.

En somme, Jean-François réalise une sorte d'étude de marché. Tous ces clones moustachus à la quarantaine incertaine, tous ces gays en chemise à carreaux, tous ces « pédés » aux cheveux ras et à la ceinture de cuir, tous ces bureaucrates passe-muraille, tous ces « anciens » au look intellectuel, tirés à quatre épingles; et tous ceux qu'on ne devine pas... Ça fait de l'argent dans les boîtes. Jean-François estime le chiffre d'affaires possible, sans investissement de départ, avec un « matériel » jeune, moderne, capable de fonctionner plusieurs années.

Il suffit d'installer le siège de l'entreprise dans un studio du quartier de l'Opéra. Un « chez-soi » pour Dominique. Ensuite vient l'argumentation logique :

– Draguer, ça mène où ? Les béguins en cachette, ça te mêne à quoi? Tu es beau, si tu aimes faire l'amour, autant que ce soit pour du fric.

Un homme qui maque un autre homme, curieusement, argumente moins dans les sentiments que face à une fille. Une fille, on lui dit qu'on l'aime et que, si elle vous aime, elle va gagner du fric pour vous en sortir, provisoirement... l'éternelle chanson. Un garçon, on lui parle de rentabilité et de standing. Éviter les loubards, les zonards, les dealers, les voleurs et les fugueurs. Ne pas se faire remarquer, fréquenter tel et tel bar, certains clubs, organiser une clientèle au téléphone, c'est plus sûr. Travailler dans les couches sociales discrètes et friquées. Pour la sécurité personnelle, Jean-François est là. Il jouera le rôle de l'ami sérieux, du protecteur compréhensif de ce gamin de dix-huit ans. Tout peut arriver alors : faire des rencontres dans le *show biz* – le rêve de tous les « gays » – faire du tapin une sorte de tremplin social...

Et, pendant ce temps, Jean-François reste le cadre commercial, le mari, le père de famille. Il ne change rien, ou presque, à ses habitudes, à part quelques déplacements indispensables pour « affaires ».

Pour Nicole, la vie reste simple et tranquille, elle n'entend pas cette triste rumeur-là, qui vient de la ville. Elle reçoit même à dîner ce Dominique, un peu particulier mais si gentil, qui travaille dans la pub. Elle ne se méfie pas de l'ange bizarre dans son foyer. Jean-François parle de lui d'un air amusé : « C'est un " créatif ", le genre qui délire dans les slogans ». Elle se dit, comme beaucoup, que ces jeunes dans la pub s'habillent fou, fou, fou. Si Jean-François avait ramené une secrétaire à la maison... les femmes se méfient des femmes. Nicole ne peut pas se méfier de ce jeune garçon-là. Il badine, parle chiffons, mode, vacances, musiques. Il est adorable avec les enfants. Un peu maniéré, mais dans la pub...

– C'est comme ça que tout a commencé. Je ne me méfiais pas. J'ignorais ce monde-là, j'aimais Jean-François, tu comprends ?

Corinne comprend. La *call-girl* peut comprendre les naïvetés des autres mieux que les siennes. Cette petite bonne femme si normale, si comme il faut, cette mère de famille l'attendrit.

– Et tes gosses ?

– Chez mes beaux-parents, en attendant que ça s'arrange. Ça va s'arranger, non ? Jean-François ne peut pas me faire ça ?

Oh si ! il peut. Corinne connaît les hommes. Ceux-là surtout, fidèles au proverbe oriental : « Une chèvre pour s'en servir, une femme pour le plaisir, un garçon pour l'extase. » Mais cette pauvre Nicole a besoin d'être rassurée. Alors Corinne rassure, écoute, veut comprendre. Elle se renseigne sur le fond de l'affaire. Comment s'est-il fait prendre, ce proxénète ?

C'est simple. La rue Sainte-Anne et le quartier de l'Opéra font un peu désordre avec leurs mineurs, zonards, dealers... Le maire du 2e arrondissement réclame un nettoyage. Dans ce milieu, quand la police veut nettoyer, elle cherche des balances. Pour quinze jours de tapin sans histoire, n'importe qui balance n'importe qui. Dominique est balancé, repéré... écoute téléphonique légale, couverte par un procureur – il est connu des services de la Mondaine, d'abord comme homosexuel. Les voisins parlent sans méfiance des allées et venues nocturnes, des visites masculines et, de fil en aiguille, d'écoute téléphonique en écoute téléphonique c'est au tour de Jean-François d'être repéré. Le flagrant délit ne tarde pas. Irruption d'une brigade au domicile de Dominique; Jean-François est présent. Contrôle d'identité, perquisition, carnet d'adresses révélateur. Jean-François est sur le gril :

– Vous lui donnez combien ?

– Je proteste.

– On peut appeler votre femme ?

– Votre jeune ami travaille ? C'est à qui l'appartement ? Qui paie le loyer ? Vous recevez beaucoup ici ? C'est à qui toutes ces brosses à dents ? tous ces rasoirs ?

Le plus facile à faire parler, c'est évidemment Dominique. Isolé au quai des Orfèvres, il finit par avouer que Jean-François le paie 6 000 francs par mois... le S.M.I.C.

Les policiers le tiennent :

– Tu es sûr que ce n'est pas toi qui lui refiles du fric ?

Une petite heure de questions-réponses et Dominique reconnaît.

– Je lui en donne, mais il me constitue un patrimoine pour mon avenir.

– Ben voyons ! Tu connais son appartement ? Sa femme ?

Dominique connaît, il a dîné là-bas. Nicole travaille dans les bureaux, elle l'a toujours bien reçu.

Jean-François est en garde à vue, et c'est ainsi que la police débarque au domicile conjugal. Pas un flic ne voudra admettre une seule seconde que Nicole n'était pas au courant, qu'elle n'était pas d'accord sur ce ménage à trois qui rapportait gros, qu'elle ignorait totalement le montant des « économies » de son mari déposées au coffre, que leur compte bancaire commun n'avait pas profité du travail de Dominique. Mariée sous le régime de la communauté, solidaire, complice de proxénétisme.

Le plus grave est que le jeune Dominique était mineur lorsqu'il a démarré dans la profession. Il ne l'est plus, mais le juge n'aimera pas cela.

Le jeune cadre n'a plus d'avenir. Jean-François est incarcéré sous l'inculpation de proxénétisme aggravé et Nicole va subir les conséquences de sa « normalité sans méfiance ».

Les comptes en banque sont épluchés, le coffre vidé, la vie explose en quelques jours. Il faut confier les enfants aux grands-parents effondrés, leur raconter que « papa » est en clinique pour quelques temps et affronter un juge d'instruction.

N'ayant à dire que la vérité, Nicole n'a pas pris d'avocat. Tous ceux qui n'ont jamais eu affaire à la justice ont cette naïveté, une de plus : croire que l'honnêteté sert d'évidence. Un juge est tout puissant dans son instruction. Dans son cabinet, il est seul avec ses intimes convictions et ses principes. Celui qui est chargé de l'affaire est un juge moderne. Il participe à une école de « criminologie moderne » qui diffuse une revue dans le Palais. On peut y lire une ode à la justice de l'Ancien Régime qui « comportait moins de risques d'erreurs ». « Les délinquants n'ont pas changé depuis cent ans », « C'est par molesse que pèche la justice », « La disposition à la prostitution est d'origine génétique ».

A ce propos, pour éclairer la lecture de cette histoire à la lanterne du juge qui la conduisit à son terme, je ne résiste pas au plaisir de livrer au lecteur un résumé d'hypothèses fumeuses, découvertes dans ladite revue :

« On sait comment Moïse imposa la Loi qui lui avait été révélée mais, jusqu'à ce jour en France, une partie de la population masculine et féminine recherche une dispersion sexuelle que les castors refusent. La femelle chimpanzé, elle, va chercher le coït, elle vient s'accroupir devant les mâles réunis après un bon repas, exactement dans la pose d'Emmanuelle au cercle des coolies. »

Jusqu'où va-t-on chercher les comparaisons ?

« Même dans l'adultère, une femme honnête ne prend pas de plaisir. La prostituée est une femelle chimpanzé, différente des autres femmes, dites castors [...] Malgré Mai 68, le M.L.F., et le septennat de la pornographie, nous pensons que l'humanité va vers le “ castor ”. »

Le juge qui va s'occuper de Nicole pense cela. Peu importe son poids, sa taille et la couleur de sa cravate. Ce qui compte c'est ce qu'il a en tête : « Davantage de prison, plus le droit de punir. »

« C'est en prison qu'il y a le moins de suicide possible. La population carcérale est une population dont la structure mentale est différente de celle des Français. » Un expert l'a écrit, le juge le pense.

Il a interrogé Jean-François, l'époux, dans les délais d'obligation, c'est-à-dire cinq jours. Il en a déduit que son train de vie était largement supérieur à ses moyens connus. Mais un homme qui vit au-dessus de ses moyens peut toujours prétendre le justifier : Jean-François s'est fait assister d'un avocat d'affaires, qui pourra toujours présenter au juge une comptabilité qui « tienne la route », comme on dit. A coups de fausses factures s'il le faut. Comment prouver alors le délit de proxénétisme aggravé ? L'avocat dépose une demande de liberté provisoire : son client a des garanties, une situation, un domicile et les faits ne sont pas encore prouvés. Refus du juge.

Et idée : mettre « sa femme au trou ». C'est un moyen de pression intéressant, une épouse de proxénète homosexuel. L'homme parlera, si l'on enferme sa femme. Il a trop souvent demandé qu'on la laisse en dehors de cette histoire.

Ce juge est impressionnant, froid, méprisant et Nicole ne sait pas se défendre.

– Vous l'avez reçu chez vous ? Vous avez accepté cette fable simplette ? Vous ne vous êtes pas rendue compte que ce garçon était homosexuel ? Alors qu'il a lui-même avoué former un couple avec votre mari ? Vous prétendez ignorer que votre époux dissimulait l'argent de la prostitution de ce garçon dans le coffre de votre banque ? Sur votre compte commun ? Combien gagnez-vous, madame ?

– 8 000 francs par mois.

– Et votre mari ?

– 15 000 francs, je crois, plus les primes.

– Comment expliquez-vous la présence d'une somme de 120 000 francs dans votre coffre ?

– Je l'ignorais.

– Votre mari possédait la clé d'un appartement où ce garçon se livrait à la prostitution. Il y passait des soirées entières.

– Je le croyais en déplacement pour affaires.

– Ce garçon téléphonait chez vous, au domicile conjugal, les écoutes l'ont démontré.

– Il parlait à mon mari, pas à moi.

– Vous prétendez ne pas avoir profité de l'argent du compte commun ? Vous vous en serviez pourtant ?

– Oui. Non, je ne pouvais pas savoir.

– Vous ne saviez rien, donc. Vous ne saviez pas que votre mari était homosexuel, qu'il en fréquentait d'autres, qu'il entretenait un jeune homme, lequel travaillait pour lui, alors que vous le receviez chez vous ? Vous voulez me faire croire cela ! Si vous n'avouez pas, vous resterez en prison.

– Mais je suis innocente !

– C'est ce que vous dites. Vous retrouverez la mémoire en prison.

– Et mes enfants ? Qui s'occupera d'eux ?

– Vous les retrouverez en sortant. Vos parents peuvent s'en occuper.

Nicole est emmenée en prison, menottes aux poignets. Le juge en fait trop ? C'est qu'il y croit, cet homme à son raisonnement simple : l'épouse va craquer, avouer et le mari suivra.

S'il y avait eu un avocat, ce jour-là, près de Nicole, il n'aurait pas osé, peut-être, imposer les menottes. En principe, on ne s'en sert, pour les femmes, que dans les affaires criminelles. Mais plus personne ne s'y oppose vraiment – l'égalité des femmes passe aussi par les bracelets.

Nicole est au dépôt, on l'a fait se déshabiller, on examine l'ourlet de ses vêtements, ses sous-vêtements. Confiscation des affaires personnelles. Une religieuse la conduit en cellule : une fenêtre opaque et grillagée, un lit étroit et dur, des draps douteux, une chaise, une petite table, un lavabo dans un coin, un W.C. sans chasse d'eau – elle se trouve à l'extérieur. Au plafond, une veilleuse allumée nuit et jour. On lui apporte un sac en papier contenant un morceau de pain, un œuf dur et une Vache Qui Rit. Avec une pomme, surprise de la bonne sœur.

C'est le décor offert provisoirement à Nicole pour réfléchir. Mais réfléchir à quoi ? Le seul délit qu'elle ait commis a été de se marier sous le régime de la communauté. En fait, le problème est là, mis à part l'intime conviction du juge qui refuse de croire à sa naïveté.

Découvrir qu'on a épousé un homosexuel, découvrir qu'il est proxénète, et se retrouver mêlée à de sordides histoires de compte en banque, privée de ses enfants, exposée au jugement des autres, des voisins, des collègues, de la famille... c'est beaucoup pour une femme brutalement expulsée du monde dans lequel elle vivait.

Dans le car de Fleury, entre deux képis, Nicole part pour la prison modèle. Le long car bleu aux fenêtres opaques comporte, de chaque côté d'un couloir, des petites cages intérieures qui peuvent contenir quatre détenus. Le terminus, c'est Fleury, le « Club Med » disent les habitués. Il y a les dures, les fausses dures, les angoissées, les inconscientes, et les mortes de peur.

Nicole est une morte de peur.

Que l'on traîne à la nuit tombante à la M.A.F. – la Maison d'Arrêt des Femmes – le cul de sac au fond de l'Allée des Peupliers. Des blocs de béton ronds ; on ne sait pas où on va dans cette rondeur. Entrée vitrée, blockhaus surréaliste gardé par des hommes. Couloir-sas. Matonnes en blouses blanches. On entre trois par trois dans les cellules d'attente. Un mètre carré, un unique banc de béton. C'est là que Nicole, désespérée, attend qu'on vienne la chercher pour les photos, les empreintes, la consignation des objets personnels. A côté d'elle, une femme demande :

– T'as pas une clope ?

– Une quoi ?

– Ben ma pauvre ! qu'est-ce que tu fous là ?

Monsieur le Juge devrait se poser la question.

C'est le moment de la distribution du trousseau. Le « trousseau » – le sac pénitentiaire – est constitué d'une taie d'oreiller, d'une chemise de nuit, de deux serviettes-éponge, de deux gants de toilette, d'un torchon, d'une serviette de table, d'un mouchoir, de deux draps...

– On vous les changera toutes les trois semaines.

– Deux couvertures...

– Prenez-en soin, on ne les nettoie pas.

Un autre petit sac constitue le trousseau personnel : un savon, dix serviettes hygiéniques, un petit pot de poudre à récurer, un autre de nettoyant liquide pour le sol de la cellule, le tout compris dans les frais judiciaires.

La matonne demande :

– Tu veux cantiner ?

– Cantiner ? C'est quoi ?

– Les cigarettes, la nourriture, la toilette, si t'as de l'argent consigné pour payer.

Cantiner, c'est indispensable, ce que Nicole ignore : le dentifrice, la brosse à dents, le papier-toilette, la lessive, un stylo, des timbres... et la nourriture au prix fort. A la M.A.F., on a le droit de cantiner pour un maximum de 1 000 francs mensuels. Le minimum pour une survie potable se situe aux environs de 750 francs. Les fruits et les légumes sont plus chers qu'au supermarché du coin. Et en prison on fume trop cher, beaucoup trop cher.

C'est cela, la fameuse prison quatre étoiles.

Nicole, nue, découvre les humiliations de l'examen de passage en cellule définitive.

– Levez la jambe.

– Toussez.

– Prenez connaissance du Règlement intérieur...

Madame,

Vous venez d'être admise à la Maison d'Arrêt des Femmes. Lisez et conservez ces quelques feuillets, ils contiennent des renseignements que vous devez connaître. Pendant votre séjour dans l'établissement, et surtout à l'approche de votre libération, l'assistante sociale vous aidera.

Si vous désirez une visiteuse de prison...

Etc.

Emploi du temps : réveil à 7 heures du lundi au samedi, à 7 heures 30 les jours fériés. Les trois repas sont distribués en cellule vers 8 heures, 11 heures 45 et 17 heures 45. Le coucher a lieu à 19 heures.

Nicole parcourt les feuillets. Elle apprend que « les murs sont là pour protéger " son " intimité », qu'elle ne « doit pas se décourager ». Qu'elle n'est « pas abandonnée » et que le personnel de l'établissement est là pour l' « aider à garder confiance ».

Cela dit, il est interdit de pleurer, de crier, de hurler, de fumer, de désobéir aux injonctions. Obligatoire de manger et de dormir aux heures indiquées. Interdit de se coucher entre 5 et 7, sauf prescriptions médicales; obligatoire de se laisser observer par l'œilleton à n'importe quel moment, obligatoire de passer ses lettres à la censure. Interdit de se mettre « hors de la vue » d'une gardienne;

Prison préventive pour Nicole, qui devrait pourtant être innocente tant que le juge n'a pas fait la preuve de sa culpabilité.

Seul avantage : les matonnes font le tri des « primaires » et des récidivistes. En qualité de primaire, Nicole est affectée à la Division G, en compagnie des lesbiennes, prostituées et proxénètes. On lui laisse son alliance, sa montre et quelques sous-vêtements personnels, à condition qu'ils ne fassent pas obstacle à la fouille.

Sœur A., soixante-quinze ans, psychologue de choc de la M.A.F. observe le nouveau troupeau.

– Vous n'avez pas honte!

Formule magique. Honte de tout et surtout de soi. C'est le credo.

– Complicité de proxénétisme? Votre mari exploitait un jeune garçon? Et vous êtes mère de famille?

Corinne, elle, en ex-luxueuse de la *jet-set*, n'est accessible à aucune honte personnelle. Mais sa compagne, Nicole, en larmes, en sanglots, désemparée, a honte. Honte d'être là, de ne pas comprendre, de ne pas pouvoir faire comprendre qu'elle ne comprend pas. Honte tout simplement d'être dans le sordide et le malheur, après une petite vie bien propre, bien idiote, bien tranquille, qui ne l'a préparée à rien. Surtout pas à cette infantilisation permanente, à cette dépersonnalisation totale et à ce jugement en forme de cornette :

– J'espère que vous êtes récupérable!

Les véritables innocents sont rares en prison. Pourtant,

il y en a forcément puisqu'aucun système humain n'est parfait. Mais ce n'est pas le rôle d'une matonne de revenir sur la décision d'un juge d'instruction, unique représentant, pour chaque cas, de la société. Nicole est maintenant un numéro comme toutes les autres, un numéro réveillé par micro à 7 heures du matin :

– Toilette et habillage. Remise en ordre de votre lit. Nettoyage de la cellule. Petit déjeuner vers 7 heures 45. Présentez-vous correctement vêtue et coiffée. Ramassage des poubelles. Sinon, au rapport.

Une matonne blanche suit une détenue bleue qui distribue, à partir d'un chariot, du pain sec et un bol de café. A 11 heures, pour la « gamelle », deux détenues suivies d'une matonne poussent un autre chariot et versent à la louche, dans un plateau d'aluminium compartimenté, un hors-d'œuvre et un légume de conserve autour d'une vague viande, souvent du corned-beef. Dessert le dimanche, comme la douche, une fois par semaine. A 18 heures, retour de la louche : soupe de légumes en conserve, viande toujours aussi imprécise.

La nuit, la fenêtre de plexiglas, constituée d'un seul battant ouvrable sur vingt centimètres, donne sur les miradors qui éclairent le gazon et quelques maigres arbustes. Au loin, le mur d'enceinte de quatre mètres et la lignée des peupliers.

Et plus loin, dans un autre monde, les deux petites filles de Nicole, chez les grands-parents. Avec toutes leurs questions sans vraies réponses. « Où est maman ? Qu'est-ce qu'elle fait, maman ? Quand est-ce qu'elle revient, maman ? Et papa ? Il est où, papa ? On retourne quand à la maison ? »

Il n'y a plus de maison, de foyer, d'habitudes – une famille éclatée. Et l'on ne peut pas dire aux enfants :

« Papa est un affreux proxénète qui vit de l'argent du sexe. Maman ne le savait pas mais elle est punie quand même, elle aurait dû savoir. »

Dans les neuf mètres carrés de sa cellule, avec son nom sur la porte et l'œilleton ouvert sur sa vie à l'intérieur, Nicole entame dès le premier jour une lente destruction de sa personnalité. Il y a les innocents qui hurlent et ceux qui s'effondrent. Elle s'effondre. Avec interdiction de pleurer « sous » l'oreiller ou « sous » les couvertures. L'œil de la matonne doit apercevoir les têtes lorsque, toutes les deux heures, elle éclaire brutalement la cellule.

Nicole entend crier dans les couloirs :

– Pas moyen de roupiller dans ce palace ?

– On nous fout la paix ou quoi ?

– On va pas s'envoler, merde !

Dormir. Il y a les comprimés dans la fiole. Théralène, Équanil 500, Tranxène 50, Rohypnol... au choix, et même le mélange. Cela donne aux prisons de femmes, la nuit, un silence de couvent.

La première compagne de cellule de Nicole s'appelle Chloé. C'est une brave fille qui essaie de faire rigoler les autres.

– T'as vu la taille des slips à Fleury ? On peut rentrer à deux là-dedans ! Pourquoi tu es là ?

L'histoire de Nicole, celle du mari surtout, fait bondir Chloé :

– C'est qui, ton juge ? Ce type-là ? Ce prétentieux ? Ma pauvre fille, c'est une ordure ! On connaît chez nous : tu lui sers de chèvre. Il t'a mise au trou pour que ton mec s'affale.

– S'affale ?

– Qu'il se mette à table. Il va t'emmerder un maximum pour ça et, s'il peut t'accrocher une condamnation en plus, il le fera. C'est qui l'avocat de ton mari ?

– Une relation de travail, un avocat commercial.

– Il va vous sortir de là. Vous avez deux situations, pignon sur rue. Il peut faire marron le juge sur le fric. Ça tourne autour de ça, ton histoire : assistance au tapin et cohabitation avec un proxo. Toi, tu n'es qu'un moyen de pression, ça ne va pas durer.

– Tu crois ? Et mes enfants ?

– Il s'en tape, le juge. Tu as un avocat pour toi ?

– Non.

– Prends le mien, il a l'habitude des histoires de filles.

Un peu de chaleur et d'espoir pour Nicole. Et une compagnie pour la promenade. Invitation à cette promenade par haut-parleur. Tout le monde dehors. On passe entre les grilles qui s'ouvrent électroniquement avec l'impression d'être un fauve en cage qui gagne la piste du cirque dans un tunnel de grillage. La cour : quatre coins, du gazon, un arbre.

Chloé protège la nouvelle des heurts de la hiérarchie entre filles. Elle la présente comme la « copine innocente à protéger », victime de « l'ordure patentée » que tout le monde connaît. Pour les autres détenues, Nicole présente un intérêt : elle est cultivée, elle sait écrire sans fautes d'orthographe. Ça sert.

Couvre-feu à 22 heures, après les distributions de fioles. Le haut-parleur hurle encore :

– Il est interdit de yoyoter !

Chloé explique le « yoyo ». On passe des messages ou des objets de cellule à cellule. On communique par les tuyaux, en code. On vide les W.C., ça remplace une sonnerie de téléphone pour prévenir la cellule voisine. Pour les cellules d'en face, on se sert de briquets, un nouveau mode de télégraphie sans fil.

– Qui tape sur un mur, chaque nuit, sans répit ?

– C'en est une qui devient dingue. Elle ne dit plus un mot et cogne sur le mur pendant des heures.

– Qui est malade ? J'entends vomir.

– C'est une toxico, elle est en manque.

Les nuits, les jours passent. Nicole tient mal le choc. Les autres ont beau lui dire que la préventive, ce n'est pas la vie, qu'il y aura forcément relaxe, quelque chose, un pressentiment, peut-être, a déclenché chez la jeune femme l'engrenage d'une dépression profonde. Le sentiment d'injustice est souvent plus destructeur que celui de la culpabilité. Nicole ne pense qu'à ses enfants. Idée fixe. Un père déchu, c'est déjà terrible, mais une mère absente, en prison, qui ne peut pas expliquer, consoler, rassurer, c'est insupportable.

Ce que ne comprend pas Nicole, c'est la nature du délit dont on l'accuse. Or, la « nature » de ce délit est plus importante, plus forte qu'une autre.

Au début, la famille plaignait Nicole à l'intérieur. « La pauvre n'a pas mérité ça. Il faut l'aider, elle est innocente. » Le temps passe, elle est encore en prison. Alors, les amies, les bonnes âmes, reculent. On lui écrit de moins en moins, puis plus du tout. Elle-même n'a pas le droit d'écrire à son mari. Aucune confrontation n'est possible entre ces deux êtres qui ont pourtant un problème personnel à régler. Tout s'est arrêté une nuit, avec la perquisition brutale, l'arrestation, les menottes, la séparation, et Nicole a sur le cœur, sur l'estomac, tout ce qu'elle n'a pas pu hurler au prétendu compagnon de sa vie. L'a-t-il aimée seulement ? Pourquoi faire des enfants à une femme si on aime les hommes ? Pourquoi cette double vie de sexe et d'argent sale ? Pourquoi, pourquoi, pourquoi ? Qui est Jean-François ?

Pas de réponse possible.

Et pour quand est l'instruction ? Il faut attendre. Le juge fait ce qu'il veut, uniquement ce qu'il veut. Sadisme ? Oui.

C'est une torture de s'entendre répondre par une matonne :

– Après ce que vous avez fait, ne vous attendez pas à recevoir des fleurs.

Présumée innocente ? Non. Supposée coupable, c'est ainsi.

– Tu sors quand, en provisoire ?

– Je ne sais pas.

– Où en est ton instruction ?

– Je ne sais pas.

– Il dort ton avocat ?

Enfin le haut-parleur hurle à Nicole de se présenter au parloir. Avant cela, nue pour la fouille.

– Levez la jambe, toussez...

C'est une grande pièce un peu ronde, avec une dizaine de boxes aux vitres opaques. Une table de formica, deux chaises face à face.

Maître X attend Nicole depuis dix minutes. Il est agacé.

– C'est à cause de la fouille, excusez-moi.

– J'écrirai à la Direction une lettre circonstanciée, c'est un scandale.

Des mots. Une sorte d'entrée en matière. Et puis des mots encore, rien que des mots. Il a « consulté » le dossier. L'affaire est « complexe ». Il s'en est « entretenu » avec son confrère qui « assiste » le mari. Le magistrat instructeur a une « réputation » de sévérité.

– Mais je suis innocente.

Ce mot-là, galvaudé en prison, n'a même plus l'air d'un mot pour les avocats. Il ne sert à rien. Tout le monde s'en fiche.

– Chère Madame, je comprends que vous soyez dépassée par ces événements regrettables... Il est bien évident que je vais demander un non-lieu, au pire une relaxe à la barre.

– Je peux voir le dossier ?

– La déontologie l'interdit formellement.

– Mais alors, comment savoir de quoi on m'accuse ? Qu'est-ce qu'on me reproche ?

– Peu de choses, en fait, sinon d'être mariée sous le régime de la communauté et d'avoir reçu ce Dominique à votre domicile.

– Mais je ne savais pas !

– Moi, je peux l'imaginer, mais le juge, lui, interprète à sa façon.

– Je veux savoir pourquoi on m'a mise en prison.

– Pour faire pression sur votre mari, vous empêcher de parler aux autres témoins.

– Quels témoins ?

– Ceux de la rue Sainte-Anne.

– Mais c'est quoi, cette rue ?

– Cette rue est fréquentée par des hommes comme ce Dominique et comme votre mari. Ils se connaissent, se dénoncent.

– Je veux sortir. Je veux voir mes enfants. On n'a pas le droit de me séparer de mes enfants. On ne peut pas verser une caution ?

– L'enquête sur les comptes bancaires n'est pas terminée.

C'est une succession de commissions rogatoires, ça prend du temps. Mais je vais essayer. Je vais déposer une demande de liberté provisoire assortie d'une caution peut-être ou d'un contrôle judiciaire.

– Quand ? Et mes enfants, est-ce qu'ils peuvent venir en visite ?

– Madame...

Air navré de l'avocat. L'innocence à ce point est un crime.

– Madame, le juge a tout pouvoir de délivrer ou de refuser les permis de visite. Compte tenu de la « nature » du délit et de la jeunesse de vos filles, il considère évidemment que la prison n'est pas un lieu pour elles.

– Mais je vous parle de « mes » enfants à « moi ». C'est moi qu'elles veulent voir, pas la prison. Moi, je n'ai rien fait de mal.

– J'interviendrai auprès du magistrat. Il refuse toujours au début mais avec le temps... Laissons passer l'orage. Ayez confiance.

Parloir terminé. Une cigarette avant de partir, offerte par le cher Maître. Le rideau de fumée qui masque la réalité.

Refouille, nue, jambe levée, etc. Retour en cellule. Désespoir.

Le cher Maître a adressé au magistrat instructeur la lettre, interchangeable, de demande de liberté provisoire.

Monsieur le Juge,

J'ai l'honneur de solliciter par la présente la liberté de ma cliente, Madame Nicole M., inculpée par vos soins du chef de complicité de proxénétisme. Madame Nicole M. se trouve actuellement incarcérée à la Maison d'arrêt de Fleury Mérogis, et a été interrogée tant par la B.S.P. qu'à votre cabinet. Elle vous a fourni toutes les explications concernant les faits qui lui sont reprochés. Dans ces conditions, il apparaît que le maintien de Madame M. en détention n'est plus nécessaire à la manifestation de la vérité. Dès sa sortie, Madame M. sera domiciliée chez elle et prend, évidemment, l'engagement formel de déférer à toute convocation que vous voudrez bien lui adresser. Je me permets de vous rappeler que Madame M. a un emploi de secrétaire à la société X et qu'elle est mère de famille de deux petites filles.

Je vous prie de bien vouloir agréer...

Monsieur le Juge a cinq jours pour agréer. Cinq jours par ordonnance spécialement motivée. Avis du procureur, conversation badine, l'affaire est grave. Faites donc cher ami, rejetez.

L'ordonnance du juge est un formulaire, avec des croix dans les cases. Comme un loto. Il y a une croix dans « Maintien en détention provisoire ».

Et d'autres croix justifiant la première; une croix pour : « L'ordre public est en cause »; une croix pour : « Empêcher une pression sur le témoin »; une croix pour : « Empêcher une concertation frauduleuse entre inculpés et complices »; une croix pour : « Conserver les preuves pour instruction en cours ».

« Attendu que les faits sont graves, que l'inculpée encourt une peine importante et que l'instruction est en cours. »

Nicole reçoit le formulaire avec les croix, en recommandé.

Chloé, la bonne copine, a beau la consoler, lui expliquer

que, la première fois, le juge refuse toujours, que la liberté viendra... Les jours, les nuits, les semaines de détention rongent la petite Nicole comme autant de vers immondes. Elle se replie sur elle-même, parfois elle n'a même plus de larmes.

Elle n'a vu ses propres parents que trois fois au parloir, par autorisation du juge. Trois fois trente minutes, pour une présumée innocente.

Et les parents, de pauvres parents déboussolés qui ont cherché Fleury sur la carte, sorti la voiture du garage et roulé vers l'inconnu, l'étrange, l'inquiétant Fleury où l'on a enfermé leur fille. Ils ont attendu avec les autres un numéro pour entrer.

– C'est la première fois que vous venez ?

– Oui.

– Vous vous y ferez. Remplissez ça.

Noms, lien de parenté, numéro de la détenue, division, cellule, permis de visite...

Les sacs à la fouille, les visiteurs au détecteur.

– Faites voir.

– C'est une robe de rechange.

– Il faut l'autorisation. Pressons !

Humiliation de ces gens. Si vous saviez, Monsieur le Juge intraitable, l'humiliation que vous leur imposez ! A eux, dont la vie a toujours été bâtie sur le respect des lois, du travail, de la morale, de la famille, du président et de la Marseillaise.

Les voilà assis devant une vitre et un hygiaphone. Dans la cacophonie du parloir. Trente minutes pour parler à leur fille. Que dire ? Que les enfants vont à l'école. Qu'elles réclament toujours leur mère. Que l'appartement est toujours là. Que l'avocat n'a rien dit ni écrit de spécial...

Que dire à ce visage gris, creusé d'angoisse, aux yeux cernés de bleu sombre, à cette bouche qui tremble pour avoir l'air de tenir le coup, qui se déforme en chuchotant :

– Sortez-moi de là...

– C'est terminé !

La matonne a crié. Dehors les uns, en cellules les autres.

Nicole aurait pu dire, si elle avait pu trouver la force, qu'elle a obtenu de la bibliothécaire quatre livres par semaine, mais rarement ceux qu'elle voudrait lire. Elle aurait pu dire qu'il y a des « activités » pour les détenues dans la tour centrale. Des cours, faits par les sœurs, mais qu'il faut acheter des manuels. De la peinture sur soie au deuxième étage de la tour, de la gravure sur cuir... mais qu'il faut acheter le matériel. Que, dans la Division 2, celle du travail, il y a des ateliers pour 40 détenues. Que l'on peut y fabriquer des goutte-à-goutte pour les hôpitaux, moyennant 397 francs par mois. Qu'il reste 181 francs pour cantiner, le shampooing, le papier hygiénique, le dentifrice, le papier à lettres, les enveloppes, le stylo-bille et les timbres. Les cigarettes aussi. Ne parlons pas des fruits et des chocolats, c'est trop cher...

Elle aurait pu, mais quel intérêt pour ses parents ? Sinon de leur donner une image trop réaliste de leur fille prisonnière, punie comme les voleuses, les criminelles, les prostituées, les camées. L'image de leur fille intégrée dans un système social à cent lieues du leur ?

Et les parents en rentrant, que diront-ils aux petites filles ?

– Maman va bien, elle a cantiné du papier, elle vous écrira, si le juge le permet.

Déprime. La grave, la vraie, la noire. Déprime installée en quatre mois de préventive. Quatre mois que le juge va, ou non, selon son bon plaisir d'instruction, les vacances et la couleur de sa bile, pourquoi pas ? prolonger.

Le cher Maître veut provoquer un interrogatoire, une confrontation, sinon il aura l'air de quoi, le cher Maître, avec ses visites trop rares, trop pressées et sa ritournelle :

– Ayez confiance, ne vous inquiétez pas, je fais le nécessaire » ?

Monsieur le juge,

J'ai l'honneur de solliciter un interrogatoire plus approfondi qui permettrait de déterminer le rôle exact de ma cliente dans cette affaire. Il résulte, en effet, que ma cliente n'a jamais retiré de profits des activités de l'inculpé Dominique. En recueillant son audition, vous ne pourriez qu'être convaincu que son rôle n'a jamais été celui d'une complice au sens de la loi, susceptible de favoriser ou d'aider la prostitution. Je me permets d'insister sur l'opportunité de l'entendre immédiatement, car sa détention me semble parfaitement injustifiée.

Je vous prie de croire...

Le juge ne croit que ce qu'il voit pour l'instant, c'est-à-dire une comptabilité à s'arracher les cheveux, fournie par Jean-François et son avocat d'affaires, bien décidé à le sortir de là. Chacun pour soi et les cellules seront bien gardées.

– Préparez-vous, vous allez chez le juge d'instruction.

Fouille, paquet pique-nique pour passer la journée : pain, Vache Qui Rit, pomme.

Le fourgon. Nicole passe la journée dans les cellules d'attente – la souricière –, à trois détenues par cage. Attente. Angoisse. Menottes.

Nicole suit ses menottes, qui suivent le gendarme

jusqu'à la porte du juge d'instruction. Le cher Maître est là. Il chuchote des choses :

– Le dossier s'étoffe, les commissions rogatoires sont rentrées, elles ne vous mettent pas en cause. Les faits concernent votre mari.

– Détachez-la.

– Asseyez-vous.

Et tout recommence :

– L'expertise du coffre et des comptes prouvent que votre mari vivait au-dessus de ses moyens.

– Je n'en savais rien.

– Dominique a fait ses révélations. Il accuse à présent votre mari d'avoir reçu de lui de fortes sommes d'argent.

– Je n'en savais rien.

– Les faits sont corroborés par les témoins des établissements que fréquentaient votre mari et Dominique.

– Mais je...

– Ce Dominique déclare vous connaître et avoir fréquenté votre domicile...

– Mais...

C'est fort, un juge; c'est tout puissant. Ça possède le langage, le Code, le jargon, l'importance de sa fonction. Ça fait peur, même et surtout à l'innocent qui n'y comprend rien.

Le cher Maître tente d'intervenir, mais s'entend répondre :

– C'est l'inculpée que j'interroge !

Ce qui devait être un interrogatoire ressemble plutôt à une série d'affirmations qui sentent le préjugé.

– Vous avez profité des subsides que votre mari obtenait de la prostitution.

Silence.

– Ce Dominique ne vous a rien caché de ses mœurs et de sa débauche.

Silence.

– J'attends vos aveux.

Le cher Maître saute tout de même sur l'occasion

– Je proteste ! Vous instruisez à charge ! Uniquement à charge et non à décharge ! Vous faites le procès de l'épouse par supposition.

– Je me passerai de vos commentaires, Maître. Quant à vous, madame, le silence ne sert à rien. Je ne vous lâcherai pas avant d'avoir vos aveux, ici même.

– Ma cliente est innocente, je le démontrerai !

– Nous n'en sommes pas aux plaidoiries, Maître. Madame, vous ne reviendrez dans mon cabinet que pour signer vos aveux. Je renouvelle le mandat de dépôt pour quatre mois. Vous recevrez l'ordonnance.

– Nous ferons appel de votre ordonnance !

– Vous ferez ce que vous voulez, cher Maître. Moi, j'instruis un dossier.

C'est tout. Quatre mois de détention provisoire supplémentaires. Le chantage aux aveux. Il n'a pas vu une femme devant lui ; il a vu une complice. N'allons pas lui demander s'il s'est seulement posé une fois la question de l'innocence de Nicole. Ce que ce juge veut, Nicole, dans sa déprime, ne peut même pas le définir clairement. Cela s'appelle « Recel de sommes d'argent provenant d'un délit et complicité dans ce délit ».

Menottes, cellule d'attente, fourgon, retour à la M.A.F. de Fleury, portail-électronique, haut-parleur, œilleton, lumière et questions :

– Alors ?

Larmes. Étouffement silencieux de larmes sèches qui ne peuvent plus couler.

– Quatre mois de rab ? Il est fou ce mec ! Il te prend pour une terroriste ou quoi ? Mais quel salaud !

Ça ne console pas de l'entendre dire.

Les mauvaises nouvelles n'allant jamais seules, le lendemain, Nicole est avisée qu'elle a définitivement perdu son emploi. La société X en a assez d'attendre et, « supposant », « vu que », « en l'occurrence », etc.

Qui a dit qu'il fallait donner du temps au temps ?

Nicole est hors du temps. Il y a devant elle, sur la table de la cellule, les photos des enfants. Elle ne les verra plus qu'en photo. Hors du temps.

Au-dehors, le temps, celui des autres, fait son petit bonhomme de chemin, celui où l'on cause :

– Elle n'aurait jamais dû épouser ce Jean-François. Il a toujours eu un drôle d'air.

– Ces dîners avec ce Dominique, ça voulait dire quoi ?

– C'est vrai qu'ils vivaient bien...

– Vous croyez que les parents étaient au courant ?

Les parents, les pauvres... Pour eux aussi le temps passe autrement. Au début, c'était un scandale, une injustice, c'était l'innocence bafouée, l'erreur judiciaire. L'avocat allait la sortir de là. On allait voir ce qu'on allait voir...

Seulement, si le juge l'a remise en prison, pour quatre mois encore,il pourra le refaire jusqu'au procès, et un procès n'est jamais sûr. Tout de même, il doit savoir ce qu'il fait, ce juge... Et si le gendre était dans la pègre ? La mafia ? Et si Nicole savait ? Et si Nicole...

On cause encore sur le petit chemin du temps qui passe :

– La famille est déshonorée à jamais.

– Des gens honnêtes n'invitent pas un giton homosexuel à leur table.

– Et devant les enfants !
– Pourquoi pas la drogue et la traite des blanches !
– Des partouzes ! vous vous rendez compte ?
Alors, voici venu le temps où le père ne veut plus entendre parler de sa fille. Il ne reste plus que la mère au parloir.
– Ton père est malade.
Le soir, à la distribution des fioles, Nicole prend les doses fortes. Et les camarades de cellule, de promenade, commencent à avoir peur pour elle. Elles savent, elles, ce que c'est que tenir le coup ou pas. Cette femme-là ne tient pas. Les fioles à midi, les fioles le matin... trois fioles par jour, c'est une camisole chimique. Ce regard fixe sur la photo des gosses, c'est inquiétant. La visiteuse de prison n'en tire rien, de ce regard, qu'une demande obstinée, chuchotée :
– Je veux mes enfants, je suis innocente.
Elle aurait pu faire la grève de la faim, la direction est censée en informer le juge. Mais la méthode est usée et on perfuse de force : pas question de mourir en prison.
Elle aurait pu pratiquer aussi l'automutilation. Mais la Direction considère ce geste comme un cinéma d'hystérique. Les femmes ! Que n'inventent pas les femmes en prison ? Les brûlures de cigarettes, les bras tailladés à la boîte de conserve...
S'évader ? On ne s'évade pas de la M.A.F. Une seule a réussi. C'est une information « top secret », retransmise par « Radio Prison », c'est comme cela que je l'ai apprise. Elle s'appelait Marina, elle avait l'accent de Marseille. Elle ne sortait jamais de cellule, était brave, polie, adorable, gentille... Mais elle ne sortait pas. Ni promenades, ni activités dans la tour centrale, ni sport, ni peinture sur soie. Elle bouquinait sans cesse. Les codétenues ne la

connaissaient même pas, les éducatrices non plus. Seules les matonnes de son secteur avaient une idée claire de son visage et de sa silhouette. Et elle leur fichait une paix royale. Une paix rarissime. La détenue modèle.

C'est ainsi qu'un après-midi, avec trois bouquins sous le bras, elle a dépassé l'infirmerie à l'heure de la sortie des éducatrices. Elle s'est glissée parmi elles, a marché au milieu d'elles et la matonne de la rotonde qui surveille toutes les grilles, tous les couloirs, n'a rien vu. Elle a passé le secteur de détention, la deuxième porte où le portier, dans son blockhaus, dispose d'une ouverture électronique.

Elle a franchi la dernière ligne droite, le portique, avec les éducatrices à la queue leu leu. Jusqu'à la dernière porte, la petite, celle des visiteurs, avocats, personnels. Au-delà du parking se dressaient les peupliers, comme une rangée de gardes mobiles. Bonsoir Mesdames, bonsoir Messieurs, Marina a disparu derrière les peupliers. Une allée d'un kilomètre, qu'elle a parcourue d'un pas tranquille, en passant devant le grand quartier, la voiture des C.R.S., le Centre des jeunes détenus, l'École pénitentiaire, jusqu'à la route. A gauche, le cimetière russe ; à droite, la ferme de la greffière. Hop ! on traverse la route, droit sur Sainte-Geneviève-des-Bois.

Top secret. Les femmes ne s'évadent pas.

Nicole ne sort plus de sa cellule. Ses promenades se font de plus en plus rares. On ne traîne pas de force un fantôme en promenade. On ne convainc pas un fantôme de se faire bronzer au soleil de mai, dans la cour aux quatre coins, avec l'arbre au milieu, tandis que le haut-parleur hurle :

– Mesdames, les seins nus sont interdits ! De la dignité, Mesdames !

Si l'on gardait et déroulait depuis bien des temps, souples et odorants, tous les cheveux des femmes, blonds, blancs, safran, couleur feuille morte, pour tisser et nouer bout à bout des voiles soyeuses qui vont sur la mer...

... les liens des cheveux seraient longs, si longs qu'en les déroulant au seuil des prisons, toutes les prisonnières pourraient s'en aller jusqu'à leur maison.

Si l'on gardait... dit la chanson.

Dans sa cellule, Nicole découpe ses draps en lanières, en les déchirant à la main. Elle en fait des rubans rectilignes, pour les nouer bout à bout et tisser une corde qui soit une vraie corde.

Sur le mur de la cellule, il y a l'ouverture de vingt centimètres, sous le plexiglas. Mais on voit de l'extérieur. Sous le lavabo, il y a le syphon, mais il faut s'allonger horizontalement. Impossible.

Il y a aussi les lits superposés et les structures de métal : là c'est possible.

Pour se pendre, il faut briser les vertèbres, obtenir une mort instantanée. Il faut une chute, il faut le poids du corps.

Les filles sont à la promenade, Chloé lui dit :

– Viens, il y a du soleil !

La photo des enfants sur la table. Une petite lettre aux parents. « Je n'en peux plus, je suis innocente. »

– Viens, il y a du soleil...

– Je vais dormir. Laisse-moi.

Elle s'est attaché la corde de drap tressé autour du cou, très haut, bien droite. Elle a accroché l'autre extrémité au lit, bien serrée sur la barre de métal.

Elle s'est laissée glisser le long de ce lit superposé. D'un coup. Les deux artères carotides, la trachée, les deux veines jugulaires prises comme dans une tenaille.

Trente secondes ont suffi pour la perte de conscience. Cent vingt secondes pour que le cerveau ne soit plus irrigué. Si Chloé était rentrée de la promenade à la cent vingtième seconde, on aurait peut-être décroché Nicole, mais pour rien. Lésions irréversibles.

Il faut cinq minutes pour obtenir la mort par étouffement.

Chloé est revenue de la promenade, du soleil. La matonne a ouvert machinalement la porte de la cellule et Chloé a hurlé. Hurlé si fort, si longtemps, si âprement, que toute la prison a su. Hurlé à en devenir folle. Il a fallu l'enfermer dans une autre cellule, avec Corinne, à l'autre bout du couloir.

C'était le dimanche de la fête des Mères.

C'était une mère en détention provisoire.

C'est un juge à qui il ne reste qu'un dossier jaune. Qu'un inculpé. Coupable celui-là. Qu'il autorise à assister à l'enterrement de sa femme.

Grand merci, Monsieur le Juge.

Qui a tué Nicole ?

Top secret.

Grenadine

En principe, une désignation d'office se pratique par formulaire que l'on découvre dans son casier le matin, en arrivant au Palais.

ORDRE DES AVOCATS

A LA COUR DE PARIS

PALAIS DE JUSTICE

LE BÂTONNIER A MAÎTRE MAUD MARIN, AVOCAT A LA COUR.

Mon cher Confrère :

Je vous informe que vous êtes commis d'office pour assurer la permanence des flagrants délits le... à partir de 13 heures 15 *à la vingt-troisième chambre.*

En raison de la durée des audiences, je vous prie de ne prendre aucun autre engagement pendant la demi-journée durant laquelle vous aurez à tenir cette permanence.

Je vous rappelle que vous devrez déposer une fiche de plaidoirie par affaire plaidée, en mentionnant à la place réservée à la vignette votre qualité d'avocat d'office.

En cas de difficulté, vous voudrez bien avertir le Bureau pénal. Je vous prie de croire, mon cher Confrère...

Ma qualité d'avocat d'office est devenue, j'en ai peur, à cette époque des années 80, une qualité permanente.

Stagiaire, sans un sou, sans cabinet à moi, je suis la proie toute désignée aux nominations d'office. C'est gratuit, ça ne paie même pas le sandwich. Pas question, durant cette demi-journée, d'avoir mal aux dents, ou quoi que ce soit d'autre d'incongru. Permanence oblige.

Il arrive aussi, le plus souvent, qu'une désignation d'office se fasse en urgence par téléphone, l'imprimé prenant le train postal plus tard.

Aujourd'hui, j'ai mal aux dents. C'est un juge pour enfants qui m'a téléphoné à 12 heures 30 pour être présente à 13 heures 30. Un cas spécial ? Non, juste une histoire de mômes. Une môme, prénommée Mada. Nom de famille yougoslave ou roumain, quasiment toujours le même. Je le reconnais ce nom-là : gitan. Il est utilisé par tous les mômes gitans avec une régularité et une obstination presque attendrissante. Disons, par exemple : Amidovic, ou bien Miledovic, ou encore Amilevivedovic, pourquoi pas ! Un nom courant comme le vent qui mena les « Rom », les « Kale », les « Manus », tous tziganes, jusqu'au libre pays des droits de l'homme.

Je subodore que, s'il y a une ... vic quelque chose, elle n'est pas la seule.

En route pour le tribunal. Quelque part au cœur du Palais, dans le bâtiment dit « Cour de la Sainte-Chapelle » se trouve le petit parquet, le tribunal pour enfants. Une « Mada » attend d'y être punie. De quoi ?

Galerie de la Sainte-Chapelle. Une petite porte usée, d'un brun indéfinissable, comme une porte de cagibi. Elle s'ouvre sur un escalier étroit de style médiéval qui descend vers les oubliettes judiciaires. Trouver les cabinets de juges pour enfants est une gageure dans ce dédale, un curieux jeu de l'oie. Il faut slalomer dans de minuscules escaliers, ouvrir des portes insoupçonnables.

J'ai toujours l'impression de pénétrer en un lieu caché, une sorte de désert en sous-sol. Je m'imagine enfant, prise en flagrant délit de vagabondage ou de chapardage, traînée en ces lieux, morte de terreur de n'en jamais ressortir.

Au bout de la galerie étroite, quatre gendarmes encadrent un tableau de Goya : quatre infantes tziganes, de treize à seize ans environ, pieds nus dépassant de longues jupes bariolées, visages bruns et lisses avec de grands yeux noirs angoissés, bras maigres, torses minces, cheveux de vent et de poussière, en boucles d'indiscipline.

Les gendarmes ont l'air de statues de généraux en bronze surveillant un troupeau sauvage.

Je sais, pour l'avoir vécu avant elles, qu'elles ont passé la nuit au commissariat, qu'elles n'y ont pas beaucoup dormi, prises entre les interrogatoires en une langue qu'elles comprennent mal et les cages de garde à vue en sous-sol.

Les lumières au néon dans la galerie sombre font étinceler les uniformes des uns et sculptent les haillons des autres. Quatre paires d'yeux me regardent enfiler mon cotillon de « pingouin » de la défense. Au même moment, une sorte de mama tzigane me tombe dessus. Avec un accent difficilement reproductible sur papier, elle me lance :

– Tou e lavocate ? Si tou sor mes filles jé donné l'argent.

Et de me brandir en appât quelques billets froissés de 100 francs.

– Vous êtes leur mère ?

– Non. La tante, la cousine...

J'ai compris. Jamais de père ou de mère officiels dans ces cas-là. Ces gamines sont « maquées ». Des esclaves. Vous les avez vues, sur les trottoirs des Champs-Élysées ou d'ailleurs, s'agripper aux passants, la main creusée pour l'aumône tendue à hauteur de la poche portefeuille ou de l'ouverture du sac. C'est ce que l'on leur a appris à faire pour participer aux frais de la communauté qui les « élève ».

Pas de trottoir, pas de sexe : la prostitution n'est pas dans les mœurs tziganes. Mais, dans certaines communautés, le vol et le chapardage demeurent une école d'enfance. Comme au cirque, on y apprend très tôt à subsister.

Pour ignorer noblement le paquet de billets tendus, je dis à la cantonade :

– Je reviens tout de suite.

Pas le temps de lui expliquer qu'un avocat d'office est gratuit. Pour elle, je suis une « gadgie ». Elle me poursuit jusqu'à la porte du cabinet du juge :

– Madamé lavocaté, tou prends l'argent ! Tou auras l'argent !

Je referme doucement la porte entre la mama et moi. Une voix lasse m'accueille :

– Enfin ! cher Maître, voici le dossier. Elle a reconnu les faits. Mais je ne sais pas la vérité sur son âge. « Nous » devrons procéder à une expertise. Vos confrères ne se sont pas présentés. ... Pouvez-vous défendre les trois autres ? La situation est la même : identité incertaine, âge incertain.

J'accepte. Je demande tout de même un peu de temps pour consulter les dossiers, trente ou quarante minutes. La réponse me cloue sur place :

– Ces dossiers ne présentent aucune difficulté. Tout est clair.

Qu'est-ce que je fais ici, en ce cas ? La cause serait-elle entendue d'avance ? Cette femme, ce juge pour enfants, me fait comprendre avec une impatience non dissimulée que, si je me mets à vouloir jouer mon rôle d'avocat, je fais perdre du temps, je complique l'affaire en quelque sorte. Je n'ai plus qu'à jouer l'avocat « pot de fleurs », le gratuit et obligatoire pour la justice des mineurs, mais qui, surtout ! surtout ! ne prend pas parti pour ses « clientes ».

Mes « clientes » : quatre dossiers, la même affaire, la même cause entendue pour Madame le Juge, décidée à conclure plus vite que son ombre. J'enrage. Les tribunaux pour enfants sont trop souvent des juridictions d'exception, l'ordonnance du 2 février 1945 reprenant la loi pétainiste du 27 juillet 1942. Que faire avec ça ? Les hauts murs ? Les quatre cents coups ? Il n'existe pas réellement de procédure, le juge pour enfants est le seul maître avant Dieu, plus puissant encore qu'un juge d'instruction. Il est choisi, dit la loi, « pour l'intérêt qu'il porte aux questions de l'enfance et pour ses aptitudes ». « Il est sensé, dit encore la loi, effectuer toutes diligences et investigations utiles pour parvenir à la manifestation de la vérité, à la connaissance de la personnalité du mineur, ainsi que des moyens appropriés à sa rééducation. »

Face à ces pouvoirs énormes, il nous faudrait, en France, des avocats spécialisés dans les problèmes de mineurs. Les « désignés d'office » sont trop souvent incompétents et se contentent d'avaliser l'opinion du juge. On ne plaide pas « pour de vrai » au tribunal pour enfants. Pourtant les enfants attendent de l'adulte qui est devant eux, qu'il ne fasse pas les gros yeux et ne les traite pas a priori comme des criminels. Je me souviens avoir assisté à une affaire où, à une collègue demandant la mise en liberté d'un gamin, il fut répondu : « Nous avons déjà trouvé un placement pour ce mineur, n'empêchez pas la procédure. »

Autrement dit, ne nous empêchez pas de juger en rond.

Aujourd'hui, devant ces quatre Goya en jupons bariolés, je n'ai pas l'âme d'un pot de fleurs. Une révolte contre le système gronde en moi. Parce qu'il fait beau dehors, parce que cette femme juge, derrière sa porte, est payée au mois pour faire ce qu'elle veut et vite. Pas moi. Pas les gosses. Une révolte aussi contre la déontologie qui veut que l'avocat du mineur collabore avec le tribunal afin de faire comprendre audit mineur la « pensée » du juge, comme ils disent. Et les droits de l'enfance ? Je refuse d'être un avocat collabo.

J'ai l'habitude des flagrants délits, et celui-là est bien banal : mes quatre gamines tziganes se balladaient rue de Rivoli en haillons colorés, zigzaguant au milieu des touristes, dans le but de « tirer », comme on dit dans le monde des voleurs. Tirer ce qu'elles pouvaient, ainsi qu'on le leur a appris. L'histoire tournait autour d'un touriste japonais attablé à une terrasse de bistrot, sous un parasol. Les gamines faisaient la manche. Le Japonais s'est plaint, en anglo-japonais, auprès du flic de la circulation, qu'on lui avait volé dans sa poche un billet de 200 francs. Scandale à la terrasse, piaillements des consommateurs. Le barman rattrape Mada à la course, en soixante mètres de compétition, sous les applaudissements du public.

Je ne fais pas ici l'apologie du vol à la tire. J'essaie de faire comprendre la « personnalité du mineur ». Mada, la petite Goya n'a appris que cela à l'école des tziganes. Elle est maquée à une famille dont la mama dans le couloir ne représente que le périscope d'un sous-marin gigantesque. Ni mère ni père, une famille. Il est des familles nobles, je suppose, où l'on apprend aux enfants à chasser le cerf ou le sanglier, dès la fin du premier biberon. Us et coutumes. Le gosse est-il pour autant responsable de la mort du cerf ?

Mada et ses trois « acolytes », comme il est dit sur le papier, sont donc embarquées dans un panier à salade devant un amoncellement de badauds et de témoins qui ont tout compris d'avance, même sans avoir vu. Les Romanos font peur. J'imagine les commentaires...

Au commissariat, on tape les P.V. de routine. Les gamines sont domiciliées, si l'on peut dire, dans un campement tzigane le long de la nationale 16, à Sarcelles.

Je le connais. Un ruisseau pourri, la Rosne, le traverse de Gonesse à Sarcelles. Un décor pasolinien, des bidonvilles, ceux du quart-monde, des terrains vagues à l'infini, des cimetières de voitures dignes d'Arrabal, des pylônes électriques, milliers de volts qui alimentent le secteur Paris-Nord. Une autre planète sur la douce terre d'Ile-de-France. Et alentour, Sarcelles, la ville-champignon, un bouillon de culture explosif, de races et de religions mêlées, Maghrébins, Sépharades, Portugais, Espagnols, Arméniens. Le camp tzigane, à l'écart, est un ghetto dans le ghetto. Dans la poussière ou la boue selon la saison, avec, surprenantes dans cette misère, de-ci de-là, quelques Mercedes 450, lustrées, rutilantes, et des roulottes à l'américaine, de vraies maisons. C'est qu'il y a un roi en ce domaine, un grand patron, un patriarche, avec un nom en ... vic.

Des îlots de richesse dans un capharnaüm de misère où évoluent mes quatre gamines.

Donc, les identités sont incertaines, les parents encore plus, les âges de même. Pour simplifier, la police tente de leur coller l'étiquette « seize ans », permettant leur incarcération. En réalité, ces gosses ont entre treize et seize ans et n'entrent pas dans cette catégorie.

Elles ont donc avoué aux policiers. Au brutal « Avoue ou tu iras en prison! », elles ont répondu : « Oui, j'avoue Monsieur le Policier. »

Elles parlent mal notre langue, mais elles connaissent la peur du gendarme. Elles sont en France depuis deux ans, et déjà classées comme récidivistes. Que faire ?

Je retourne dans l'étroite galerie, vers les deux gendarmes statufiés et les gamines en jupons désordonnés. Superbement sales, affreusement attendrissantes. Ce mélange de diablerie et de désespoir dans les yeux, ces corps faussement paralysés de terreur, capables de bondir comme des écureuils à travers la moindre porte ouverte.

« La lie de la terre », dit un mien camarade, commissaire de son état, chargé du secteur de Sarcelles et qui, lui, affronte les adultes à Mercedes, les chefs de tribu, propriétaires des femmes et des enfants, machos tout puissants, régnant sur un peuple asservi.

Ces enfants-là sont des esclaves, des animaux dressés à voler. Mais un tribunal pour enfants ne s'occupe pas des commanditaires des vols, de ceux qui récoltent. Le tribunal pour enfants ne s'occupe que d'envoyer ces petits animaux sans collier à la fourrière.

Mada, la plus grande me regarde fixement et c'est moi qui baisse les yeux. Cette gosse a déjà plus souffert que moi en un quart d'existence. Je voudrais la défendre jusqu'au bout.

– Tu es Mada... vic ?

– Oui, Madame l'Avocat.

La mama a dû faire la leçon entre-temps.

J'emmène la gamine vers une petite table métallique et deux chaises bringuebalantes. Décor de la défense, au vu et entendu de tous.

– Je suis là pour t'aider, tu comprends ?

– Aider ?

C'est la première fois en vingt-quatre heures qu'elle entend une voix sympathique.

– Madame, on me croit pas.

Elle regarde le dossier du juge entre mes mains. C'est lui qu'elle désigne des yeux. Elle sait que ce petit tas de papiers est contre elle, qu'il représente son sort : la prison, la pire des choses pour une enfant tzigane. La mort de la liberté.

– Écoute-moi, Mada. Le juge t'a déjà interrogée, on va y retourner toutes les deux et je vais t'aider. Tu comprends ?

– Oui.

– Il faudra faire vite. Ici, le juge a quinze minutes par enfant. Quinze minutes, tu comprends ?

– Oui, Madame.

– Quand j'avais ton âge, j'ai volé de l'argent à mes parents, moi aussi. Mes parents étaient riches, pourtant. Mais tous les enfants, même riches, font ça. Et ils ne vont pas en prison... Tu comprends ?

– Oui, Madame.

Elle ouvre des yeux grands comme des soucoupes.

– Le policier n'a pas trouvé l'argent sur toi ?

– Non, Madame, je jure.

– Et sur tes copines non plus ?

– Non, Madame, je jure. Le policier n'a pas trouvé.

– Et il n'a pas trouvé le billet de 200 francs ailleurs, par terre ?

– Non, Madame.

C'est écrit dans le dossier : le billet français du Japonais a disparu dans la nature. Pas de preuve tangible. Qu'elle l'ait ou non jeté dans sa course, qu'elle l'ait ou non volé, c'est égal, je le dis franchement. Moi aussi, je m'accroche aux textes, aux lois : pas de preuve tangible, pas d'accusation légale.

La mama tantine saute à nouveau sur moi, les mains

crispées sur d'autres billets, en invoquant les dieux tziganes. Je tente encore la question.

– Vous êtes sa mère, oui ou non ?

– La tante, la cousine.

Elle est peut-être la mère, peut-être pas. C'est une femelle qui défend ses petits, qu'elle les ait élevés ou non. Certains animaux vivant en tribu se comportent exactement ainsi. Ce n'est pas une question de ventre, c'est une maternité collective.

J'écarte la porteuse de billets en lui demandant de me laisser travailler. Ton sévère, œil fâché. Elle recule aussitôt, souplement, mais je la sens prête à recommencer. Elle croit au pouvoir des billets. C'est normal.

– Mada, raconte-moi comment ça s'est passé, avec l'homme, le Japonais.

– Je demande de l'argent à tout le monde et aussi à lui. Il veut rien donner.

– Tu as pris le billet dans sa poche ?

– Non. Il tient très fort son appareil-photo, il crie contre nous, il fait beaucoup de gestes avec les bras. Après, il m'attrape et il tape sur moi.

– Tu as quel âge ?

– Quinze ans.

– Tu es sûre ?

– Oui, Madame.

– Tu connais ta date de naissance ?

– Je sais pas lire, Madame.

– Tes parents sont au campement à Sarcelles ?

– Non, Madame.

– Ils sont où ?

– Je sais pas, Madame.

– Où tu vis, où tu dors ? A Sarcelles ?

– Une roulotte.

– Qui s'occupe de toi ?
– La tante.
– Elle te donne bien à manger ?
– Oui, Madame.

Je détaille le corps mince et pourtant rond. Charnue, elle n'a pas l'air sous-alimentée, ni maltraitée. Elle est belle, j'ai envie de l'appeler Grenadine, je ne sais pas pourquoi. La peau brune et dorée, les joues teintées d'un sang vif, les yeux noirs, les cheveux noirs avec des reflets de lumière rousse.

– Tu viens souvent dans les rues de Paris ?
– Le matin, on vient ; le soir, on rentre à Sarcelles.
– Tu n'es pas fatiguée de courir toute la journée ?

Silence. Silence de la bouche grenadine, des yeux noirs, du corps. Silence sur le système. Courir toute la journée, tendre la main, la glisser parfois dans les poches ou les cabas, et courir, courir, et recommencer. Ou bien encore attraper l'étranger par la main et lui offrir la lecture de son avenir pour un billet de 50 francs. J'ai connu ça, au tapin. J'avais donné 100 francs et la tzigane m'a dit : « Je garde tout pour ton bonheur ». Ensuite elle m'a fixée, regard perçant, et elle a déclaré : « Tu as souffert, je ne vois que la souffrance dans tes yeux. »

A mon tour de ne voir que la souffrance dans ces yeux noirs de silence, qu'absence d'amour simple. Abandonnée, vendue, fourguée, refourguée comme une marchandise, entre tribus. « Ça », ça vole bien. « Ça », ça mendie bien. Ça ment bien, aussi. Elle a plus de seize ans, pas beaucoup plus mais suffisamment pour aller à la prison pour mineurs. A dix-huit ans, c'est la majorité pénale.

– Écoute bien. Tu vas dire au juge : « Je mendiais dans la rue de Rivoli, je mendiais aux terrasses des cafés. » Répète.

Elle répète, bien dressée.

– Tu vas dire : « Le monsieur japonais, il criait après moi, en colère. »

Elle répète sans oublier une intonation.

– Tu vas dire : « Je n'ai rien volé au monsieur japonais. Il a couru après moi, il a tapé sur moi. » Tu vas dire : « La police est venue, elle a attrapé mes trois copines » ou mes cousines, comme tu veux. Copines ou cousines ?

– C'est comme des cousines.

– Tu diras : « Mes cousines, elles mendiaient comme moi. Mes cousines, elles n'ont rien volé. » Tu comprends ?

Elle me remercie d'un sourire éclatant, dents blanches de croqueuse de pomme volée.

– Tu vas dire : « Mes parents, je ne sais pas où ils sont. En Yougoslavie ou en Hongrie. Ils m'ont laissée à la tribu de Sarcelles. »

– Oui, Madame.

– Tu diras surtout : « Je n'ai pas seize ans. »

Ça, elle connaît. On a dû le lui seriner depuis le départ. Age incertain, c'est pourquoi le juge voudrait bien une expertise. Qu'on lui regarde les dents à cette gamine, et les ovaires, pourquoi pas ?

– Tu vas dire que tu as tes règles depuis un an, c'est tout.

Règles, elle n'a pas compris. Je suis bête. Je recommence :

– Que tu saignes depuis un an, pas plus. Compris... Tu es vierge. Tu ne sais pas comment c'est, un homme.

– Je ne sais pas, Madame.

– Tu vas dire qu'on ne t'a pas encore mariée.

– Un jour, on me mariera avec un homme de la tribu.

– Je sais.

– Tu es en France depuis deux ans. Tu es partie et revenue beaucoup de fois. Tu n'es pas allée en prison. Jamais.

– Oui, Madame, je le jure.

– La police dit que tu as volé en 1980.

– J'ai pas volé, je suis pas allée en prison.

– La police a mis tes doigts dans l'encre noire ?

– Aujourd'hui. Avant, jamais.

Voilà. J'ai droit à mon système de défense, c'est le seul d'ailleurs. Et je me permets un conseil en plus.

– Quand tu auras dix-huit ans, tu ne le dis jamais. La police t'attrapera encore. Tu le sais.

– Oui, Madame.

C'est ainsi. Mada, comme les autres, sera toujours considérée comme un sujet incontrôlable, non insérable, suspectée à raison, ou à tort, capable de maraude, coupable de fainéantise. La loi du 16 juillet 1912 classe « ces gens-là » vagabonds, bohémiens, avec lesquels, il faut prendre des mesures de sécurité, les éloigner du territoire. Leur situation est pire que celle des interdits de séjour. Un vieux professeur de droit des années 40 parlait même de « régime d'exception contre toute une race ».

Même la loi post soixante huitarde qui a supprimé l'affreux carnet anthropométrique réservé aux nomades, aux fils du vent, aux gens du voyage, même cette loi a des restrictions sentant le racisme. Les nomades étrangers sans ressources régulières doivent posséder un carnet de circulation visé tous les mois de même que les enfants de plus de seize ans. Tous doivent être rattachés à une commune, et ils ne doivent pas dépasser 3 % de la population municipale.

Je connais des associations, des médias, des politiques de tous poils, qui hurleraient au racisme s'il s'agissait d'autres gens que des tziganes.

Il me vient soudain une idée subversive. Dans la logique de ce texte, la population carcérale tout entière ne devrait pas, non plus, dépasser 3 % de gitans, de tziganes ou de romanos, en France.

Je me demande ce qu'il reste de droits aux mineurs étrangers rattachés. Je me demande si on ne va pas inventer un pourcentage d'enfants autorisés par étranger rattaché.

Et nous marchons, Grenadine et moi, vers la porte du juge pour enfants.

Petit rappel des termes de la loi, offert au juge pour enfants :

Majorité pénale à dix-huit ans, depuis 1906.

– Une fille pour dix garçons environ est une mineure délinquante.

Au-dessous de treize ans, on ne peut pas mettre un mineur en prison. Entre treize et seize ans, le juge peut placer le mineur en détention provisoire pour dix jours, en vue de la recherche d'une solution éducative. Mesure exceptionnelle supprimée depuis juin 1989, mais dont ne peut bénéficier ma cliente en 1981. A cet âge, la peine infligée est la moitié de celle d'un majeur. Donc, ma cliente risque trois mois.

Au-dessus de seize ans, le juge peut placer un mineur en détention selon les mêmes règles qu'un majeur mais dans un quartier spécial.

C.Q.F.D. : ma Grenadine doit avoir moins de seize ans, c'est le point essentiel.

Spécialité parisienne pour agrémenter la sauce judiciaire, le tribunal de Paris considère les tziganes comme sans domicile fixe.

Madame le Juge, comme tous les autres juges pour enfants, dit :

– Il semble que ces délinquants yougoslaves soient parfois exploités par leurs compatriotes.

Il semble, en effet.

– Il semble également qu'ils soient, ou se disent, sans pièces d'identité, et qu'ils invoquent un état de minorité qu'ils n'ont plus.

Il semble toujours. Mais je crains fort que ce langage châtié ne parvienne pas à l'entendement de ma Grenadine.

Si ça continue ainsi, Grenadine ira sans coup férir à l'Hôtel-Dieu, dans la sinistre salle Cusco, sous les combles à gauche en entrant, avec vue sur la Préfecture de Police. Une salle réservée en principe aux malfrats blessés, pas aux enfants de chœur. Promiscuité troublante. Dans cette salle d'hôpital-prison, Grenadine sera soumise aux examens des toubibs-matons. Radios des os, examen des cartilages, des jointures, de la peau et du sexe. Vierge ou pas, pour indiquer « une probabilité d'âge réel » selon la formule des rapports d'expertise.

Une autre formule me terrifie : « La question de l'opportunité de la condamnation pénale doit porter non sur les éléments constitutifs de l'infraction, mais sur l'individu lui-même. »

L'individu, c'est Grenadine ; l'infraction, c'est un billet de 200 balles : cela me terrifie et me met en colère.

Quel est le môme qui n'a jamais volé un bonbon ou piqué des sous dans le porte-monnaie de sa mère ? Je sais, je me comporte en anarchiste. Mais je ne veux pas qu'on envoie Grenadine à Fleury Merogis pour 200 balles.

Ça recommence. Madame le Juge :

– Quel âge as-tu ?

– Quinze ans, Madame.

– Tu n'as pas de papiers. C'est bien vrai que tu as quinze ans ? pas plus ?

– Non, Madame.
– Tu es la fille de Duchan et de Vlandanka... vic.
– Oui, Madame.
– Où sont-ils ?
– Je ne sais pas... dans un autre campement.
– Ce jour de septembre 1981, tu es donc venue avec Lada, Rada, et une autre Lada.

Cette fois, le nom se termine en... vitch.

– Tes cousines ?
– Oui, Madame.

On passe à l'oncle Miroslav, à la tante Milena, toujours en... vitch, aux cousines nées à Zagreb, à la famille de Belgrade ou d'ailleurs. Une grande famille.

– Je vois, dit Madame le Juge, qui rectifie presqu'aussitôt qu'elle ne voit rien.
– Je n'arrive pas à les « loger », Maître, ils n'ont que deux noms de famille, les... vic, et les... itch. J'en vois des dizaines par semaine.
– Ce sont des tribus disséminées dans toute l'Europe, Madame le Juge, il est difficile de savoir où sont les parents en ce moment.
– Bien. Les faits. Tu as déclaré aux policiers avoir volé 200 francs à monsieur Yatomo, à la terrasse d'un café, rue de Rivoli.
– J'ai pas volé. Je mendie l'argent.
– Tu as signé devant la police. Tu l'as dit tout à l'heure.
– Je ne sais pas lire.
– Tu l'as avoué.
– J'ai pas volé.
– Je me demande qui a pu te souffler cette rétractation...

Ça, c'est pour mon jardin. Le mot « rétractation » ne fleurit pas dans celui de Grenadine.

– Madame le Juge, je représente la défense.

– Mais je respecte les « Droits de la Défense », Maître.

– En l'occurrence, je suis d'abord au service de la liberté.

Jc l'agacc. Je ne joue pas mon rôle de « pot de fleur ». Ça va lui prendre son après-midi.

– Cette enfant a moins de seize ans et elle est illettrée.

– C'est à vérifier.

– Elle a signé des déclarations sous contrainte d'adulte.

– Je ne vous permets pas!

– Le témoignage d'un enfant de moins de seize ans ne peut pas être entendu sous serment. Vous ne pouvez pas prendre en compte les déclarations d'une enfant qui seraient mises en doute devant un tribunal correctionnel.

– Maître, vos propos sont irrévérencieux, je ne peux pas les accepter.

– Il est de mon devoir de dire qu'il n'y a aucune preuve d'un délit supposé.

– J'ai un dossier, Maître.

– Avez-vous un plaignant? Il n'y a pas de vol sans plaignant. Où est monsieur Yamoto? Peut-on le faire citer comme témoin?

– De Tokyo, c'est difficile.

– J'ai appris en faculté qu'un procès se devait d'être contradictoire.

– Vous ne voudriez tout de même pas que je convoque tous les touristes volés par ces gitanes. J'ai un dossier.

– Je sais. Y a-t-il dans votre dossier la moindre trace d'un billet de 200 francs? Celle d'un porte-monnaie?

– J'ai les déclarations de cette fille à la police.

– Possible, mais je vous parle de preuve matérielle.

– Vous n'avez pas non plus la preuve du contraire.

– En effet, mais il se trouve qu'en correctionnelle le

doute profite à l'accusé. Or, le barman, après un sprint de soixante mètres, n'a rien trouvé en possession de cette enfant. Pouvez-vous imaginer plus simplement que ces gamines gênaient son commerce, par exemple ? Faites-le citer. Mais son témoignage n'est pas une preuve, ce n'est qu'une course à pied.

– Maître, je ne vous permets pas !

Madame le Juge a les lunettes en bataille. Je la fâche.

– Votre cliente...

Tiens, elle est devenue vraiment ma cliente dans la tête du juge, c'est bon signe.

– ... a été signalée pour d'autres vols en 1980. La police le mentionne.

– Elle mentionne mais ne prouve pas.

– Vous mettez la police en doute ?

– Le vol à la tire, Madame le Juge, se pratique comme un métier. Le voleur prend dans une poche ou ouvre un sac, il s'empare d'un billet, par exemple, le passe très vite à un comparse, lequel le repasse aussitôt à un troisième, qui s'éclipse. Aucune de ces quatre gamines n'avait sur elle de billet de 200 francs. Elles étaient bien quatre, pas cinq ou six. Quatre. Vous les avez toutes les quatre. La police les a fouillées. Rien.

– Il y a des présomptions concordantes.

Encore des mots qui ne fleurissent pas dans le jardin de Grenadine. Statufiée, ma cliente : son regard passe du juge à moi, de moi au juge, noir d'incompréhension. Nous parlons trop vite, trop bien, trop savamment pour elle. Mais je sais un langage du silence qu'elle peut comprendre : un léger clin d'œil, tandis que Madame le Juge feuillette le maigre dossier, bien ennuyée.

– Madame le Juge en l'absence du corps du délit, je plaiderai la relaxe pour Mada et ses trois supposées complices.

– Vous n'êtes pas à l'heure des plaidoiries. Et j'ai le devoir de connaître l'âge réel de ces gitanes.

– Vous êtes également tenue par les délais de garde à vue : vous ne pouvez pas dépasser quarante-huit heures, au-delà de l'interrogatoire du commissariat. De plus, je proteste contre l'envoi de cette enfant salle Cusco. Ce n'est pas un lieu pour une enfant, c'est exactement le contraire d'une mesure éducative.

– J'ai le devoir de vérifier les dires de cette menteuse qui s'est rétractée à cause de vous.

– Commise d'office... Vous n'avez rien dans le dossier. J'irai dans le sens de sa défense jusqu'au bout.

– Même si elle n'a pas seize ans, j'ai le pouvoir de placer cette voleuse en détention provisoire pour dix jours.

Et la valse recommence :

– Où es-tu née ?

– A Zagreb.

– C'est où Zagreb déjà ?

– Passons.

– Tu vis où ?

– Dans une roulotte.

– Mon dieu, une roulotte ! Tu as volé.

– Non, je mendie.

– Vous faites le procès de cette enfant pour la couleur de sa peau de tzigane !

– Maître, je vous rappelle à vos devoirs.

– Les vôtres sont de trouver une solution éducative... Cette mesure de détention ne doit être prise que si toute autre disposition est impossible !

– Je peux le faire. Je peux la placer en détention provisoire comme une majeure si elle a plus de seize ans, ce qui doit être le cas.

– Je comprends votre prédilection pour les médecins de

la salle Cusco, mais je m'étonne de votre acharnement à nier les droits de cette enfant. Je ferai appel de votre ordonnance.

– Vous pratiquez le chantage, après avoir tourné la tête de cette délinquante.

Cette fois, c'est elle qui m'énerve. Ah! on n'a pas le droit de défendre un mouflet tzigane avec les mêmes arguments qu'un adulte, blanc, normal, comme disait Coluche!

– Madame le Juge...

Grenadine a eu peur de l'algarade et m'interrompt par un cri de bête prise au piège :

– Je ne veux pas aller en prison!

Moi non plus, je ne veux pas. Je suis contre la prison telle qu'elle existe, pour les mômes. Et, dans ce cas-là, encore plus. Elle va l'enfermer. Qu'arrivera-t-il ensuite? Est-ce que trois mois de barreaux changeront quoi que ce soit à la nature des choses, aux roulottes, aux machos en Mercedes qui exploitent les gamines? Est-ce que cela fera de ma Grenadine une petite fille en tablier et chaussettes, avec un ruban dans les cheveux? Est-ce qu'on l'enverra à l'école de la Légion d'honneur? Est-ce qu'on arrivera à lui ôter le vent de la tête et le chapardage appris au berceau? Non, bien sûr. Alors, de quoi s'agit-il? D'une souffrance imposée? D'une vengeance qui ne dit pas son nom? D'un débarras provisoire? D'un je-m'en-foutisme culturel? professionnel? humain? mondain? réglementaire?

– Madame le Juge, je suis convoquée devant vous alors qu'il s'agit de la deuxième comparution de cette enfant. La première a donc eu lieu sans avocat. C'est votre pouvoir. Vous étiez seules toutes les deux. Or, l'article 8 vous impose de prévenir impérativement les parents des poursuites engagées.

– Les parents n'ont pas de domicile fixe.

– Mais pas la famille tutrice, pas ma cliente. Elle demeure à Sarcelles, dans un campement parfaitement connu. Quand il s'agit d'enfants français, vous y procédez automatiquement. Je connais ce campement. Un commissaire de police de mes amis, chargé de ce secteur, a toutes les difficultés du monde pour y pénétrer et régler les problèmes des adultes qui tiennent ces enfants en esclavage. Lui-même ne comprendrait pas que je défende cette gamine. Aucun avocat nommé d'office ne répond à vos convocations, sous des motifs divers. En revanche, vous me voyez régulièrement dans ces affaires de gitanes, peut-être parce que je sais ce que c'est d'être une exclue, une bizarre, une non-conforme. Je sais parfaitement que ces enfants sont échangés entre tribus, qu'ils ne portent pour cela que deux noms, toujours les mêmes effectivement. Qu'ils sont revendus par des souteneurs en Mercedes alors qu'ils marchent pieds nus, eux. Et que ce sont eux, toujours eux, que l'on retrouve devant la justice, pas les propriétaires des Mercedes. Je refuse que l'on considère ces gosses comme du bétail judiciaire. Si elles ne ramènent pas la « comptée » le soir au campement, elles prennent des coups. Si cette enfant-là, devant vous, va en prison pour vol et est fichée, ils la considéreront comme irrécupérable sur leur marché français. Que feront-ils d'elle, vous le savez ? Non ? Ils la marieront dès que possible à un homme de la tribu qui lui fera des enfants que l'on échangera avec une autre tribu ; ils deviendront, comme elle, des esclaves. C'est à vie, sans issue de secours. C'est elle que vous voulez mettre au trou ?

– Je suis magistrat chargée d'appliquer la loi.

– Elle vous demande, cette loi, de juger non les faits délictueux, mais la personnalité de l'enfant. Je viens de vous la décrire. Au-delà de ce dossier vide qui ne tiendrait pas devant un tribunal correctionnel d'adultes, pouvez-vous envisager de la détenir comme une adulte, par tranches de quatre mois en détention provisoire, renouvelables à votre gré ? De femme à femme, pouvez-vous le faire ? Je ferai appel. Aucune institution judiciaire ne peut s'attaquer à des enfants esclaves, apatrides, et fermer les yeux devant leurs exploiteurs. Si l'opinion publique...

– Laissez l'opinion publique où elle est. Elle n'a pas à intervenir dans ce débat.

Elle me dévisage un instant, je sens venir la question piège.

– Quelle mesure éducative dois-je prendre pour des délinquantes errantes et apatrides ? L'adoption, peut-être ?

L'hypocrisie à son ultime degré... Je m'occupe de femmes stériles, à la recherche d'adoption. Aucune ne m'a jamais demandé de lui offrir une tzigane. Elles veulent des Colombiennes, des Brésiliennes, de préférence, au prix fort ; des Asiatiques en second lieu, des Noirs très peu et seulement si les précédents sont introuvables. Mais jamais de tziganes. La lie de la terre, probablement, le restant de la colère de Dieu...

D'ailleurs tout le monde veut un bébé. Un vrai à pouponner, surtout pas un moutard perdu depuis plus de cinq ans.

Qui voudrait d'une Grenadine de quinze ans ? Personne. J'ai tout lâché d'une traite : le prix des bébés, les races commercialisables, les couleurs à la mode, les âges exigés. Je ne lui apprends certainement pas grand-chose, mais c'est le jeu du débat. Je suis en sueur. « Maud, ma vieille, tu prends les choses trop à cœur, trop aux tripes. On te prend sûrement pour un Don Quichotte de la dernière pluie ». Mais je vois bien dans les yeux de cette femme réglementaire la crainte de me voir récidiver en correctionnelle par une plaidoirie fleuve. Encore un dossier qui encombrerait les étagères, qui mobiliserait du temps et de l'argent précieux, celui du contribuable. Elle ne cède tout de même pas sur un point :

– Je n'irai pas à l'encontre du Parquet. J'exige l'expertise médicale d'urgence, salle Cusco, pour détermination de l'âge de la délinquante. J'espère pour vous que la conclusion ira au-dessous de seize ans. Dans ce cas, je ne la mettrai pas en prison. Je prononcerai dans mon cabinet une simple mesure d'admonestation.

Grenadine n'a rien compris. Admonestation, un mauvais point en quelque sorte, comme à l'école. « C'est vilain ce que tu as fait, ne recommence plus. » Je lui expliquerai plus tard, j'attends la suite :

– Si elle a seize ans, selon l'expertise, je peux encore me prononcer... peut-être un renvoi devant le tribunal pour enfants.

– Et je plaiderai la relaxe pour absence de preuve.

C'est dur, Grenadine, de te sortir de là. Un face à face dont le reste du monde se moque éperdument. Deux femmes en duel dans les sous-sols de la Conciergerie, à deux pas de la Sainte-Chapelle.

– Expertise. Toutes les quatre.

« Le moins du pire », comme disait ma grand-mère. Grenadine a compris. Il aura du mal, le toubib de la salle Cusco. Voleuse, peut-être, mais vierge, sûrement. Et qu'il aille donc forcer les jambes d'une vierge tzigane ! Qu'il aille donc donner un âge à ces hanches rondes et lestes ! Qu'il essaie seulement d'examiner la poitrine brune. Il entendra des hurlements et des cris d'orfraie. Après quoi, j'imagine ma Grenadine, ingénue et les yeux baissés, marmonnant que le sang ne coule que depuis un an.

Sachant, car c'est une idée reçue, que « ces filles-là » sont en avance sur l'âge des autres, il en conclura, une puberté vieille de trois ans, au maximum, déclarée à onze ans en moyenne, ce qui nous amène glorieusement à quinze ans maximum.

J'ai gagné, Grenadine va gagner derrière moi, je lui fais confiance. J'aurais voulu lui éviter cette espèce de viol indécent mais Madame le Juge ne s'est pas attendrie suffisamment. Je m'y attendais.

Je sors, suivie par la gamine au regard de chien battu, l'air du bâtard qui vient d'échapper miraculeusement à la piqûre et provisoirement à la fourrière.

Trois autres regards identiques m'accueillent et comprennent. Éclair complice entre les quatre maraudes. Grenadine raconte avec volubilité, accent et langage incompréhensible à tous les gendarmes présents. La tantine de Zagreb ou de Belgrade enchaîne :

– Tou auras l'argent demain, Madame...

Demain, après demain... jamais, bien entendu. Ça me fait rire, ça fait rire les enfants. Un dernier rappel :

– Souvenez-vous, tout le monde a quinze ans.

Inutile de faire un dessin.

Il est 17 heures. L'expertise d'urgence se fera d'autant plus en urgence que les fonctionnaires de la salle Cusco s'arrêtent à 18 heures. Ils ne vont pas faire d'heures supplémentaires pour des gamines tziganes. Je m'étais donnée un maximum en ce sens. Gagner du temps sur l'horaire, prendre la loi et l'Administration à ses propres pièges.

Le soleil frisait joyeusement le pont Saint-Michel lorsque j'ai redescendu les marches du Palais.

Victoire. Victoire provisoire, et quatre gamines bariolées gambadant vers le destin renouvelable à merci.

Mada, Lada, Rada et une autre Lada, reconduites à grands cris par la tantine vers le campement de Sarcelles. Juste un dernier regard de ma Grenadine, l'aînée, seize ans, un regard pour me dire : « Merci, je me débrouillerai pour ne plus me faire prendre. »

On peut toujours espérer.

Il a fallu cinq ans encore, après cette histoire, et bien d'autres, cinq ans pour que le Parquet et les Services de police s'attaquent enfin aux chefs de tribu, aux caïds de l'exploitation enfantine, aux commanditaires d'esclavage. Dans la région parisienne, à Bruxelles, dans les grandes villes de R.F.A., une quarantaine de chefs de gangs, de ces faux rois gitans, ont enfin été arrêtés. Des Albanais de Bruxelles, des Hongrois de R.F.A., tous gitans de pacotille aux roulottes américaines avec télévision, téléphone, salon, bar et Mercedes rutilantes.

Les matins blêmes du tribunal pour enfants, je guettais toujours, pendant ces cinq ans, la tignasse de ma Grenadine.

Pendant les visites au Centre des jeunes détenus, allée des Peupliers à Fleury, je cherchais le regard d'écureuil, en espérant ne pas le trouver.

Je ne l'ai pas revu. Chaque fois, c'était un bonheur. Bonheur de ne pas la voir mêlée à la troupe de gamines tristes, environnées de psychologues, d'éducateurs, de visiteurs et de tous les fanatiques de la réunion de synthèse sur l'enfance délinquante.

Bonheur de la savoir libre et non bouclée en cellule, la nuit, avec les trouilles, les frayeurs, les angoisses d'un âge qui devrait être le plus beau de leur vie.

Bonheur de ne pas la retrouver dans un tribunal avec des gamines de banlieue aux yeux cernés de came.

Mais je ne peux pas jurer qu'elle n'échouera pas un

jour dans la division D.6 de Fleury. Avec les gitanes, dans le troisième coin de la cour carrée, coin réservé aux peaux brunes.

J'ai fait ce que j'ai pu, Grenadine.

En 1989, je suis allée en pays tzigane, à Budapest, pour faire un discours, pour lutter encore et encore pour la libération de la femme et des minorités sexuelles. C'était une salle du peuple, stalinienne; c'était un congrès européen et le K.G.B. du coin est gentiment venu me demander, à sa façon, à quoi je jouais...

Au Don Quichotte.

Ils m'ont fait peur mais pas trop. J'ai vu les premiers chars soviétiques quitter la Hongrie, j'ai vu le ghetto tzigane; on m'a dit qu'ils représentaient 10 % de la population hongroise.

Loin des voies ferrées, en aval de la ville, à l'écart des immeubles délabrés, provisoires, alignés comme pour une parade sinistre, avec un semblant d'herbe de-ci, de-là.

Une chambre par famille de huit, dix, quinze, des sanitaires sur chaque demi-palier, une douche d'eau froide, quand elle marche.

Ça, c'est la ville réservée au tziganes de Budapest. On la nomme Pest, comme la peste.

Plus loin dans la campagne, c'est le Moyen Age pour eux. Les hommes tuent le cochon, privilège des mâles, les femmes font le boudin.

Au pays tzigane non plus, je n'ai pas rencontré de tziganes heureux.

Et je ne connais pas d'organisation internationale se préoccupant de l'adoption d'enfants tziganes, je l'ai dit.

Un Libanais, 15 000 dollars, le blond; 10 000 le brun.

Un Colombien, 5 000 dollars sur place.

Un Brésilien, 500 dollars sur place, plus une commission d'agence.

Prix des années 80. J'étais avocate, j'ai servi d'intermédiaire, je sais de quoi je parle.

Un tzigane, rien.

Au fond, ça n'a pas de prix un tzigane. Sait-on le prix du vent ?

Prison de plomb

La vie n'est faite que de rencontres et, lorsqu'on est avocate, les rencontres ne sont jamais ordinaires. Comme les flics, les médecins ou les juges, on se retrouve devant des vies à trancher, à découper, à remettre en forme.

C'était une époque bizarre, cet hiver 1982. Je venais de terminer l'étude d'un énorme dossier sur le proxénétisme allemand; plus précisement sur la plus grosse agence de prostituées d'Europe : quatre cents ouvrières de haut niveau dans le monde entier, sous la main d'un couple, lui Allemand, elle Suisse. La main était de fer. L'agence fonctionnait depuis dix ans lorsqu'on arrêta les exploiteurs. Non pas pour proxénétisme mais pour infraction au contrôle des changes et fraude fiscale. A 2 000 francs de l'heure et 8 000 francs la nuit, le couple avait toute la flicaille européenne sur le dos – Français, Belges, Hollandais, Anglais, Suisses – et tous les juges en conséquence. En ce qui concerne la France et sa demande d'extradition, on attend toujours : jamais l'Allemagne n'a extradé de proxénète.

Je trouve l'espace juridique européen superbe. Justement, m'y voici, grâce à la présence, dans le cabinet où je travaille, d'un jeune Berlinois, catalogué pré-stagiaire, donc pas payé du tout, arrivé à Paris au titre de je ne sais plus quelle collaboration judiciaire franco-allemande. Grand, brun, pataud comme un ours du Tiergarten, il devait accomplir un certain nombre d'heures gratuites. Ayant remarqué – bon point pour lui - que je travaillais sur les dossiers de marginales, d'immigrées, il vint un jour se confier à moi, dans le style comploteur. Il me conta le cas d'une « amie », une camarade allemande, désirant s'installer à Paris.

J'ignorais qu'en acceptant de me pencher sur ce dossier, j'allais plonger dans une chronique des années de plomb. Dans les prisons de plomb. Dans une technique d'enfermement tout à fait spéciale : l'isolement sensoriel.

Si l'on vous parle d'isolement sensoriel, je parierais volontiers qu'il vous vient immédiatement aux yeux l'image de l'un de ces caissons, style spationautes, où les stressés du showbiz américain, style Michael Jackson, s'enferment pour se régénérer. Oubliez ça.

Voici l'histoire d'Alwine.

Une belle plante nordique, sculptée au moule, plus scandinave qu'allemande, aux yeux bleu d'acier. Age apparent : la trentaine. Je croyais devoir m'occuper pour elle d'un titre de séjour de la Communauté européenne, une histoire simple. Et j'allais tomber sur une vie plus proche de la « survie », dépassant tout ce que j'avais vécu moi-même.

Née à Berlin l'été 1942, dans les concerts de chants victorieux et lugubres de défilés d'uniformes noirs. Un avis de naissance bien petit, dans les pages entières d'avis de décès des héros berlinois morts pour la gloire du grand Reich.

Le père d'Alwine, « troufion » en France dans les transmissions, *Oberlieutnant* de la Wehrmacht, avait calculé la nécessité d'un troisième enfant, afin d'éviter à sa femme Anna le « travail obligatoire ». C'est ainsi que les permissions repeuplaient l'Allemagne. Obtenir une fille du destin allemand, c'était encore mieux : personne ne l'aurait pour l'armée. La naissance fut fêtée au beurre danois, au jambon des Ardennes, au fromage hollandais, aux anchois de Norvège et à la vodka scandinave. Originaire de Lubeck, près de la Baltique, la famille, des commerçants cossus et libéraux, était venue vivre à Berlin pour les études des enfants. Berlin, la ville cosmopolite violée par les S. A., qui n'avait pas choisi Hitler et que Hitler haïssait, lui préférant Munich, sa ville fétiche, ou Nuremberg, son Vatican.

A Berlin, le père d'Alwine était ingénieur, la mère « littéraire ». Ni l'un ni l'autre n'avait crié de joie aux défilés des S. A., ni applaudi aux Chemises Brunes. Le père aurait pu choisir de devenir un brillant ingénieur nazi, avec avantages et voiture particulière ; il avait préféré être mobilisé comme simple soldat, perdu dans le flot de la Wehrmacht.

Maman promène Alwine au Tiergarten, avec un *Ausweiss*, puis ne la promène plus. Berlin n'est plus. Les « commandos des gravats » envahissent les ruines, les femmes deviennent ramasseuses de morts.

Le père d'Alwine est mort sous les rafales de la R.A.F. Mission accomplie. *Mort pour le Führer*, dit le papier officiel, avec un tampon en forme d'aigle.

Le fils aîné, endoctriné dans les écoles de la S. A. dès l'âge de douze ans, en uniforme trop grand pour lui, est mort sous les balles russes, à treize ans, dans une guerre à laquelle il a cru, et qu'il n'a pas comprise.

Reste une veuve de guerre avec deux filles : l'aînée, Helga, a dix ans ; la cadette, Alwine, a trois ans.

La dépouille du colonel Hans, son mari, est en France, dans un cimetière militaire. L'ingénieur démocrate-libéral repose sous une croix plate protestante, dans l'herbe de Normandie. Il croyait au bonheur des peuples ; il aurait dû, pour préserver ses idées de liberté, quitter l'Allemagne en 1933.

Voilà l'enfance, le terreau d'Alwine. Ses racines explosives, meurtrières, en gravats. 75 millions de mètres cubes de décombres. Le bol de soupe est à 100 marks. Maman, qui paraît déjà soixante ans, va survivre à l'après-guerre, puis en mourir. Entre-temps, la survie fut l'amitié d'un officier américain, le temps d'expliquer que l'on n'était pas nazie, d'être crue, et de retrouver un travail de professeur de littérature pour éviter aux gamines les orphelinats de Berlin.

Alwine, orpheline maintenant, étudie à l'université. Elle s'installe dans un appartement d'étudiant, dans des idées d'étudiant. Les années 60 apportent un vent de libération et des fumées différentes. Des cigarettes qu'on roule en écoutant Jimmy Hendrix. L'amour qu'on pratique avec la pilule. L'amour qu'on cherche à l'aveuglette. En 1965, arrive à l'Université libre de Berlin-Ouest, Rudi Dutschke, Rudi le Rouge. Beau comme un crooner américain.

Alwine avale en bloc toutes les idées dans le vent. Elle suit le mouvement des étudiants aux cheveux plus longs qu'à Paris. Parmi tant d'autres, elle participe à la « manif » du 2 juin 1967 contre l'invitation à Berlin, par le maire Willy Brandt, du shah d'Iran, dont on dit que les prisons pratiquent les méthodes d'isolement du professeur Schein.

Un exemple de ces méthodes : *Rompre les liens émotionnels qui renforcent les attitudes ou les schémas de comportement. Casser le comportement. Isoler. Utiliser des prisonniers collaborateurs. Interdire toute activité qui ne corresponde pas aux objectifs de lavage de cerveau. Espionner le prisonnier pour le confronter ensuite à des données intimes. Utiliser des techniques d'invalidation de caractère, par exemple l'humiliation ou l'injure, les cris, afin d'induire des sentiments de culpabilité, de peur, de suggestibilité. Accompagner cela de privations de sommeil et d'interrogatoires périodiques. Saboter tout soutien affectif, retenir systématiquement le courrier. Mettre l'individu dans des situations nouvelles où les normes sont délibérément maintenues floues. Le pousser ensuite à se conformer, à se conduire de la manière souhaitée, afin de gagner l'approbation et de se soustraire à la pression de l'entourage carcéral...*

Il y a comme cela vingt-quatre points pour un programme de déshumanisation dans les prisons modèles américaines et européennes, préconisés par le docteur Schein.

Alwine fait la manif sans bien savoir tout cela. Et la police tire à balles. Un étudiant est tué. Le mouvement des étudiants de Berlin est né de cette mort, le 2 juin 1967. Avec une sympathisante, Alwine. Elle a eu tellement peur de courir pieds nus, dans le sifflement des balles. Elle reprenait à son compte les idées de ses parents qui n'avaient pas accepté le nazisme, reparlait de Rosa Luxembourg, assassinée et jetée dans un canal. Une révoltée de la nouvelle génération, pour que la « chose immonde ne revienne pas », comme disait Brecht.

Et Alwine fait des bêtises, tombe dans les pièges. Au titre des « communes berlinoises étudiantes », Alwine se marie comme les copines, pour toucher les 15 000 marks qu'offre le maire de Berlin, soucieux de conserver dans sa ville une population jeune et reproductrice.

Le mari s'appelle Kurt. Il vient en droite ligne des quartiers prolétaires du Kreuzberg où il a vécu brillamment d'utopies. Une partie de sa famille est de l'autre côté du Mur, sur lequel il peint en rouge des slogans de militant marxiste : *Die Mauer muss weg* (Le mur doit disparaître.)

C'est fait, on le vend même en petits morceaux aux touristes. Mais en 1967, Kurt, étudiant de l'Université libre de Berlin-Ouest, croit sincèrement refaire le monde. Il a fait en passant la conquête d'Alwine, entre deux bières à la framboise, en lui racontant ses visions de leader étudiant.

Mariage aux couleurs de manif. Alwine est en jean et T-shirt avec une veste pailletée et un bouquet de fleurs blanches. Alwine, nouvelle épousée, fait son instruction libertaire. Elle lit désormais *Konkret*, le journal d'Ulrike Meinhof, le *Libé* de Berlin.. C'est la génération Viêt-nam : on manifeste contre la guerre avec une pancarte de Rosa Luxembourg. On redevient, trente ans plus tard, une sorte de résistant anti-nazi. Ça chauffe sur les campus de Californie; Berlin prend le relais.

Alwine est donc devenue une « active », une manifestante idéologique dont le mari, Kurt, est un leader. Comment vivent-ils dans le petit appartement étudiant, entre les affiches de revendications et les discussions politiques ?

Mai. Alwine a un problème. Connu d'elle seule pour l'instant. Venu de l'enfance, de la peur de manquer de tout ? Sûrement. Elle est kleptomane, petite voleuse. Une force invicible la pousse à faucher dans les magasins des bricoles, des riens, à l'étalage, sur les gondoles des supermarchés.

La kleptomanie est mal connue. Rabelais nous a enseigné 360 manières de voler et de s'enrichir aux dépens d'autrui. Mais les juristes ignorent Rabelais. Ils ne parlent, en langage codé, que de *soustraction frauduleuse de la chose d'autrui.*

Tout le monde se méfie des kleptomanes. « Une excuse », « trop facile », dit-on.

Je connais des kleptomanes, j'en ai défendu, péniblement. Comment expliquer l'irrépressible, la peur du manque, la perte d'un passé, la perte du nom d'un père, tous ces symboles que l'on réduit à une seule accusation : « vol », alors qu'il faudrait dire « pathologie du vol ».

Dans le cas d'Alwine, il y avait fragilité de la naissance de guerre, famille brisée, horreurs et peurs vécues sous les canons, augmentées de la théorie de récupération gauchiste. Tout cela survolté par une hypersensibilité, le sentiment du « rescapé », celui d'être toujours le bébé issu des gargarismes d'Hitler et des borborygmes de Goebbels.

Kurt en rigolait sans savoir. Alwine piquait des fringues sans savoir. Et la L. K. A., la police de sécurité régionale, s'est intéressée à son cas. Prise une première fois, elle s'en tire avec un minimum de principe et une amende. Les boutiques ayant été indemnisées, la transaction était possible. La sœur aînée, Helga, bourgeoise, installée, convenablement mariée, s'est chargée de convaincre le juge.

Mais, lorsqu'on a affaire, en Allemagne, à la L. K. A., on est fiché. D'abord par la police régionale, dont Berlin, puis par la police fédérale, B. K. A., et en même temps, pourquoi pas, par la « popo », la police politique de Bonn. De fichier en fichier, on se retrouve au point de mire. Épouse d'un militant étudiant, voilà qui intéresse la « popo » !

Et mai 68 arrive. Berlin démarre avant Paris. L'Université libre de Berlin est en tête des manifs. On tire à balles sur Rudi le Rouge, dans les quartiers ouvriers de Berlin, quartiers d'immigrés où cent vingt immeubles sont occupés par des squatters de tous les pays. Il y a là des déserteurs, des insoumis, des marxistes au long cours, des philosophes du gauchisme, des éblouis de la paix future et de la révolution à tout prix. Et Kurt, le mari d'Alwine.

Alwine lit toujours le *Konkret* d'Ulrike Meinhof, encore au S. P. D. Elle approuve les manchettes comme *Contester c'est dire : « ça ne va pas ». L'Éducation Allemande, c'est la haine et l'agression.*

Seulement, en Allemagne, le communisme est interdit. On chasse la « nouvelle gauche ». Et tout ce qui est de gauche est fiché au Bureau criminel de la police fédérale. En 1972, un décret promulgue l'interdiction professionnelle : l'accès au fonctionnariat est réservé à ceux qui donnent garantie de prendre fait et cause pour l'ordre fondamental démocratique et libéral.

Ce qui veut dire que, lorsqu'on est gauchiste, on ne peut être professeur. Alwine a son doctorat de lettres ; en 1972, elle sera touchée par le décret. Pour l'instant, elle va de désillusion en désillusion et ne voit même plus son courant d'air de mari. Kurt ? Que fait-il, où est-il ? Il ne la tient pas dans ses confidences. Ils se sont mariés pour les 15 000 marks du maire de Berlin, là s'arrête la passion.

Alwine enseigne la littérature allemande moderne à des jeunes filles et, accessoirement, le français. Elle se lève tôt, les cours commencent à 7 heures pour finir à 13 heures 30. On la considère comme un peu trop « moderne »... parler des écrivains maudits, des auteurs de théâtre subversifs, quelle audace ! Brecht, Kurt Weill, Erich Maria Remarque, Max Reinhardt, Erich Müshsam, mort à Dachau, Carl von Ossietsky, mort à Dachau, prix Nobel de la paix en 1935. Sans oublier les mémoires d'Einstein.

Or, le Berlin des années 70 est encore pris dans un enseignement officiel mal dénazifié. Et Alwine ne suit pas l'orthodoxie de certains nostalgiques.

Ses étudiantes sont plutôt ravies. Et je me souviens d'une jolie formule qu'elle me dit un jour : « *Selon Moïse tout est loi; selon Jésus-Christ tout est amour; selon Einstein tout est relatif.* »

Alwine aurait pu subsister dans le professorat, s'il n'y avait pas eu Kurt. La vedette. Le guérillero adepte d'Andreas Baader, mais surtout du L. S. D., du chanvre indien, du hasch noir d'Afghanistan. Pour tout dire, du côté de Kurt, ça « plane ». Chacun sa nébuleuse.

Rien ne plane pour Alwine.

Voici qu'on frappe à la porte de son appartement, anciennement « commune étudiante ». C'est la B. K. A., la police fédérale.

– Frau Kurt, où est votre mari ?

– Mais, je n'en sais rien !

– Vous êtes mariés, non ?

– Oui, mais mon mari ne vient presque jamais ici.

– Il a autre chose à faire. Alors, comme ça, vous êtes mariée mais sans mari à la maison ?

– C'était pour la prime. On n'est pas les seuls à avoir fait ça. Vous, vous ne donnez pas de prime pour les informations, peut-être ?

– Ne le prenez pas sur ce ton, nous représentons la loi. Donc, vous vivez ici, notoirement, comme étudiante ? Et vous faites quoi, maintenant ? Vous ratez consciencieusement vos examens ?

– Je suis docteur ès lettres à la faculté. J'ai un diplôme d'anglais et de français.

– Pas de russe ou de chinois ? Vous avez pourtant une tête à aller à Cuba ! C'est quoi tous ces posters sur les murs ?

– Jimmy Hendrix.

– Le camé ? Le nègre ? Et là, c'est marqué quoi ?

– *My mummy's dead*, monsieur. Parce que ma mère est morte, elle m'a élevée seule ; mon père est mort dans votre sale guerre.

Alwine ne fait pas dans la diplomatie avec les deux gros bras de la B. K. A., qui fouillent son appartement.

Et ça continue dans le registre.

– Belle mentalité, jeunesse pourrie. Ça chante du Léonard Cohen, le youpin, « Le partisan » ! vous étiez née pendant la guerre ? On vous torchait le nez encore ? Et ça prétend que la police allemande a fait des horreurs pendant la guerre ? Ça croit aux mensonges de l'étranger, ça colle des photos de cul sur les murs ? Fouillez-moi cette piaule, mettez-moi ça à plat. Je parie qu'il y a de la came dans le coin.

Tandis que les gros bras fouillent sans ménagement à la recherche d'un brin de hasch, Alwine se voit reprocher le coup de ses « camarades » idéologiques qui viennent de détruire l'ordinateur américain programmant les bombardements au Viêt-nam. On la qualifie de traître à la patrie allemande. Elle est sommée de coopérer en dénonçant les coupables. On lui présente des photos qu'elle refuse d'identifier. On l'accuse de lire *Konkret*, d'être complice des terroristes, de connaître Ulrike Meinhof, la journaliste :

– Je l'ai simplement croisée sur le campus. Ce n'est pas interdit de lire *Konkret* !

– Non, mais c'est dommage et cela ne joue pas en votre faveur. Vous connaissez Andreas Baader ?

– Non.

– Jan-Carle Raspe ? Holger Meins ? Irmgard Moller ?

– Non.

– Alors, vous connaissez les filles arrêtées à Berlin en 1970 ? Monika Berberich ?

– Peut-être, je ne sais pas, j'ai pu la rencontrer sur le campus.

– Avec ses complices du hold-up ? Hanna Krabbe ?

– Mais je n'en sais rien, je ne les connais pas.

– Alors vous ne connaissez personne ! Où est votre mari ?

– Je ne sais pas, je vous l'ai dit. Je ne l'ai pas vu depuis quatre mois.

Les deux « aimables » policiers de la B. K. A. ne trouvant ni came ni arme se rabattent sur des lettres de Kurt et sur ses vêtements, qu'ils saisissent. Ils embarquent Alwine à la Préfecture pour y signer le procès-verbal de saisie.

A la police criminelle anti-terroriste, les bureaux neufs se dressent non loin des vieilles briques rouges de la prison de Moabit.

Alwine se retrouve face à un gros inspecteur, gras et méprisant, qui met sous scellés les lettres de Kurt comme des preuves essentielles et graves. Elle se sent prise dans un piège inconnu. Kurt doit être comme un poisson dans l'eau, introuvable dans son quartier natal du Kreuzberg, en bordure du mur, parmi les émigrés turcs ou yougoslaves, au milieu des « campements alternatifs », des roulottes, des squatts d'anarchistes allemands en rupture de caserne.

Il est donc plus facile d'impressionner Alwine, son épouse pour le pire, que de se déguiser en terroriste pour le trouver.

– Frau Kurt, écoutez bien, dit l'inspecteur gros et gras. Un jour ou l'autre, on pincera votre mari. Et s'il avoue qu'il dormait chez vous, je vous arrête comme terroriste ! Compris ? Vous avez trois minutes pour réfléchir ! Vous savez où il est, coopérez ! Vous n'êtes qu'une suspecte pour moi, autant dire rien ! Je peux faire de vous une coupable.

– Je ne suis plus avec lui depuis des mois, il n'y a plus rien entre nous. Je jure que je ne sais pas où il est.

– Je vous aurai à l'œil. Vous êtes indigne d'être allemande !

Alwine est jetée dehors sous les insultes, *scheisse* ! *Hure* ! Une ordure et une pute. Voilà. Gagné. Une kleptomane fichée, doublée d'une terroriste.

Kleptomane oui, terroriste non, il faut être clair. Mais Kurt ?

En juillet 1972, Ulrike Meinhof est arrêtée à Hanovre pour avoir fait évader Andreas Baader de la prison de Moabit.

Alwine a peur. Tout cela devient trop grand pour elle. Et c'est au tour des autres, « la bande à Baader », comme on dit dans les journaux. Alwine se sent et se sait surveillée. Sa sœur la supplie de demander le divorce, de se séparer légalement de Kurt. Alwine voudrait bien, à condition d'en parler au moins une fois avec lui, de ne pas avoir l'air d'agir hypocritement. Bonne intention de sa part : on ne quitte pas un homme qu'on a aimé, comme ça, sans le prévenir.

L'été 1973, Willy Brandt prend des mesures pour « enrayer les positions des sympathisants » – sécurité d'État oblige. Les écoutes téléphoniques se généralisent. Les journaux, les médias en général, s'attaquent de plus en plus aux femmes, terroristes ou sympathisantes, qui deviennent point de mire de l'opinion publique. On y voit les excès de leur libération ; le *Spiegel*, en août 1977, en fera ses manchettes.

Alwine devrait se méfier beaucoup plus qu'elle ne le fait. La B. K. A. n'oublie pas sa fiche.

En mai 1974, Willy Brandt va tomber. La B. K. A., le contre-espionnage, piège Gunther Guillaume, « taupe » de la R.D.A.

Le nouveau train politique social-démocrate nomme Helmut Schmidt à sa tête. La chasse aux sorcières recommence. Tous les sympathisants de gauche, intellectuels, journalistes, avocats, étudiants, professeurs, sont arrêtés en novembre 1974.

Alwine est en garde à vue à Berlin, la peur au ventre. L'interrogatoire absurde recommence :

– Où est Kurt ?

– Je ne sais pas.

– Où sont ses complices ?

– Je ne sais pas.

– Quelles sont vos relations avec Ulrike Meinhof ?

– Elle était journaliste à *Konkret*, et comme telle, on la voyait sur le campus. Elle venait discuter avec les étudiantes.

– Vous la connaissez donc. Vous lui écrivez ?

– Elle est en prison et interdite de correspondance.

– Sinon vous lui écririez ?

– Je n'ai pas à répondre à cette question.

Et là, Alwine s'énerve ; elle prend fait et cause pour un principe de liberté.

– Elle est malade, atteinte au plus profond d'elle-même, handicapée. J'estime qu'elle devrait avoir droit au courrier. Dans un pays civilisé, on ne la mettrait pas en isolement sensoriel dans une cellule.

– Si vous le prenez sur ce ton, vous la rejoindrez bientôt !

– Vous vous acharnez sur une handicapée, vous en faites une martyre, c'est normal qu'on le prenne sur ce ton ! En réalité, vous ne lui pardonnez pas d'être intelligente, alors que Baader est un minable et qu'elle n'avait rien à voir avec lui.

Elle s'enfonce, Alwine, dans le côté « sympathisante fichée ».

– Vous êtes professeur de lycée ? Des parents se plaignent de votre enseignement, vous endoctrinez des jeunes filles, vous leur bourrez la tête avec ce « pédé » de Thomas Mann.

– Je suis docteur ès lettres de l'Université libre de Berlin, et Berlin a des traditions de liberté. Si vous voulez brûler les livres, allez-y ! Ça ne sera jamais que la deuxième fois en quarante ans ! Moi, je n'ai pas eu mes diplômes à la Gestapo !

– Vous insultez la police allemande ? Ça va vous coûter cher.

– Espèce de nazi primaire !

– Foutez le camp, on vous aura !

Alwine s'enfuit comme une folle. Ils l'auront un jour, elle le pense vraiment. Ils en ont les moyens, ils surveillent même l'enseignement. Tout va recommencer : la dictature comme l'oppression, l'obligation de penser comme il faut, pas comme on veut...

Elle repense à son père, à sa mère ; elle revit, croit-elle, la même histoire. Il lui faut divorcer de Kurt, se démarquer du terrorisme. Penser librement et être terroriste, ce n'est tout de même pas la même chanson. Or, la B. K. A. lui joue le même refrain depuis trop longtemps. Seulement, où trouver Kurt ? Une procédure de divorce par défaut prend des années. Il faudrait le retrouver et parvenir à un divorce à l'amiable.

Le printemps et juin arrivent en même temps qu'une lettre recommandée. Le ministère de l'Éducation annonce quc *votre contrat qui expire le... ne sera pas renouvelé le...* La B.K.A. a fait son travail. L'inventaire des activités anti-constitutionnelles d'Alwine a porté ses fruits : manif du 2 juin 1967 contre le shah d'Iran, Mai 68, fréquentation d'Ulrike Meinhof, vie en concubinage dans un appartement de « commune étudiante », mariage blanc pour toucher la prime de 15 000 marks avec un terroriste notoire. A écrit des textes sur Rosa Luxembourg. Participation au M.L.F. interdit. Mémoires et thèses sur des écrivains suspects et sur le théâtre de Brecht... Alwine quitte le lycée où la directrice lui a répondu sobrement :

– J'ai des ordres.

Mais, avant de partir, elle écrit au tableau son poème préféré de Brecht :

N'oubliez pas : maint de vos frères se battit
Pour que vous puissiez après eux, vous asseoir ici.
N'allez pas vous enterrer, sachez également lutter
Apprenez à apprendre et jamais ne le désapprenez.

BERTOLT BRECHT 1955, *ABC de la Paix*,
« Aux étudiants de l'Université reconstruite ».

Et pour compléter son départ d'intellectuelle libre, elle y ajoute le poème d'Anne Frank, « Mon séjour est terminé ».

Les étudiantes lui offrent des fleurs et elle se retrouve à la rue.

Le décret du 28 janvier 1972 sur les extrémistes a touché des milliers de personnes. Aucune entreprise ne l'embauche. On dit que l'ordinateur du fichier de la B.K.A est relié aux entreprises allemandes. Interdite de travail. Pas de chômage. Et les économies d'un prof de lettres ne durent pas longtemps.

Comment vivre dans un pays où l'on est suspecte? Dans un pays où l'on voit des photos lugubres, assorties d'une prime pour toute information? où la télé organise une émission de délation avec prime à la clé? Franchir le Mur? Enseigner à Berlin-Est? Impensable. Irréalisable même. Émigrer? Impossible avec une fiche pareille.

Alors, elle redevient kleptomane. Pire : petite voleuse pour subsister. Chapardages dans les supermarchés, dans les boutiques, dans le Berlin underground.

A Berlin, « on peut tout avoir, tout ce qu'on veut ». Souvenir personnel : c'est ce que me disait un client de passage à Paris au temps ancien où je vivais du trottoir.

Et Alwine commence aussi – c'est l'engrenage – à michetonner aux terrasses des cafés. L'ennui, c'est qu'elle est alors aussi douée que moi pour la prostitution. Le trottoir à contrecœur. Et pas du tout organisée. Elle amène ses clients dans son appartement d'étudiante transformé en alcôve « sexy » – fausse peau de bête sur le lit, lumières tamisées, glace sur un mur. Elle a vu ça dans les films. Mais sa bibliothèque est toujours là. Les clients de s'en étonner :

– T'en lis des trucs!

Elle aurait pu entrer dans un Eros-Center, mais ils dépendent de la ville, et sont interdits aux filles en mauvaise santé, comme aux fichées du B.K.A. Alors, elle se débrouille avec un bar de luxe, dans la forêt de Grunwald, en secteur américain. Elle est trilingue, elle peut plaire à l'armée américaine, anglaise et française. De plus, Alwine est belle, cultivée, ce qui ne gâte rien. Ce qui l'abîme, c'est de noyer son chagrin dans le champagne, puis dans des passes à 300 marks, en fille à soldats.

Elle qui prêchait l'indépendance de la femme, elle qui enseignait la liberté et Brecht, elle, Alwine, la prof, servant de serpillière aux hommes devant sa bibliothèque d'intellectuelle !

Alors elle fait la pute avec morgue, orgueilleusement. C'est là, sa seule sauvegarde, provisoire.

Pendant ce temps, l'Allemagne entreprend une guerre qui la concerne indirectement.

13 mars 1975, le *Bundestag* n'a qu'un mot à la bouche : anéantir la R.A.F., la *Rote Armee Fraktion*.

25 avril 1975, communiqué du gouvernement : *Les actions contre la R.A.F. doivent être exécutées de façon à empêcher par tous les moyens les actions de sympathisants.* [...] *Par les moyens extrêmes des services d'information.*

Autrement dit, le gouvernement allemand en arrive à la notion d'information « offensive ».

Cette année-là est signée une convention d'extradition européenne sur le terrorisme.

8 mai 1976. Ulrike Meinhof se suicide à Stammheim Stuttgart. Ou « est suicidée ».

20 avril 1977, décret sur l'isolation morale des prisonniers. Décret qui va de pair avec celui du 22 octobre 1975 de la Cour suprême, autorisant les débats des tribunaux en l'absence des accusés.

Octobre 1977, loi sur l'interdiction de contact avec parents, famille, amis, et même avocat. Interdiction de courrier et de parloir. On appelle cette loi, « L'Automne Allemand ».

Comme tout le monde, Alwine lit les journaux de temps en temps et se demande où est passé son mari à

15 000 marks que la police soupçonne de plus en plus de terrorisme actif. Il n'est peut-être plus en R.F.A. Comment divorcer d'une ombre ?

Et comment échapper à l'article 184 du Code pénal qui interdit la prostitution en Allemagne en certains lieux, notamment dans des immeubles où habitent des mineurs ?

Dans son « appartement d'étudiant », Alwine se livre un jour de 1977 à la prostitution en compagnie d'un officier américain. La B.K.A. enfonce la porte et l'Américain ahuri s'entend demander :

– Qu'est-ce que vous faites avec une terroriste ?

– Mais je ne savais pas.

– Depuis quand la connaissez-vous ?

– Je viens de la rencontrer.

– Nous préviendrons la sécurité militaire.

Quant à Alwine, son cas est clair :

– Votre appartement est devenu un bordel. Des enfants habitent dans cet immeuble.

C'est que l'on appelle « un turbin ». Quand la police allemande décide de monter un turbin contre quelqu'un, elle se sert de la loi.

Perquisition.

– Saisissez tous les écrits pornographiques, les journaux, les objets. Les pères de famille de cet immeuble témoigneront contre elle. Cette salope est un scandale. Faire la pute à proximité d'une école !

– Embarquez-moi cette pute !

Et tout recommence.

A la B.K.A., les interrogatoires sont expéditifs, le langage aussi.

– Il est où ton Kurt, salope ?

– Je suis en instance de divorce, je ne sais pas. On ne le trouve pas.

– Divorce ? A 15 000 marks aussi, le divorce ? Ton Kurt a participé à un attentat ! Donne-nous les noms !

– Mais je ne sais rien. Il y a des mois que...

– ... Que tu ne l'as pas vu, on connaît la chanson ! Parle-nous de son commando, de ses planques, et on oublie que t'es une pute, tu saisis ?

Dix fois, vingt fois, Alwine répète qu'elle ne sait plus rien de ce mari épousé bêtement pour une prime et un appartement d'étudiant. Elle est sincère. Que pourrait-elle inventer pour « collaborer », comme ils disent ?

– Balance ton mec et on ne reparle plus de ton dossier.

– Si vous ne le trouvez pas, comment voulez-vous que je sache où il est ?

– Cherche, tu trouveras ! Prends contact avec sa fraction, et donne-nous le commando ! C'est facile pour toi, t'es sa femme, ils ne t'empêcheront pas de l'approcher. C'est lui qu'on veut ; toi, on te foutra la paix.

– Je vous dis que je ne sais rien.

– T'as trois minutes. Ou tu sors d'ici en qualité d'indic, ou on t'installe à Moabit.

Moabit, la prison terrible, l'enfermement sensoriel pour les gauchistes de tous poils, terroristes ou apparentés. Alwine y sera une apparentée. Mais elle lutte encore :

– Je suis professeur, vous n'avez pas le droit, je ne ferai pas la taupe pour vous.

– Tu as choisi. Foutez-moi ça à poil, les gars, fouillez partout, regardez jusque dans les ourlets des fringues !

Ils ne trouvent rien. On passe au P.V. : *En vertu de l'article 183, etc. prostitution notoire dans un immeuble bourgeois habité par des enfants, à proximité d'une école, etc.*

L'officier américain est interpellé. Il reconnaît avoir rencontré Alwine dans un night-club à Grunwald, club réservé aux militaires d'occupation. Il reconnaît lui avoir versé à son appartement la somme de 300 marks, aux fins d'un acte de prostitution.

Le rapport de perquisition mentionne la saisie de revues et de posters pornographiques – John Lennon en petite tenue –, ce qui représente une infraction au paragraphe 184-2 du Code pénal, puisque six mineurs au moins habitent l'immeuble, et qu'ils auraient pu les voir...

Au cas, je suppose, où la porte de l'appartement d'Alwine serait restée ouverte en permanence.

Alwine peut toujours expliquer que les revues pornos sont destinées aux clients qui les demandent. Que les mineurs de l'immeuble n'entrent pas chez elle comme dans une gare. Que le night-club qu'elle fréquente est autorisé légalement à la prostitution, comme les Éros-Center... Mais pas comme son appartement, un point c'est tout. Chaque infraction représente un an de prison.

– Tu ne veux toujours pas collaborer ?

– Je ne sais rien.

– L'appartement est au nom de Kurt, ton mari terroriste !

– J'ai changé le bail à mon nom depuis longtemps.

– On ne veut pas le savoir. Tu es considérée comme habitant chez lui et dépendant de lui. Cette « commune étudiante » est une concession pour étudiants, pas pour les terroristes, pas pour les putes. Nous considérons que ton mari, terroriste en cavale, t'a cédé cet appartement pour que tu t'y livres à la prostitution et que, n'ayant pas de revenus déclarés, il vit de ta prostitution.

– C'est faux, j'ai un compte à mon seul nom.

– C'est ce qu'on dit. Les terroristes de l'I.R.A., eux aussi, tiennent un bordel en Hollande. Ton Kurt vit de la prostitution comme les autres. Proxénétisme, article 181 du Code, alinéa 3.

D'infraction en infraction, Alwine en a pour dix ans.

– Alors, tu collabores ? Non. D'accord, on n'en a pas fini avec toi. Tu fréquentes des terroristes !

– Non. J'ai des idées de gauche, ce n'est pas défendu.

– Comme ta famille ! On va parler des archives ! Les grands-parents, originaires du Schleswig-Holstein, commerçants, plus proches du Danemark que de la Prusse : des gauchistes. Pas très bon patriotes en 1914, le genre à préférer la république à l'armée impériale... Les parents, maintenant : le père qui n'a jamais adhéré au parti national–socialiste, détestait Hitler, votait pour le S.P.D. socialiste, a refusé les unités d'élite. La mère tombe enceinte en 1942 pour éviter le S.T.O... Des opposants, des anti-Allemands.

On croit rêver ! Le fichier de cette police-là remonte au déluge. En tout cas, au déluge du nazisme. On reproche à Alwine des grands-parents républicains, des parents anti-nazi. Pour en arriver à l'essentiel qui la concerne : fréquentation de Rudi Dutschke à l'Université libre ; fréquentation de Ulrike Meinhof, manifestation contre la guerre au Viêt-nam ; contre le shah d'Iran ; manifestations étudiantes ; sympathisante du mouvement du 2 juin en 1968, et le morceau de choix, la perle rare des infractions : *Dans le cadre de la transformation révolutionnaire de l'individu bourgeois, s'est installée dans un appartement bourgeois de la commune berlinoise, a épousé un terroriste, et profite d'une prime destinée à fonder un foyer et à élever des enfants. N'a pas d'enfant.*

C'est ainsi que l'on « fait vivre un dossier », c'est ainsi qu'on réussit un turbin.

Et Alwine, menottes aux mains, est expédiée devant deux experts médicaux chargés de déterminer son aptitude à être « interrogée », son aptitude à la « détention ».

La voilà embastillée dans la prison Moabit sous le numéro 12 A.

Moabit, la Tour de Moabit. Les briques rouges à l'extérieur et, à l'intérieur, l'isolement.

Une caméra la regarde dormir, la regarde se laver, la regarde faire ses besoins, la regarde pleurer. Personne ne sait qu'elle est là, étrangère à Berlin, à la ville, cloîtrée, isolée, pour des présomptions de délits.

Les conditions de détention suivantes sont ordonnées :

1. L'internement de l'inculpée avec d'autres prisonnières en préventive ou exécutant leur peine est exclu.

2. La fenêtre de la cellule doit être munie d'un dispositif de protection afin de l'empêcher de prendre des contacts incontrôlés.

3. La participation aux activités de la prison et au service religieux est exclu.

4. Lors des visites obligatoires et du bain, l'inculpée ne doit pas être en contact avec d'autres prisonnières.

5. La distribution des repas aura lieu uniquement par l'intermédiaire de deux fonctionnaires de la prison.

6. La promenade en plein air est à faire seule, selon le temps accordé aux détenues en préventive. Ce temps sera interrompu en cas de désordre.

7. L'inculpée peut se procurer des objets personnels à la centrale d'achat de la prison à concurrence de 300 marks par mois.

8. L'inculpée n'a pas le droit d'utiliser ses vêtements, sauf pour raison médicale.

9. La cellule et les affaires doivent être fouillées chaque jour. L'inculpée n'a pas le droit de prendre connaissance de documents particuliers, tel le courrier d'avocat. Les avocats doivent être fouillés avant et après chaque visite. Tout document écrit des avocats doit être présenté au juge compétent pour examen, avant d'être remis à l'inculpée.

Ces conditions de détention, qui ne sont pas celles des prisonnières en détention préventive normale, sont considérées par le juge du tribunal de Berlin comme « *pas trop rigoureuses* », mais *nécessaires pour des motifs de sécurité en rapport avec les délits reprochés.*

C'est ici qu'il faut être clair. Il s'agit d'une action psychologique : on laisse espérer un retour à une détention dite normale, c'est la « carotte ». On a soigneusement évité la politique, dans les motifs d'inculpation. Alwine est officiellement une détenue pénale, mêlée à des détenues politiques. C'est une formule qui permet beaucoup de choses.

Chacun sait, ici, que d'autres prisons existent en Allemagne, d'autres bunkers où les « politiques » sont en isolement total. Alwine sent la menace. Être gentille, et retourner en préventive normale. Ne pas être gentille, et écoper de l'isolement réservé aux terroristes.

Pour l'ex-prof gauchiste, devenue putain pour subsister, le choix est simple : livrer Kurt ou payer pour lui, en quelque sorte.

Le juge lui accorde un avocat, à condition que ce ne soit pas celui de son divorce.

Survient donc maître Thomas, berlinois d'expérience et de grande culture, dont les cheveux blancs ont connu la mère d'Alwine. Il explique en postillonnant dans l'hygiaphone de plexiglas :

– Te voilà dans le piège. Ils veulent que tu leur serves dans tous les cas de figures. Ils ne savent pas où est Kurt. Et le classer comme proxénète dans les fichiers d'Interpol de beaucoup de pays, ça les arrangerait : on recherche un proxénète. Judiciairement, ce n'est pas un délit politique, on ne prend pas de gants pour les extraditions dans ce cas. Mais si ton mari n'est pas un terroriste actif, s'il n'est qu'un simple deuxième couteau, un sympathisant bien planqué, cela peut durer longtemps. Un « longtemps » durant lequel ils peuvent te laisser moisir ici, comme sympathisante.

– Et mon divorce ?

– Il vont le faire traîner.

– Mais la justice ?

– Alwine, mon petit, la justice, en ce moment, en Allemagne, c'est la chasse au terrorisme. En ce moment, sur les affiches des avis de recherches, on voit trois fois plus de femmes que d'hommes. Ils ne sont pas loin de penser que les filles ont un chromosome terroriste.

– Mais je suis quoi pour eux ? Une prostituée ou une sympathisante terroriste ?

– Tu es une « suspecte illégale ».

En 1980, Alwine doit être présentée devant la sixième chambre de la Cour de Berlin. Maître Thomas fait ce qu'il peut.

– Alwine, si tu es compréhensive, nous pourrons résoudre le problème avec la B.K.A. Toutes ces histoires de prostitution ne m'intéressent pas. Il reste que tu ne devais pas être gauchiste. Dis-moi où est Kurt.

– Je ne sais pas.

– Alors, dis-moi au moins où sont les proches de Kurt ?

– Mais je n'en sais rien ! Je suis en prison !

– Justement, en prison on a des informations...

– Ça, c'est vous qui le dites. En isolement, on discute avec les murs.

– Tu as jusqu'à l'audience pour réfléchir. Sinon, c'est un an ferme.

Un an ferme. En admettant qu'Alwine ait su où se terrait l'époux dont elle cherchait vainement à divorcer, l'aurait-elle dénoncé ? Sûrement pas. Question de principe. Par respect pour la mort des autres en cellule. Par respect surtout pour celle d'Ulrike Meinhof.

Arrêtée en juillet 1972 à Hanovre, transférée à la section psychiatrique du quartier des femmes de Cologne, Ossendorf, Ulrike Meinhof a été mise à l'isolement absolu. L'isolement sensoriel. Elle y restera 237 jours, jusqu'au 24 février 1973. Elle y retournera du 21 décembre au 3 janvier 1974. Et encore du 5 février au 30 avril 1974.

On devient fou dans ces cas-là. L'isolement sensoriel va jusqu'à l'isolement acoustique.

Ulrike Meinhof, trépanée en 1962, ne peut supporter les conditions du programme de déshumanisation du professeur Schein.

Si Alwine en a fait son héroïne de résistance au système carcéral allemand, c'est parce que cette journaliste du *Konkret* de Berlin est considérée comme folle par ses juges. On a voulu la mettre à l'asile ; un procureur a déclaré : « Ce serait déstabilisant pour tous ces gens qui ont suivi ses idées, de réaliser qu'ils ont suivi une malade mentale... »

Alors, le 13 juillet 1973, un juge de la cour fédérale de Karlsruhe a demandé une radio et une scintigraphie du cerveau d'Ulrike. Il a précisé « même sous la contrainte et contre la volonté de la prévenue ». Le procès ne s'ouvre que le 4 mai 1976 et le 9 mai, Ulrike est morte.

Pour comprendre la petite Alwine, la gauchiste, la « sympathisante », la « suspecte illégale », il faut comprendre que sa génération s'est passionnée pour Ulrike. Parce qu'Ulrike est morte « suicidée » dans sa cellule.

C'est ainsi qu'on installe les héros, contre vents et marées. La mort d'Ulrike est un scandale qui sert de référence et de lutte à tous les étudiants et à tous les professeurs de gauche. Et à Alwine aussi, même si elle n'est plus désormais qu'une « pute de gauche », mariée à un suspect en cavale.

Durant son année d'internement, Alwine a le temps d'y repenser.

Le 9 mai 1976, Ulrike Meinhof meurt dans la cellule 317 du septième étage de Stammhein. Un blockhaus de 400 kilos, mortellement silencieux.

Elle a quarante-deux ans. Sa trépanation ancienne, due à l'opération d'une tumeur au cerveau, l'a rendue plus sensible encore à ce terrible isolement. Elle hurle. Elle hurlera pour lutter jusqu'à la fin.

Pour comprendre dans quel état psychique, physique et mental, se retrouve une isolée sensorielle, comme Ulrike Meinhof, il suffit de lire une de ses lettres publiée par le Comité contre la torture des prisonniers politiques en Allemagne fédérale.

« *Sentir ta tête exploser. Sentir ta mœlle épinière te remonter au cerveau à force d'être comprimée. Sentir ton cerveau comme un fruit sec. Se sentir sans cesse et inconsciemment et comme électriquement téléguidée. Sentir qu'on te vole tes associations d'idées. Sentir ton âme pisser ton corps, comme si tu n'arrivais plus à fixer l'eau. Sentir la cellule bouger. Tu te réveilles, tu ouvres les yeux, la cellule bouge. L'après-midi, lorsqu'il y a du soleil, ça s'arrête tout d'un coup. Mais elle bouge toujours, tu n'arrives pas à te dépêtrer de cette sensation. Impossible de savoir si tu trembles de froid ou de fièvre. Impossible d'expliquer pourquoi tu trembles, pourquoi tu gèles. Pour parler de façon simplement audible, il te faut faire un effort. Il faut presque hurler, comme pour parler très fort. Te sentir devenir muette.*

Impossible de te rappeler le sens des mots, sinon très vaguement les sifflantes : « S » ou « SS », « TZ », « SCH ». Supplice intolérable.

Les gardiens, les visites, la cour, réalité de celluloïd. Maux de tête. Flashes.

Ne plus maîtriser la construction des phrases, la grammaire, la syntaxe. Si tu écris, au bout de deux lignes, impossible de te rappeler le début de la première.

Sentir que tu te consumes au-dedans. Sentir que, si tu étais libérée, dire ce qu'il en est ce serait exactement comme jeter le l'eau bouillante à la gueule des autres et les ébouillanter, les défigurer à vie.

Une agressivité folle sans exutoire. C'est le pire. Être persuadée que tu n'as pas la moindre chance de t'en tirer, et impossible de faire entendre ça.

Sentir le temps et l'espace irrémédiablement imbriqués l'un dans l'autre et te sentir vaciller, piégée dans un labyrinthe de glaces déformantes. Et après : la terrible euphorie d'entendre quelque-chose qui différencie le jour de la nuit acoustique.

Te sentir comme dépiautée.

Te sentir enfermée dans une cuve de plomb, et sous vide. Choc, comme si une plaque de fer te tombait sur la tête. La colonie pénitentiaire de Kafka. Le type sur une planche à clous. Et le grand huit sans arrêt.

Et bouger au ralenti. »

Ainsi parlait Ulrike Meinhof. A son sujet, le professeur Wilfried Rasch, psychiatre de l'université de Berlin indépendant de la pénitentiaire, écrivait en septembre 1975 :

Situation corporelle générale en réduction. Amaigrissement. Trous de mémoire. Perturbation de la perception. Perturbation de l'articulation. Régression psychique. Dépression.

C'est le résultat de la technique d'isolement sensoriel.

Officiellement, Ulrike Meinhof se pend dans sa cellule. Une Commission internationale d'enquête relève les détails de l'autopsie :

Œdème important des parties génitales, tuméfaction des mollets, sang sur les reins, taches de sperme sur les sous-vêtements.

Viol ?

Ulrike était morte avant de se pendre. Tous les opposants gauchistes le savent, le soutiennent, le crient, sans autre résultat que de se retrouver comme Alwine, enfermée à son tour en qualité de « suspecte illégale ».

Je ne suis pas – Maud Marin n'est pas – une proterroriste. Elle a seulement étudié les méthodes de l'isolement sensoriel, lu le rapport de février 1979 d'Amnesty International qui le condamne comme une torture. Elle a lu, après le « suicide » d'Ulrike Meinhof, la requête présentée devant la Cour européenne par une certaine Gudrun Ensslin, assassinée le 17 octobre 1977, à la suite de laquelle la Cour de Strasbourg a condamné l'Allemagne, assimilant « l'isolement social, doublé de l'isolement sensoriel, à la torture, laquelle est interdite par l'article 3 de la Convention européenne ».

Et Maud Marin l'avocate se dit que l'Allemagne est en

crise de liberté individuelle, de justice indépendante, et de dénazification. Tant pis si cela ne plaît pas.

Alwine n'a pas donné les renseignements que l'on attendait d'elle. Elle est retournée dans son mini-quartier. Couloirs, micros, écrans de surveillance, cellules en vis-à-vis. Aération nulle. Air sec et usé qui prend à la gorge. Elle a continuellement soif, la bouche sèche, la tête lourde avec des sueurs. Les lampes peuvent parfois rester allumées vingt-quatre heures d'affilée. L'interphone écoute, la caméra veille. Et dans la cour de 28 mètres sur 12, Alwine marche entre les pierres grises. Pendant toute une année.

Elle ne souffre pas la torture d'Ulrike. Elle est en « moyenne »isolation.

Enfin les portes de la Tour Moabit s'ouvrent pour laisser sortir la « pute de gauche », qui ne supporte plus de voir un homme. Qui ne « récupère » pas dans la liberté. Une zombie. Interdite de travail. Donc interdite de vie en Allemagne.

C'est à cette époque que mon camarade « pré-stagiaire » avocat m'a raconté son histoire.

– Elle s'appelle Alwine. Aide-là. La seule solution pour elle, c'est Paris. Il lui faut un statut de résidente en France. »

Je l'ai donc rencontrée. Belle, avec ses yeux bleus. Désespérée.

Il n'était pas question de demander un statut de réfugiée politique dans son cas. Tout ce que l'on pouvait espérer, c'était une demande de régularisation de touriste allemande. Je prends mes précautions :

– Évitez absolument les milieux d'extrême gauche. N'attirez pas l'attention de la D.S.T. ou des Renseignements généraux. C'est compris ?

– Il y a longtemps que j'ai compris à Moabit.

Elle me dépassait cette femme. Elle m'impressionnait. Elle était allée bien plus loin que moi dans son voyage au bout de la nuit. La simple idée d'une cellule, de quatre murs, d'une porte blindée qui se ferme, me rend malade.

Alwine était un être cultivé, une encyclopédiste à la véritable érudition. Au début, certains détails de son comportement m'effrayaient. Elle ne tenait pas en place, était incapable de rester assise et se posait toujours sur un quart de fesse, prête à se lever, à fuir... Et j'ai compris. En cellule, le tabouret est scellé. Alors, on prend l'habitude de s'asseoir sur une fesse ou sur sa main, c'est le seul moyen de garder un corps à « soi ». Un bout de liberté. De ne pas être ancré au sol sur un tabouret de plomb. Les lumières la gênaient. Le bruit la faisait sursauter. Le silence soudain l'inquiétait.

Les restes de prison ne disparaissent jamais. On les porte à vie.

A Paris, Alwine s'est transformée en souris invisible. Je lui avais conseillé de chercher du travail comme traductrice, par exemple – elle était tout de même trilingue et professeur de lettres – en se dirigeant vers les petites et moyennes entreprises. Les grosses, les grandes ont un fichier du personnel trop accessible aux Renseignements généraux. Je le dis, tant pis si ça ne plaît pas.

Et pendant ce temps, je me battais pour lui obtenir des papiers, dans l'espace juridique européen. Pas facile.

Elle me racontait son enfance, sa mère, son père, le nazisme, l'après-nazisme, le droit allemand, la justice allemande. Pour être franche, je ne trouvais pas très belles ces années-là, ces hommes-là, et je trouvais démoniaques ces prisons-là. J'en arrivais à une sorte de nausée de l'Allemagne.

Un matin, je l'ai accompagnée boulevard Ney, vers des baraquements pompeusement intitulés « Centre d'accueil des étrangers ». Il y avait des flics. Il y avait la queue. Deux queues, plutôt. Une pour les « blacks, les jaunes et les maghrébins ». La pagaille. L'autre pour les « résidents de la Communauté européenne. » Une queue sans queue. Direction immédiate, le guichet. Formulaires, certificat d'hébergement (chez mon camarade pré-stagiaire), certificat d'embauche (une société de transports). Nous remplissions des formulaires par paquets. J'observais la dame du guichet s'en allant taper tout cela sur son ordinateur. Une machine infernale, le terminal de la « P.P. » – les personnes indésirables, avis de recherches etc.

La dame du guichet est revenue, portant un papier rose « Autorisation de séjour provisoire de trois mois. »Vous serez convoquée à la Préfecture.

Et le dossier d'Alwine partait sur cette machine infernale en direction de la Préfecture.

Attente. La convocation est arrivée, je l'ai scrutée aussitôt. Elle ne portait pas de « E ». Le « E » veut dire Éloignement, c'est une convocation immédiate pour le 8e bureau. Nous allions au cinquième.

Il y avait là un sous-chef de bureau, amical, séducteur :

– Quarante ans! vous les faites pas!

Belle Alwine. Beaux yeux bleus d'Alwine. Je me disais : « Après tout, si ça marche comme ça, pourquoi pas ? »

– Divorcée ?

– Oui, Monsieur.

– Il vaut mieux être seule que mal accompagnée. Vous venez faire quoi en France ?

– Vivre à Paris. Mon rêve.
– Vous avez de la famille en France?
– Non, des amis.
– Docteur ès lettres?
– Lettres modernes, et trilingue.
– Votre français est parfait! Mariez-vous donc avec un Français, vous aurez la nationalité. Au fait, question de routine, avez-vous jamais eu des problèmes avec la justice de votre pays?
– Non, Monsieur.
– Vous savez que nous avons des « dossiers surprises », des avis de recherches, des mandats... Votre avocate le sait aussi.
– Bien entendu. Mais Madame n'est pas dans ce cas.

Voilà. Je l'ai dit, je l'ai fait. J'ai considéré, qu'un an de taule en qualité de « suspecte illégale » ou de « pute de gauche », ce n'était pas sérieusement avoir des problèmes avec la justice. Après tout, il n'avait qu'à les consulter, ses « dossiers surprises », ses avis de recherches, ses mandats de demande d'extradition. Et je priais le ciel pour que la fiche « politique » d'Alwine, si maigre, n'ait pas franchi les ordinateurs de l'espace juridique européen.

– Votre permis de séjour est pour dix ans. Vous avez le temps de le renouveler...

Sourire. Guichet, sourire.

Sourire d'Alwine contemplant la petite carte plastifiée.

Sourire d'Alwine à travers le marché aux fleurs et aux oiseaux, devant la Préfecture de police de Paris.

Au revoir Alwine.

Elle a trouvé un jour un autre garçon, des cieux plus bleus, je les ai contemplés en carte postale, un jour.

J'étais retournée dans mes dossiers, seule dans Paris. Je

croyais encore à un amour inexistant, le Barreau de Paris a eu ma peau, le tapin m'a retrouvée, j'ai changé de trottoir, j'ai écrit ma vie, celle des autres. Aujourd'hui celle d'Alwine en prison à Moabit-Berlin.

Et je n'ai plus de nouvelles. Bonne nouvelle.

Marie

C'est froid un dossier.

Mon premier dossier criminel : sortir de la Centrale de Rennes une pauvre campagnarde, en mauvais état de santé, condamnée à dix ans de réclusion pour avoir occis son époux de deux coups de carabine.

C'est froid un dossier pour qui cherche à lire les souffrances au travers des pages. J'en ai le temps; j'en ai l'envie, le besoin, le désir, et l'obligation. Le sentiment aussi de pouvoir refaire un petit bout de monde si j'arrive à faire sortir cette femme.

Tout ce que je sais d'elle avant d'ouvrir ce dossier, c'est qu'elle s'appelle Marie D. et que le stagiaire qui m'a précédée s'est « planté sur une libération conditionnelle » que l'on ne peut demander qu'une fois par an afin de ne pas embouteiller la Chancellerie. Que cette Marie D. devrait pouvoir bénéficier de soins particuliers, vu son état de santé. Que je suis chargée de m'en débrouiller.

C'est l'an 1981. Le 10 mai, sous l'orage, fête à la Bastille pour changer la vie avec le président nouveau.

Le 15, je suis engagée comme stagiaire provisoire en remplacement d'une stagiaire enceinte. Les dossiers s'empilent au petit bonheur sur mon coin de bureau.

Marie D. C'était en 1975, à Noël, dans l'Auvergne profonde : les monts du Cantal, les collines glacées l'hiver, brûlantes en été, les vaches rousses, les fromages qui n'en finissent pas de vieillir, bleus ou jaunes, les châtaignes.

Dans le Cantal on mange des châtaignes à vie, on mange le pain noir, les « miassous », les « bourraous ». Je sais. Pays de mes ancêtres où la gentiane dispute à la bruyère le rôle d'emblème floral. Avec la gentiane, on fabrique de la Suze et, dans ce pays, on boit de la Suze. Et du gros vin.

Les fermes y sont d'un autre âge. On y vit encore dans la cheminée sur deux bancs de pierre.

C'est froid un dossier, si on ne l'ouvre pas, ou mal, ou qu'on le feuillette avant de le refermer distraitement.

J'y vois déjà des images. Les mêmes que celles qui trottent en souvenir dans ma tête, issues des vacances enfantines, au temps où l'on me prenait pour un petit garçon et que l'on m'emmenait à l'église le dimanche. Les garçons à droite, les filles à gauche. Les paroissiens du Cantal ont le sens des traditions respectables.

Ce dossier sent la gentiane, le feu dans la cheminée, les collines où paissent les vaches rousses, les caves où moisissent noblement les fromages. Il sent aussi l'esclavage. Nombre de gens de justice ont fait ce dossier-là. Les gendarmes, le juge d'instruction d'Aurillac, l'avocat nommé d'office, les journalistes locaux qui ne craignent pas de réécrire la justice, le procureur, les jurés, et même un avocat-star du barreau, du genre « Bonjour, moi c'est brushing, subjonctif et conditionnel. » Le plus beau brushing des Barreaux, les plus fameux imparfaits du subjonctif.

Seulement voilà, la conclusion de ce dossier-là est aussi froide que sa lecture par un greffier ensommeillé. Dix ans de réclusion criminelle à la Centrale de Rennes. Crime de sang.

Le crime de sang est encore plus impardonnable devant un jury qu'un autre. Le sang versé semble toujours être celui du Christ. Or, dans ce dossier-là, je devine que la victime n'avait rien du Christ. Pardon! Cela est un *a priori*.

Je devine que cette femme qui survit depuis six années à la Centrale de Rennes et que l'on me dit en mauvais état de santé a payé cher une sorte d'autodéfense. Pardon! Cela est un *a priori*.

C'est que le dossier n'est plus froid. Que cette femme n'est plus un nom calligraphié sur des ordonnances judiciaires. Je l'ai lu comme une histoire. Avec les couleurs, les odeurs, les terreurs, les courages, les désespérances d'une femme mariée à une brute alcoolique au fin fond du Cantal, mère de deux enfants qui, soudain, n'en peut plus.

Je l'ai lu en me disant : « je te sortirai de là, Marie D. » Je l'ai épluché en me persuadant que, si cette année de renouveau à la Bastille avait un sens, elle aurait pour moi au moins celui-là.

Ma lecture, la voici :

Ernest a marié la Marie, sur la terre du Cantal. « La terre qui ne ment pas », disent les paysans de là-bas, tout en cachant leurs sous dans les murs et leurs idées derrière l'église.

Il y a toujours, dans ces mariages profonds de la France profonde, de petits intérêts invisibles à l'œil nu du citadin. Les terres, les vaches, la luzerne... et l'argent de la banque agricole du coin qui conseille, suivant les années, d'agrandir l'exploitation ou de la limiter. Selon les saisons, les crédits seront blancs ou noirs.

Marie fait du travail à façon, de la dentelle pour une petite entreprise d'Aurillac. Elle est dentellière d'appoint, pour améliorer les revenus agricoles, et a donné deux filles à son Ernest d'époux, buveur de gentiane et de gros vin.

La fille n'est pas une héritière noble pour une ferme du Cantal ; deux filles, c'est une catastrophe.

– Elle ira à qui, la ferme ? Et le nom ? Il va se perdre, le nom ?

Et les coups. Qui prend les coups ?

Marie est une femme battue. Négligemment au début, à l'occasion d'un retour de bistrot tardif et d'une réflexion de sa part.

– Je bois si je veux, quand je veux, et tu n'as rien à en dire.

Puis les coups deviennent défoulement. Marie se refuse-t-elle à l'ivrogne ? Certes.

Ainsi se dégrade le foyer sans fils et sans amour. Tout devient triste. La robe noire de Marie, ses mains usées par les dentelles, son corps qui vieillit au soleil, puis au vent glacé.

Ernest. Il a la mentalité du Cantal. Une femme, ça a la vie dure. Une femme, ça se tait. Une femme, ça se bat d'abord et on discute ensuite.

Le front bas, les yeux durs, la mâchoire carnassière, c'est une grande gueule de la campagne. Il fait le fier-à-bras avec son couteau Laguiole, du pur Auvergne, indispensable aussi bien pour piquer les morceaux de fromage ou de pain que pour menacer à table.

Dix ans de menaces, de coups et de baffes aux enfants. Mais personne n'en parle ; personne n'entend ; personne ne voit. Ernest, comme les autres, est maître chez lui dans ces collines. Dix ans de règne.

Et un jour de courage, c'est écrit dans le dossier, Marie s'en va seule à Aurillac demander le divorce.

Audace. Menace.

La famille dit :

– Tu n'auras rien !

Ernest cogne :

– Pas de divorce ! Si tu recommences, je te tue !

On ne divorce pas d'un homme comme Ernest. Il est déjà suffisamment humilié par cette femme qui ne lui a pas donné de fils, qui se refuse au lit, sous prétexte d'on ne sait quel mauvais sang. Il ne voit plus bien clair, Ernest, après la Suze et le gros rouge. Après chabrot dans la soupe. Toutes ces femelles autour de lui, qui ne justifient pas son nom, l'exaspèrent.

Nouveau courage : Marie se rend à la Direction de l'enfance. L'aînée de ses filles a sept ans, la petite cinq.

– Il les bat. Qu'il me batte moi, encore... mais pas les enfants.

Personne ne montera voir à la ferme et enquêter dans le voisinage : c'est trop loin de la Préfecture. Qui parlerait, d'ailleurs ? La grand-mère maternelle ? la vieille de soixante-dix ans ? C'est une bouche à nourrir pour Ernest, et il la ferait taire plus vite qu'avec une paire de baffe.

– L'hospice, ça te dit quelque chose, la vieille ?

Ou encore :

– Il faut commander la caisse pour la vieille. En pin, c'est moins cher que le chêne !

Si Marie divorce, se plaint, réclame l'aide des services de la Préfecture, plus personne ne « bouffera » dans cette maison. Alors, personne ne s'en mêle, puisque personne ne parlera. Les voisins n'ont d'autre opinion que celle de la colline d'en face. Vu de loin, Ernest est un bon gars.

Picoler en France n'est pas un drame. Et une baffe aux gamines de temps en temps, vous parlez d'une affaire!

Le silence des collines.

Le silence paysan.

Le silence qui tue et n'est jamais condamnable.

C'est Noël.

Il frappe. En dix ans, c'est logique, il est passé de l'alcoolisme admis, conforté par les taxes du gouvernement, à l'éthylisme. Il a des crises, qu'il justifie toujours par autre chose que le degré d'alcool dans son sang. C'est invisible, trois grammes d'alcool, ça tue sur les routes comme dans les campagnes silencieuses. Invisiblement. Encore y a-t-il une différence dans l'éthylisme criminel, selon que l'on est au volant d'une voiture ou au volant du foyer familial : on ne vous arrête pas sur la route, quand on est chez soi... On ne vous fait pas souffler dans le ballon. Personne ne contrôle le dangereux état d'excitation qui vous fait dépasser les limites du supportable pour l'autre.

C'est Noël. Il a encore bu et il va encore frapper sur les gosses. Ce n'est plus supportable. Il est hideux, puant, avec ses bretelles, sa casquette vissée sur le crâne, cette jauge dans le regard qui indique, pour Marie seulement, que les trois grammes sont largement dépassés.

Il n'y a plus de défense possible. Plus de « Non! arrête! » ni de « Non! pas ça! » Il n'y a plus que l'irrémédiable, l'étrange alchimie de l'instant irrémédiable.

Marie va chercher le fusil de chasse familial. L'ancestral, celui qui reste à demeure accroché dans l'entrée pour les lièvres, les sangliers, et les perdreaux. Les chevrotines sont prêtes, elles aussi de toute éternité. Et tirer est instinctif. Il n'y a pas de cran de sûreté. Le geste peut être machinal. Comme d'appuyer sur un appareil-photo.

D'instinct, deux fois. Deux cartouches dans la nuit de Noël 1975.

Ernest est propulsé en arrière par la décharge, comme les sangliers d'Auvergne qu'il traquait dans les fourrés.

Et ce soir, les gendarmes ne réveillonneront pas.

Il est important, le symbole de la nuit de Noël dans un dossier de crime de sang. Dieu que c'est affreux et abominable de tuer la nuit de Noël! A l'heure où naît l'enfant Jésus, où règne le pardon et la charité chrétienne. A l'heure où s'élèvent les cantiques, où les paysans s'agenouillent sur la pierre froide de l'église, espérant obtenir le pardon de leurs péchés.

Marie a tué une nuit de Noël. Est-ce pire?

L'imagination judiciaire n'est qu'humaine. C'est donc pire.

Le village est aux cent coups. Le car bleu marine et son gyrophare qui fait l'étoile du berger, s'arrête près de la ferme d'Ernest. La victime.

On est forcément une victime avec deux chevrotines tirées de près. Les plaies, le sang, l'horreur de la scène, font d'Ernest la victime incontestée.

La scène est un étrange portrait de famille.

La grand-mère a pris dans son lit les deux gamines affolées et prie en tremblant, folle de peur elle aussi.

Marie est prostrée.

Le corps du sanglier ivre, ensanglanté, masse encombrante et atroce gît à terre, dans la cuisine, entre le banc de pierre, la cheminée, les assiettes de soupe sur la toile cirée à carreaux. Affalé comme un gibier indécent.

Brigadier, sous-brigadier envahissent le tableau de fin. On passe les menottes à Marie.

Dans le dossier, le passage des menottes est un acte important. L'individu n'est plus une femme, c'est un acte. Menottes égale coupable.

La coupable est en garde à vue. On dérange le procureur au milieu de son réveillon de Noël, pour une affaire importante dans le Cantal. Une femme a tué son mari, de deux coups de fusil de chasse.

C'est froid un dossier.

Les feuillets suivants portent des titres imprimés sur papier administratif glacé : présentation au parquet, réquisitoire aux fins d'information pour meurtre, mandat de dépôt criminel. Marie n'est plus Marie. Visage déformé par l'angoisse et l'insomnie, hébétée, elle s'entend reconnaître les faits pour « homicide intentionnel sur la personne de son époux ». Si elle pouvait l'exprimer aussi bien, en termes réglementaires, elle dirait peut-être : « légitime défense ». Mais on le lui interdit d'avance ; on ne la laisse pas s'exprimer car il lui faudrait du temps, trop de temps, de la compréhension, du calme, une aide. Elle a tué par instinct de conservation au bout de tant d'années de fatigue et d'humiliation. Comment expliquer cela devant un procureur à grosse voix qui gronde :

– Ne pleurez pas, il fallait réfléchir avant. Le meurtre d'un époux n'est jamais excusable par la provocation dudit.

Dudit ?

Le langage judiciaire est réservé aux latinistes distingués. Il y a un code ; Marie ne possède pas de décodeur.

Le tribunal d'Aurillac est mitoyen de la prison d'Aurillac. A l'intérieur du petit Palais, d'un côté du couloir, le procureur, de l'autre le juge d'instruction.

Marie traverse le couloir sous une injonction théâtrale :

– Gardes, emmenez-la.

Jusqu'à la porte d'en face, où demeure le juge d'instruction.

Les instructions criminelles sont rares à Aurillac. Et le juge s'y ennuie. L'avancement ne se fait qu'à force de dossiers. Marie est devenue un dossier.

Je n'exagère en rien. Pour ne pas être un dossier, et seulement un dossier, dans ce système, il faut une éducation, une force intellectuelle, un talent de communication, du culot, et du fric.

Elle n'a rien de tout cela, la Marie du Cantal. Elle n'aura pas les honneurs de la presse parisienne, voire européenne; son crime ne fera pas le bonheur des hôtels-restaurants de sa région comme certains autres crimes où, pourtant, la victime n'est pas un ivrogne cogneur de femmes. La justice n'est faite que d'injustices. Pour une femme qui tue son mari, la peine va de trois ans à perpète, selon le jury. Et en 1975, la peine de mort est toujours là; officieusement elle n'existe plus pour les femmes, mais elle est menaçante dans les textes.

Selon le terrain et le lieu du crime, l'opinion publique importera ou non. Selon la fortune de l'inculpé, l'avocat importera ou non. Selon la famille de l'accusé, les témoins seront crédibles ou non, entendus et compris ou non.

Marie est devant le juge et le code du langage continue :

– Nous allons procéder à une première comparution pour vérification d'identité. Je ne requiers pas la préméditation, c'est-à-dire le crime d'assassinat. Il vous est possible de faire des déclarations ce jour, mais vous avez la possibilité de réclamer l'assistance d'un conseil.

Marie n'a guère compris cette procédure napoléonienne, sauf le mot déclaration. Elle déclare donc :

– J'ai tué Ernest, Monsieur le Juge, parce qu'il battait mes enfants et qu'il me battait depuis dix ans. Je n'ai pas pu divorcer, il disait qu'il me tuerait. Il était dangereux, cet homme; il buvait, tout le village le sait.

– Greffier, écrivez.

La dénommée Marie D., inculpée, déclare...

La prison d'Aurillac n'a pas de place prévue pour les femmes. Monsieur le Juge cherche un lit-cage dans les environs, entre Riom, 10 places, et Albi, 7 places, pour finalement trouver où expédier son inculpée : au Château-du-Roy, à Cahors.

Marie crie entre les gendarmes :

– Et mes enfants ?

– La D.A.S.S. s'en occupe. J'attends votre lettre de désignation d'un conseil.

La D.A.S.S. n'a pas voulu avant, elle est bien obligée après. Dommage. Et Marie ne sait même pas que le mot « conseil » signifie avocat. D'ailleurs, elle ne connaît pas d'avocat. Les avocats sont des individus des villes.

Le Château-du-Roy, ex-sénéchaussée du Quercy, domine le Lot de sa tour moyenâgeuse. Les hommes y vivent encore en dortoirs, pour de courtes peines. La porte est moyenâgeuse, la taule classée historique. C'est peut-être la plus vieille de France, en tout cas, elle est bien placée dans la catégorie.

Dans la cour pavée du Roy, les sœurs de l'évêché attendent Marie. Une assiette de « graillou » campagnard, graisse froide de cochonaille, un Tranxène 50... Bonne nuit, Marie.

Maître C., avocat, est plus habitué aux problèmes de mitoyenneté et aux servitudes de passage, qu'aux crimes de sang. Il fait ce qu'il peut devant Monsieur le Juge d'instruction, devenu quasiment Dieu-le-Père. La presse auvergnate s'enquiert du dossier, n'a qu'une opinion et ne la développe pas dans la dentelle. Ceux qui parlent appartiennent à la famille de la victime. La famille de l'homme. Et cet homme-là, depuis qu'il est mort, semble pardonné de tous les péchés.

Marie, elle, devient la mauvaise femme, la mauvaise mère, la fainéante, Marie la Honte, celle qui ne méritait ni le nom ni la terre.

Des petits malins vont trouver la mère de Marie, la vieille, celle que personne n'entend plus depuis si longtemps, menacée d'hospice et maintenant mère de criminelle.

Pour 5 000 francs, la vieille dame parlera. Ça peut toujours servir 5 000 francs... pour un avocat qui ferait mieux que le nommé d'office. Cinq pages dans un grand journal, racontant les amours d'Ernest et Marie, qui se seraient connus au bal du samedi soir. Avec les photos des enfants, de la ferme, et la grand-mère devant.

De quoi intéresser momentanément le grand avocat des Barreaux, celui dont on dit : « Bonjour, moi c'est Brushing et vous ? »

Il s'occupe davantage de dossiers d'affaires que de crimes. Surtout de crime paysan. Mais Marie, elle, n'en sait rien. Depuis le début, elle ne sait rien de rien.

Le grand avocat prend le dossier en main, ce qui veut dire qu'il met son nom dessus et attend. Il n'assiste pas aux interrogatoires d'instruction. A aucun. Pas le temps. Aurillac est trop loin de Paris. Pas nécessaire.

Et le juge d'instruction, lui, enrage. Il est négligé par l'absence de la star du barreau ! On le prend pour qui ? Pour un simple gendarme ?

Marie va payer cette peu glorieuse absence de l'avocat-star qu'elle n'a même pas réclamé. Trente minutes d'expertise psychiatrique, consistant en une entrevue en cellule.

Question :

– Sexuellement, où en étiez-vous avec votre mari ?

Si Marie osait répondre, ce serait peut-être ainsi :

– Imaginez un type qui rentre bourré le soir, qui oublie d'enlever ses chaussures et ses bretelles, et vous saute dessus en empestant la vinasse. Qu'est-ce que vous faites ? Imaginez maintenant qu'ayant refusé ce que vous appelez un rapport sexuel, en échappant de justesse à la brute affalée sur vous, vous vous réfugiez dans la cuisine et que, poursuivie par la même brute, vous y preniez des baffes et des baffes et des baffes...

« Imaginez que cela dure des années, devant les gosses ou pas. En chemise de nuit ou pas...

« Imaginez aussi que vous ne puissiez parfois échapper à ce que vous appelez la sexualité conjugale. Qu'il ne vous reste plus qu'à vous coller un oreiller sur la tête pour ne pas hurler au viol...

« Imaginez que cet homme, bien que votre mari devant la Famille, l'Église et la Loi, dans l'ordre, vous dégoûte à un tel point que la nausée vous vienne dès qu'il pose une main sur vous.

« Imaginez que vous, pauvre paysanne illettrée, vous pensiez au divorce, que vous alliez à la ville, pour ce faire, et que la famille, le village, vous traitent pour cela de mauvaise femme, de mauvaise mère ; que l'époux montre son fusil et dise : “ Je te tuerai si tu fais ça. ” Violeur oui, mais cocu, même moralement, non. »

En gros, Marie a déclaré :

– Tous les hommes sont des salauds.

C'est froid un dossier.

Car Marie ne sait pas parler. Marie n'a pas les mots pour dire. Et le psy, millésime de 1975, conclut des silences et des pudeurs de Marie : *Sujet immature, orgueilleux, jaloux et possessif. Haine du mari. Passage à l'acte. Sujet normal, pas d'anomalie mentale, ni d'état de démence. Accessible à la sanction pénale.*

Quant à l'enquête de voisinage, elle est défavorable. Car le voisinage est défavorable. C'est aussi bête que cela, un dossier. De plus, une rumeur court... elle court... elle court la rumeur... Marie n'aimait pas les hommes, Marie aimait une femme.

Pauvre Marie. Qui avait une amie peut-être, une confidente, à qui elle racontait ses malheurs conjugaux.

Le grand avocat n'est venu qu'une fois, une seule, à la maison d'arrêt. Il est resté dix minutes, afin de conseiller sa cliente sur sa tenue vestimentaire. Important, la tenue de l'accusée pour l'avocat ! Il y a comme cela des idées de théâtre et de mise en scène qui compteraient plus, semble-t-il, qu'une défense rapprochée du dossier.

Marie doit porter une robe simple, modeste et humble. Comme si elle avait déjà revêtu du strass. Elle ne devra pas être raide devant les jurés. Comme si elle avait pris des cours de maintien.

Après ces conseils :

– Au revoir chère cliente, et rendez-vous à l'audience. Je suis là, ne craignez rien, je vous ferai acquitter.

Le Palais de justice, ses vieilles murailles, son atmosphère pesante, son public endimanché entassé dans la salle surchauffée. Ils sont venus comme à la corrida.

La famille d'Ernest : en deuil.

Le jury : 7 hommes, cantalous, 2 femmes pour le principe. 7 hommes, c'est mauvais pour Marie.

Son avocat-star a beau se montrer impérial, son éloquence n'impressionnera ni le public, ni les jurés.

Car il y a là, devant eux, le cérémonial des pièces à convictions, que je nommerais, moi, théâtral : une carabine de chasse, des vêtements souillés de sang séché. Est-ce bien nécessaire ? Marie n'a pas nié. Marie voulait simplement dire qu'elle a tiré de peur, de trouille, d'instinct, de dégoût, et qu'elle aurait préféré divorcer si elle avait pu.

Mais non. Les pièces à conviction sont, dirait-on, plus importantes que les raisons. La vue du sang séché de leur fils, frère, cousin, camarade masculin et compagnon paysan, impressionne beaucoup plus les sept hommes du jury que la pauvre défense de Marie.

Condamnée d'avance. Le procureur brosse l'accusation dans le sens du poil du public : Marie trompait son mari avec une femme, les rumeurs sont devenues accusations, donc vérités.

Et les hommes de se sentir bafoués dans leur honneur. Et d'oublier les accusations de Marie pour des années de coups, de baffes, sa tentative de divorce, les enfants qui trinquent.

Ces hommes habitués à vivre entre eux, à faire « tope-là ! » sans femmes au marché aux bestiaux, à boire sans femmes au bistrot de l'après-foire, à être servis les premiers à table, chez eux, par leur femme, et à manger sans elle qui ne s'assied qu'après les avoir servis, ces hommes-là vont oublier pourquoi Marie a tué Ernest. Ils vont transformer l'histoire en crime contre les bonnes mœurs.

Le meilleur moyen de faire condamner une femme, d'ailleurs, est d'insérer dans son dossier une suspicion d'atteinte aux bonnes mœurs. Le vrai crime de Marie est donc d'avoir aimé une femme.

Plus personne ne l'entend dire :

– J'ai tiré pour protéger mes filles, je n'en pouvais plus, je demande pardon, je veux revoir mes enfants.

Rendez-moi mes enfants. Il me battait. Il buvait. Écoutez-moi...

Non.

On écoute les imparfaits du subjonctif de l'avocat qui réclame les circonstances atténuantes les plus larges. On l'écoute parce qu'il est là, et qu'il faut bien. Mais les imparfaits du subjonctif passent au-dessus de la tête des jurés. Le procureur a réclamé quinze ans. Ils en donneront dix. Dix ans de réclusion criminelle, cinq ans d'interdiction de séjour. Et confiscation de l'arme.

Ils ont délibéré rapidement.

Et la famille en noir hurle à la mort, car ce n'est pas suffisant pour venger la mort d'un homme du Cantal.

Et l'avocat, le grand, le beau parleur au beau brushing, après avoir promis d'aller en appel, puis en cassation, disparaît.

Marie ne l'a jamais revu.

La prison, à Rennes, pour dix ans.

C'est froid un dossier.

En le lisant six ans plus tard, j'y retrouve pourtant la déposition de la mère de Marie, la grand-mère des enfants, qui raconte les coups et les humiliations. Pour rien.

La déposition de l'institutrice des enfants qui raconte, elle aussi, les coups.

Rien d'autre.

Tout le reste est accusation. Pas la moindre faute de procédure. Pas de cassation.

J'imagine les mêmes circonstances et le même dossier, quelque part en haute bourgeoisie, sur un autre terroir.

J'aurais lu, alors, les témoignages des amies d'enfance, de lycée, de tennis. J'aurais entendu les mots « crime passionnel ». J'aurais vu des conclusions sur l'alcoolisme du mari ; j'aurais eu en main le dossier de demande de divorce, le témoignage d'une directrice d'école, j'aurais eu les preuves dûment enregistrées des plaintes pour coups. Une femme battue ne l'est pas pareillement aux quatre coins du monde, et même de France.

Marie est à Rennes depuis six ans. Malade. Si j'ai le droit de refaire son procès dans ma tête, de noter les failles du dossier d'instruction, de repérer les conflits de familles, de terre et de sous, d'accuser l'alcoolisme protégé, la violence masculine pardonnée, je n'ai pas le droit, malheureusement, de m'en servir pour la sortir de là. La chose jugée est jugée.

Rennes. 340 femmes. Autour de Marie, ce n'est plus le Château-du-Roy et les quelques voleuses de poules. Rennes, c'est l'usine carcérale.

Face aux mutineries dans les prisons, dont la Centrale de Rennes, le président Giscard d'Estaing est allé serrer quelques mains dans l'une d'elles. C'était à Saint-Paul-de-Lyon, le 10 août 1974.

Il est le seul président de notre République à avoir serré la main de prévenus. On le lui reprochera.

Ce n'était pourtant que des « prévenus », et les prévenus sont présumés innocents.

Mais il est d'autres discours ; je ne résiste pas au plaisir de citer un extrait de celui d'un ex-président de chambre à la Cour de cassation : *Est criminel celui qui veut être criminel.* [...] *Contre le mal qui court il n'existe aucun vaccin ni sérum.* [...] *On ne peut vaincre qu'en se plaçant sur le même terrain que l'adversaire.* [...] *Il ne suffit pas qu'il soit privé de liberté. Il faut qu'il souffre dans sa personne.*

Autre extrait, journalistique celui-là. *La prison n'est*

pas faite pour rééduquer, mais pour intimider et neutraliser.

Rennes, l'hexagone des maudites. Construite en 1879. Architecture XIXe, style couvent. Toutes les allées extérieures convergent vers une croix de pierre, un calvaire breton.

La Centrale est réservée d'office aux femmes dont la peine excède un an, quel que soit leur âge.

Marie y arrive en transfert individuel. Fourgon de gendarmerie à la gare, compartiment réservé dans le train, aux frais de la condamnée. Elle est attachée à la barre de la fenêtre, deux gendarmes l'accompagnent.

Dix heures de trajet. Trois minutes d'arrêt.

Dix ans.

Derrière l'énorme porte cloutée, les couloirs sentent le désinfectant.

Marie est mise nue. On lui demande de poser le pied sur un tabouret et de tousser, c'est la règle.

Trois semaines d'observation au Centre d'accueil, dont les femmes savent qu'il devrait se nommer « quartier d'isolement ». Le seul contact – car l'observée est seule jour et nuit – consiste en la présence d'une éducatrice qui passe et des matonnes qui repassent.

Une courette, un arbre au milieu, comme dans les hôpitaux psychiatriques. La détenue y marche, en tournant en rond dans le sens des aiguilles d'une montre. Une heure.

Dans la cellule le lit et le tabouret sont fixés au sol. Le vasistas est opaque. Il n'y a pas d'air. On passe la nourriture par le guichet.

Quelques phrases qui tintent dans le silence :

– Si vous êtes là, c'est que vous l'avez cherché.

– Silence, dormez.

Le groupe 1, serpillière et corvée, est une sorte de

bizutage en attendant de passer dans le groupe 2, puis dans le groupe 3.

La directrice est fière de sa sévérité reconnue.

On ne lève pas les yeux, on craint. On revêt le costume pénal, qui a le mérite de créer l'égalité : en 1975, c'est un ensemble gris, avec manteau.

Je cherche, car je sais qu'elles existent, les déclarations publiques de cette directrice de Centrale. Mon dossier est froid, je le veux brûlant. Je cite :

Les débiles vont toujours en Centrale.

L'homosexualité, c'est l'épouvante.

Je préfère cent fois un suicide qu'une évasion.

Cette femme dirige la Centrale depuis 1959. Elle aimerait pouvoir supprimer les cigarettes aux détenues, pour lutter contre le tabagisme, afin qu'il ne leur reste que la messe du dimanche en guise de réflexion.

Marie est dans le groupe 3. Mais son dossier pénitentiaire signale un comportement difficile observé au début de sa détention.

Elle a eu des crises de nerfs.

Elle voulait voir le jour derrière la vitre opaque.

Dans le groupe 3, on l'affecte au ménage. Elle est jugée costaud. Paysanne costaud. Habituée aux travaux de force.

Comme cuisinière, elle pourrait toucher 14 francs par jour, pour le pécule de sortie. Comme bibliothécaire ou comptable 12 francs.

Marie aura 6 francs pour le ménage. Mais l'assurance-vieillesse et la sécu. Le reste à diviser par deux : la moitié pour cantiner.

Cantiner, c'est la survie. Sans cantine, on crève. On perd ses dents, ses vitamines, ses règles. Les Trois Suisses sont obligatoires. Toilettes, serviette, papiers, timbres, sucre, beurre, chocolat, biscuits... Tout cela s'achète, plus cher que dans le commerce, évidemment.

L'autre moitié du pécule va à la pénitentiaire :

3/5 pour la nourriture, ou ce qui est supposé en être;

1/5 pour les frais de justice;

1/5 pour le pécule de sortie.

J'ai entendu dire, parfois, qu'il existait des prisons quatre étoiles.

Mais j'ai entendu les confidences d'une détenue de Rennes, gagnant pour le ménage, six francs par jour.

Au bout d'un an, elle a craqué nerveusement. Au bout de trois ans, elle était psychologiquement détruite : retour à l'infantilisme, plus de réflexion personnelle, de vie personnelle. Au bout de cinq ans, la névrose. Au bout de huit, la psychose.

Dix ans de Centrale, et on est un légume en sortant.

L'univers mesure 3,3 mètres sur 2,10 mètres, avec : armoire sans porte, lit, table, chaise, bidet ou lavabo. Seau hygiénique.

Marie fait le ménage de sa cellule d'abord. C'est obligatoire.

Puis, elle pousse la serpillière dans les couloirs, avec des produits largement mélangés à l'eau afin de prévenir leur utilisation pour un suicide.

Si elle se comporte bien dans cette catégorie de travail, elle pourra plus tard aller aux ateliers. La réinsertion par le travail. Moins de 600 francs par mois, mais l'occasion de faire des boas en plumes, des nounours, ou d'emmancher des pull-overs.

Je vois Marie passer la serpillière et, en lisant ses demandes à l'Administration, j'imagine ce qui trotte dans sa tête... Elle aurait bien voulu que la grand-mère, sa mère à elle, ait la garde des enfants. Après tout, ce sont ses petites filles. La D.A.S.S. a dit non. Elles sont pensionnaires pour dix ans, elles aussi, comme leur mère. Enfermées avec et comme les orphelins.

Qu'ai-je ouï dire récemment ? Que l'on tentait des expériences de-ci, de-là, rares et prudentes, pour que le lien parent-enfant ne soit pas détruit malgré la prison ?

Bravo ! Les deux gamines de ce dossier de femme en prison auront grandi à l'orphelinat sans revoir leur grand-mère. J'aime ! Ni leur mère, évidemment.

Marie se détruit au fil des jours de silence et des nuits d'angoisse. Elle n'est plus une femme, elle n'a plus de règles. Eh quoi ! économie de cantine.

Il n'y a pas de gynécologue dans la prison des femmes, à Rennes. On ne soigne pas le sexe, les problèmes du sexe féminin. En arrivant à Rennes, le sexe est mort pénalement. Si tu es malade de ton sexe, Marie, ce n'est l'affaire de personne.

Celles qui hurlent la nuit, comme toi, celles que les somnifères ont du mal à vaincre, ont droit au rapport. Une matonne doit faire des rapports, de nuit comme de jour.

Exemples de rapports : *Matricule X a traité une surveillante de salope; a bouché l'œilleton avec de la mie de pain; a donné une plaque de chocolat au matricule Y; a cassé son bol; a échangé un message avec le matricule Z; a avalé le message en question; a partagé une cabine de douche avec un autre matricule.*

Marie a un rapport : elle s'est couchée dans l'herbe pendant la promenade. Cela est un refus de circuler pour lequel on est passible du Tribunal exceptionnel, un genre de soviet composé de la directrice, de deux ou trois matonnes et d'une éducatrice.

Se coucher dans l'herbe, pour une paysanne, c'est un

retour aux sources. Interdit. Condamnée à quatre jours de mitard.

Ce n'est évidemment pas nécessaire à la réinsertion que de se coucher dans l'herbe. Par contre, le mitard au tabouret scellé et aux murs capitonnés, ça aide.

Marie est malade. C'est ce que dit le froid dossier. Elle a le cœur qui flanche et ne sortira de Rennes que les pieds devant si moi, stagiaire, je ne trouve pas une « combine » pour l'en faire sortir.

Cette maladie est une drôle d'histoire de communication auriculaire cardiaque. Je lis quelque part que le diagnostic est mortel sans intervention.

Marie devient blanche, bleue. Ses jambes font des œdèmes. Elle ne peut plus pousser la serpillière. On la traite de feignasse. On l'envoie éventuellement réclamer une tisane et de l'aspirine à la bonne sœur de service.

C'est une co-détenue qui prend les choses en main.

– Écris, demande à voir un docteur.

Marie écrit : *Matricule X, j'ai l'honneur de...*

Réponse : *Non. Vous n'êtes jamais malade pour les bêtises. Ici vous êtes mieux soignée que dehors.*

Le médecin de la consultation ne voit aucune urgence. Puis soudain, voilà qu'il panique.

Une opération probable à cœur couvert ne se traite pas à coups d'aspirine, et il est obligé d'écrire à la directrice une demande de transfert à l'hôpital de Fresnes.

La directrice obtempère. Un suicide vaut mieux qu'une évasion, certes... mais la mort d'une détenue faute de soins, c'est un mauvais point.

Hôpital donc, mais de Fresnes.

Nouvelle fouille, nouveau tabouret, le pied dessus : « Toussez »... Nouvelle cellule, porte qui se ferme. Pas le droit de choisir son médecin.

Le cardiologue de Fresnes connaît le sous-équipement des installations. Il connaît ses limites, donc. Une telle opération nécessite l'expérience d'un chirurgien spécialiste des opérations à cœur ouvert, un personnel et un matériel adéquat.

Où faire opérer Marie ? Par quel chirurgien, moyennant quels honoraires, dans quel hôpital du monde libre ? Fresnes est l'hôpital-prison dont, en principe, on ne sort pas.

Un malade a une certaine prescience des choses de son corps. Marie refuse de signer la décharge pénitentiaire pour être opérée à Fresnes. Marie, pour la première fois, réclame – instinct de survie –; elle veut savoir où on l'emmène... Et son état s'aggrave durant ce refus. L'ombre de la mort de cette femme décide enfin l'Administration à réagir.

Marie gagne. Un grand chirurgien va l'opérer à la Pitié-Salpêtrière, dans des conditions normales.

Il était temps.

Enfin une chambre, une vraie chambre d'hôpital avec de vrais soins, mais deux flics devant la porte. Comme si elle pouvait courir la poitrine ouverte ! Des jours et des jours de réanimation. Et, pour la première fois depuis longtemps, la visite de sa mère.

Mais la convalescence de Marie doit se passer à Fresnes.

Je crois rêver. Je rêve sûrement, je cauchemarde dans ce dossier. A Fresnes, en l'espace de trois mois, l'état de santé de la convalescente se dégrade. L'unique appareil d'électrocardiogramme date de la dernière guerre et les conditions de détention dans cet hôpital insalubre, à la nourriture approximative, rendront très vite inutiles tous les efforts du chirurgien pour sauver Marie.

Il vaudrait mieux lui faire achever sa peine à Fleury-Mérogis. Au moins c'est propre.

Mais retourner à Fresnes, dans son état!

Le professeur C. – un grand nom, incontesté – qui a opéré et est chargé du suivi médical de son intervention, trouve Marie anorexique et en mauvaises conditions de convalescence.

Un citoyen moyen, normal, ayant subi la même opération aurait droit à un séjour dans une maison de repos réservée aux cardiaques. C'est la moindre des précautions.

Le professeur établit donc un certificat médical en vue d'obtenir une liberté conditionnelle médicale. Il considère que Fresnes ou Rennes, c'est la mort de sa patiente.

L'Administration pénitentiaire n'est guère différente des autres Administrations en ce sens qu'elle met un temps fou à recevoir une lettre, à lire une lettre, à réfléchir sur une lettre et à répondre éventuellement à cette lettre.

En demandant une conditionnelle médicale pour Marie, le professeur C. l'espérait rapidement. Le plus rapidement possible après l'opération; la chose est logique. D'autant plus que Marie a déjà effectué une bonne partie de sa peine, et qu'une conditionnelle, dans son cas, ne présente pas le moindre risque de récidive. On ne tue pas deux fois un mari qui vous bat...

Mais à l'hôpital de Fresnes, quelqu'un n'est pas d'accord. Marie l'appelle sœur Cornette. La charité chrétienne qui devrait présider à ses fonctions se traduit bizarrement. Sœur Cornette a été formée à la prison des hommes. Elle est partisane des cellules bouclées à 19 heures. Pour elle, une demi-heure de promenade est largement suffisante – la Lumière du ciel reconnaîtra les siens. Personne ne lui a expliqué qu'un détenu convalescent a dix fois plus besoin de la lumière solaire qu'un détenu en bonne santé : il ne lui paraît pas nécessaire d'accorder un supplément de promenade à Marie, même pour sa survie. Elle aurait plutôt tendance à considérer ce supplément comme un laxisme dans son système punitif personnel. De même, une heure de télévision par semaine, le dimanche de 6 à 7 est un cadeau déjà inestimable, selon elle. La distraction du détenu, même convalescent... fichaise !

Sœur Cornette est responsable des malades à l'hôpital de Fresnes. Elle les mène à la baguette. Le courrier, c'est elle. La censure, c'est elle. La vie privée des malades, c'est elle. Elle a étendu ses fonctions à celle de surveillante, sans demander l'avis de la surveillante. Il y a comme cela des autorités femelles qui, sous le couvert de la cornette, distribuent une charité dont l'ordre n'est décidé que par elles-mêmes.

Sœur Cornette a eu en main la lettre du professeur C., elle a mis du temps pour y réfléchir.

– Le cardiologue de Fresnes ne te suffit pas ?

– Mais ce n'est pas moi qui décide, c'est le professeur qui...

– Ici, c'est le cardiologue de Fresnes qui décide ! Et il estime que les examens de contrôle peuvent se faire aussi bien ici qu'ailleurs. Tu retourneras à Rennes.

Et sœur Cornette écrit à son tour un rapport dans lequel il est dit que le matricule X est considéré comme guéri, peut suivre le régime pénitentiaire de la Centrale de Rennes, est apte à travailler et doit être considéré comme une détenue normale.

C'est dans le dossier. Sous mes yeux de stagiaire. Il semble parfois que la vie accumule les emmerdes de toutes sortes sur la tête des mêmes.

Il me semble que dans d'autres dossiers, ceux de certains malfrats au grand nom ou de terroristes distingués, les soins médicaux et les libération médicales posent moins de problèmes à l'Administration. Il me semble...

Marie reprend le train, avec son sac et les menottes, en compagnie d'autres femmes enchaînées elles aussi. Gare Montparnasse, direction Rennes, avec un arrêt pipi autorisé en route. Un, pas deux.

Il y a cinq mois à peine, on lui ouvrait le cœur. A son arrivée à la Centrale, Madame la Directrice lui offre un travail à plein temps.

– Je refuse. Je ne veux pas.

– Si vous ne faites pas d'efforts, vous n'êtes pas prête de sortir d'ici!

Marie est la première femme opérée à cœur ouvert pendant une détention. Et la réaction est curieuse : cette intervention est considérée non pas comme nécessaire, mais comme un cadeau à une privilégiée.

L'habitude de la haine, peut-être. Le système punitif qui n'admet pas qu'on se permette d'être malade. On encombre suffisamment la société comme ça, en taule! Se faire soigner une rage de dents, c'est déjà un cadeau! Une opération à cœur ouvert, c'est la vie qu'on vous rend! c'est insupportable à certaines personnes du système carcéral : ces gens-là ne font plus un métier, ils se vengent.

Marie retourne donc au groupe 3, avec une serpillière à pousser pour 6 francs par jour.

Les contrôles médicaux de son état cardiaque seront faits à Rennes, pour éviter les frais de transport.

Ce dossier devient alors surréaliste pour moi. Car j'y découvre que le suivi médical de Marie, établi par le professeur C. et transmis à Fresnes, a disparu. A l'hôpital de Fresnes, plus rien.

Je m'attarde un instant sur l'étrangeté de cette disparition. Sœur Cornette? Je n'ose pas y penser.

Résultat! Marie est guérie! On ne parle plus de la grande entaille et la directrice de la Centrale est couverte par l'avis médical de « son » médecin de prison à elle, qui a noté : *Guérie. Vie en tout point normale.*

Chez C., le dossier est diffférent : *État général médiocre. Scoliose, dilatation des artères pulmonaires, mouvement paradoxal du septum.*

Cette histoire se situe en 1978. Le dossier ne parvient au cabinet d'avocats, où je le découvre, qu'en 1981.

Deux ans de brouillard breton dans la Centrale de Rennes à pousser une serpillière pour 6 francs par jour.

Marie a dépassé le tiers de sa peine et le juge d'application des peines accorde, selon la loi, une permission de sortie afin de « maintenir les liens familiaux et de préparer à la réinsertion sociale. »

Pour bénéficier de cette permission exceptionnelle, il faut que Marie prouve que son pécule est suffisant pour assurer son transport et son hébergement, lesquels seront vérifiés par les gendarmes locaux. La permission est de trois jours, cinq avec les délais de route. Pour revoir sa mère. Et ses filles, qu'elle n'a pas vues grandir depuis quatre ans. Dans ces cas-là, on sort pleine de joie et d'espoir, avec les vêtements qu'on portait en entrant. On compte les sous avec émotion : on n'a pas vu d'argent depuis quatre ans.

Et on prend le train, et on calcule les sous, et on retrouve le village en rasant les murs. Et on attend le dimanche chez la vieille maman, pour revoir les gamines.

La grand-mère a en effet obtenu de les voir le dimanche. Il y a quatre ans, l'aînée avait sept ans, la cadette cinq ans.

Que leur dire ? Marie n'entend que des supplications, des questions qui se sont arrêtées, plantées dans l'âme des gamines, ce soir de Noël où on a emmené leur mère avec des menottes. Maman à menottes égale orphelinat de la D.A.S.S. pour les gamines.

– Reste encore, maman.

– On ne peut pas rentrer à la maison comme avant ?

– Maman, laisse-nous chez grand-mère.

– Maman, pourquoi t'es partie ?

– Maman, pourquoi tu t'en vas ?

– Maman, c'est où ta prison ?

Marie pleure et les enfants font des crises de nerfs. C'est ce que l'on appelle la préparation à la réinsertion. Une confrontation brutale d'une journée, d'un dimanche volé, au bout de quatre ans de silence. La mère, elle, peut comprendre. Mais les gosses ? Qui leur a parlé ? Qui leur a expliqué ?

– C'est quand, dans six ans ? Tu reviendras avant ?

Marie repart à reculons pour Rennes. Les Cantalous continuent leur petite vie. Les hommes boivent, la terre est toujours là, qui ne ment pas. La famille de la « victime » a récupéré son bien. On regarde passer Marie comme une ombre insolite et gênante.

– Tiens, elle est revenue celle-là ?

– On ne les garde pas longtemps dites donc...

– Revoir sa mère et ses enfants ? C'est bien aimable à eux pour une criminelle.

Dieu que la justice est difficile !

Je connais par ouï-dire le dossier d'une bourgeoise condamnée avec sursis pour un crime semblable. Elle n'a fait que la préventive, grâce à un avocat cher payé, et n'a même pas jugé utile de changer de coiffeur après.

J'exagère ? Non. Je constate.

Marie n'a eu que le temps de boire un grand verre d'une bière, qui lui coûte son pécule de trois jours, avant de reprendre le chemin de la lourde porte moyenâgeuse et de regagner sa cellule de la division 3 en traînant une angoisse supplémentaire accrochée à son mauvais état général. La serpillière est de retour aussi.

L'univers est constitué de 17 matons, hommes. De 90 matonnes, femmes et cornettes mêlées, pour 230 à 260 détenues. L'univers, c'est à nouveau la fouille, à poil, un pied sur le tabouret symbolique.

– Otez ces vêtements neufs.

– Ma mère me les a donnés.

– Vous vous croyez où ? Toussez!

Je sais des récidivistes maffieux ou gangstereux qui savent dissimuler un couteau ou une scie à métaux dans un tube glissé dans l'anus. Cette fouille leur est destinée.

Il faut avoir vécu dans le milieu pour ça. Encore n'est-il pas nécessaire de prendre un tel risque à la fouille. On peut de l'intérieur, quand on est riche à l'extérieur, obtenir à peu près ce qu'on veut. Question de fric, Mesdames, Messieurs...

A 6 francs par jour de la serpillière, Marie a rongé son pécule de permission de sortie depuis longtemps. Sa mère lui a même acheté, avec sa retraite de la sécu, une culotte neuve.

– Otez-moi ça, c'est indécent.

Une fille s'est pendue, entre deux contrôles à l'œilleton. On l'a découverte au matin. Ce n'est pas indécent?

Pour les tentatives de suicide en sautant par l'escalier du troisième, on a prévu un filet. La dernière s'était écrasée sur le ciment. Ce n'est pas indécent?

Nuit de Noël, à Rennes. Patience qui se compte en années. Désespoir pour une autre. Nadine, dans la cellule voisine, fait un bruit de râle curieux.

Toute la division tape sur les portes. Toute la division hurle :

– Arrête ! Nadine, t'as passé le plus dur... Nadine, on est là ! Nadine, répond !

C'est la nuit ; une matonne ne doit pas entrer seule dans une cellule, c'est la règle. Il faut aller chercher une gradée, qui réveillonne.

C'est long. Et les cris ne cessent pas. Les cris veulent empêcher Nadine de lâcher.

Dans le silence revenu, toute la division guette derrière les portes l'arrivée du toubib, qui est en famille et n'arrive pas.

On a décroché Nadine à temps. Raté. Pendaison ratée.

Les anciennes se souviennent, à la promenade du lendemain :

– Avaler des aiguilles, j'en ai connu une qui l'a fait.

– Avaler des cuillères...

– Tu te rappelles de Cécile ? Elle se mutilait à la cigarette, des brûlures partout.

Messe de Noël.

Marie pourrait, si elle le voulait, être récupérée par l'ordre du couvent voisin. Un couvent somptueux où les criminelles repenties peuvent finir leurs jours en cornette. On recrute à Rennes. La messe tous les dimanches. La visiteuse de prison qui apporte la Bonne Nouvelle et la Miséricorde de Dieu.

Le sermon de Noël est particulièrement long et insistant. La liberté, seul Dieu la donne. Le pardon aussi.

Cinq ans que Marie est en prison. Son dossier de libération conditionnelle est prêt depuis le mois d'août 1980, c'est écrit là, devant moi. Normalement, elle aurait dû obtenir cette conditionnelle. Elle ne l'a pas eue. Pourquoi ?

La Chancellerie décide de la conditionnelle pour les peines supérieures à trois ans, à partir de la moitié du temps effectué. Madame la Directrice a gardé le dossier de conditionnelle de Marie dans son bureau ! Il n'est pas parvenu au ministère. La Chancellerie ne le connaît donc pas.

Il est pourtant complet : un certificat d'hébergement, un contrat de travail de femme de ménage, une prise en charge du Comité de probation du tribunal d'Aurillac, une lettre du maire de la commune acceptant la levée de l'interdiction de séjour.

Alors, pourquoi, Madame la Directrice ? Qu'est-ce qu'elle vous a fait, Marie ? Elle pousse sa serpillière, elle ne fait pas de tentatives de suicide, elle écrit tous les jours, ou presque, à ses gosses. Vous le savez, vous lisez tout. Bizarre. Serait-ce, par hasard, qu'il faille de l'argent pour toute chose ? Je ne peux pas y croire.

Marie a mal aux mains et aux pieds quand le temps est humide, et en Bretagne il est souvent humide. Et la serpillière aussi est humide.

Marie a une mauvaise circulation du sang. Son opération en est la cause. Le professeur C. l'avait dit. Il est vrai que le dossier médical a disparu à l'hôpital de Fresnes.

Marie sera donc libérale en 1983, si tout va bien, à raison de trois mois de grâce par an. Mais, pendant ce temps, la santé se dégrade, les enfants grandissent, et le dossier de conditionnelle est bloqué au bureau de la directrice.

Marie obtient par Nadine, qui a raté son suicide et se dévoue pour les autres, d'entrer en communication avec un cabinet d'avocat. Hélas! le message est parti de Rennes par la bande, la réponse revient par le circuit officiel. La lettre est ouverte par la directrice...

Et la directrice, pour se couvrir, expédie aussitôt Marie effectuer une visite de contrôle médical dans le bureau du médecin de Rennes. Lequel, ne possédant pas les conclusions du professeur C., déclare ignorer totalement le problème cardiaque. Marie n'a pas été opérée à cœur ouvert. Pas connaissance du tout de cette intervention.

C'est Kafka et ça dure.

Le cabinet d'avocats ne comprenant pas pourquoi la détenue Marie D., matricule X, ne se manifeste plus demande au procureur de Rennes, un permis de communiquer. Il n'y a également aucune raison pour qu'une détenue ne puisse communiquer avec un avocat pour une conditionnelle parfaitement possible, légalement et médicalement.

Alors, Madame la Directrice se décide, après six mois de retard, à faire parvenir le dossier de demande au ministère. Et à transmettre, ouvertes, les lettres du cabinet d'avocats à Marie, accompagnées de la mention : *Aucune autorisation de courrier sous pli fermé n'a été délivrée par la direction de Rennes.*

Le cabinet écrit à la directrice : *J'aimerais obtenir cette autorisation de bénéficier désormais du secret de la correspondance.*

Ça se fait, entre gens civilisés.

Madame la Directrice obtient du procureur de Paris une attestation informant la détenue Marie D. et son avocat que *toute correspondance doit être adressée à Madame la Directrice du Centre pénitentiaire de Rennes.*

Fermez le ban.

Je m'offre ici quelques minutes de réflexion sur cet acharnement. Marie, malade, mère de famille ayant accompli plus du tiers de peine, n'est pas une récidiviste dangereuse et pourrait, de ce fait...

Halte à la réflexion. Il ne faut pas oublier qu'un dossier médical s'est perdu, que nul n'a voulu écouter le professeur C., que le système pénitentiaire vu par Madame la Directrice est punitif, et rien de plus. RIEN. Même le droit minimum d'une femme en prison, elle le rejette de « sa propre autorité ». Elle dépasse ses pouvoirs déjà considérables.

Le seul moyen pour Marie de communiquer sera donc l'utilisation de ses trois jours de permission officielle. Là, normalement, personne ne peut l'empêcher d'aller voir son avocat et d'expliquer l'imbroglio qui dure depuis son opération. Elle aimerait mieux, certes, voir ses enfants, mais elle n'a pas le choix. Et la Commission d'application des peines se réunit début avril 1981. C'est l'occasion de faire examiner sa demande de conditionnelle.

Alors, comme une araignée étrange, l'Administration déploie vers Marie une patte nouvelle : une éducatrice, bras droit de la directrice de Rennes, confidente et rassurante, qui vient voir Marie en cellule, et lui dit :

– Allons ! qu'est-ce que cette agitation avec un avocat parisien ? Vous recevez là de mauvais conseils, mon petit... Savez-vous que Madame la Directrice a fait partir votre demande de conditionnelle ? Saviez-vous qu'il allait passer à la Commission d'avril ? Si vous remuez tant de gens à Paris, le Comité se posera des questions et la conditionnelle vous sera refusée. Si vous voulez sortir d'ici rapidement, ne fréquentez plus cette co-détenue, Nadine. Elle est de mauvais conseil, c'est une paresseuse, ce n'est pas une fréquentation pour vous. Soyez raisonnable et faites confiance à l'Administration.

Pousse ta serpillière avec ta scoliose, Marie. Nourris ta maigreur de la soupe de Rennes, fais respirer ton mauvais cœur au brouillard de la balade d'une demi-heure. Avec de la chance, tu ne mourras pas avant de revoir tes enfants. Ta vieille mère va mal, mais elle t'attendra. Les enfants aussi. Ce n'est pas terrible de pleurer la nuit en réclamant sa mère. Ça leur passera.

L'assistante sociale de la Centrale refuse d'étudier la demande de l'avocat concernant l'examen de la situation familiale de Marie – sa mère et ses enfants. Pas question, cela regarde le juge d'application des peines.

D'ailleurs ces enfants-là ne sont pas en prison, elles sont en pension à la D.A.S.S., ne pas confondre! C'est bien, la D.A.S.S., et puis enfin, Marie n'avait qu'à ne pas tuer leur père!

Parce qu'au fond du fond des choses, on en revient toujours là.

Et l'avocat, n'ayant retrouvé que deux certificats médicaux du professeur C., a besoin de provisions pour continuer. Les avocats ont leurs frais. 3 000 francs de 1980, Marie. Il en faut des serpillières à 6 francs par jours, divisé par deux, pour payer les 3 000 francs d'honoraires.

Et la belle famille est aux aguets. Leurs sous. Comment vont-ils avoir leurs sous? Ils ont droit à des sous. Si Marie sort en conditionnelle médicale avec un boulot de femme de ménage, ils ne sont pas près de voir leurs sous! Qui remboursera la mort de l'époux?

Car ça se rembourse.

Personne ne t'a remboursé les baffes et les coups, Marie. Tu t'es payée toute seule. Le monstre, c'est tout de même toi. Circulez les avocats, il n'y a rien à voir.

Marie paye. Son pécule et la retraite de sa mère y passe. Elle écrit aussi à cet avocat : *L'espoir renaît pareil à un rayon de soleil à travers mes barreaux. J'aimais tant le soleil.*

La libération conditionnelle étant une faveur... la Commission d'application des peines décide des faveurs. En réalité, la vraie patronne demeure, en l'occurrence, la directrice de prison. Laquelle porte l'avis de l'éducatrice, des matonnes, de l'assistante sociale et du médecin.

Marie étant une détenue guérie – d'on ne sait plus quoi, il faut le rappeler – et apte au travail en Centrale, il ne saurait être question de conditionnelle pour raison médicale. Quant à une conditionnelle pour raison de famille... cette faveur n'est pas à considérer pour l'instant.

Refus.

Sans aucun motif. Refus pur et simple. Refus parce que c'est comme ça. Une faveur se refuse sans explications.

Marie est une loque.

Épuisée de serpillières. Épuisée de maladie. Soignée à l'aspirine et aux tisanes. Soignée à l'espoir cauteleux de la patronne de Rennes.

– Courage, il y a une autre Commission dans un an.

Et, par prudence, vu sa mauvaise mine, transfert en division C. La division dite des « lèche-culs ». On y fait des plumes... c'est tout de même moins crevant et mieux payé que la serpillière.

Ce dossier me ronge l'entendement. Voici une lettre qui surgit, signée de Marie : *Un an, je ne pourrai pas tenir. J'en mourrai. Je n'ai pas le droit pour mes filles.*

Copie d'une lettre de l'avocat réclamant les raisons du refus de libération conditionnelle, vu l'état de santé, etc.

Puis réponse de l'Administration :

Nous vous informons que Madame D., qui a manifesté un état dépressif à la suite de son rejet de libération conditionnelle, vient d'être admise, à la demande du médecin psychiatre et à titre de précaution, en milieu hospitalier. Ce séjour sera probablement de courte durée. Une mesure de permission de sortie n'est pas envisageable dans l'immédiat. La décision la concernant n'a rien d'exceptionnel : peu de libérations conditionnelles sont acceptées à la première demande dans le cas de crimes de sang.

Voilà, on en revient toujours au même point. Et les avocats peuvent circuler de nouveau, toujours rien à voir.

Le secteur « psy » de la Centrale de Rennes n'est pas un endroit dont on s'échappe. Les fioles vous font trembler les jambes. Les antidépresseurs vous troublent les yeux et le cerveau. La tension dégringole, cardiaque ou pas, c'est le tarif.

En fin de parcours « psy », retour à la division C. A poil, le pied sur le tabouret : « Toussez ! » Des fois qu'une déprimée ait réussi à dissimuler en son flanc le plus intime un flacon de pilule de suicide.

Division C. La carotte. Pour patienter. Ici, les portes ont des poignées. On mange à vingt dans un réfectoire. On « fraternise » le temps d'un mauvais café avec la matonne de service. Une autre façon de dépersonnaliser.

Nul ne comprend, dans cette oasis des relations humaines, que Marie pleure et quitte le réfectoire. Tout le monde se fout complètement qu'elle soit au bout de sa résistance physique. Le professeur C. le comprendrait. Mais qui se souvient de lui ?

10 mai 1981. C'est moi, Maud, devant ce dossier-là. Dehors, sous l'orage, j'ai fait la fête avec tout le monde.

La vie allait changer. Pour moi aussi, pour cette Marie aussi.

J'ai donc du travail. J'ai ce dossier dont l'avocat bien ennuyé d'avoir raté la conditionnelle pour 3 000 francs d'honoraires seulement, m'a fait bénéficier comme d'un cadeau de mai.

La conditionnelle... Il faut savoir que ça se négocie, cher Maître. Les grâces médicales sont des magouilles qui ignorent tout du Code.

Personne ne le dit ? Tant pis, ce sera pour moi.

J'en connais une à qui on a demandé « 20 unités » pour sortir en médicale. Elle était vraiment malade. Elle a dit non. Il ne s'agissait pas d'une question de principe, mais de compte en banque : elle n'avait pas « 20 unités ».

J'en connais une autre, pas du tout malade, qui a payé le même prix, une affection de circonstance.

Je choque ? Tant pis. Ce sera encore pour moi.

Il faut aussi savoir qu'une grâce médicale bien ordonnée peut arranger beaucoup de monde en cas d'embarras politique. Il y a eu des morts autour des magouilles du P.H.B. (Prison Hôpital des Baumettes). C'est mon opinion, vu de l'intérieur d'un milieu que j'ai connu.

Alors ? Le comble serait qu'une pauvre fille, une mère de deux gamines dont je reste persuadée qu'elle a tué par légitime défense et qui a pris dix ans au lieu d'une peine minime avec sursis, se voie refuser, par un enchaînement de stupidités administratives, la convalescence à laquelle elle a droit depuis son opération, il y a déjà quatre ans de cela. Avant d'être avocate, je fus prostituée. Cette éducation, quoiqu'en pense les juges, me sert autant que le Dalloz. Comme un flic qui aurait commencé par être gangster.

Pour libérer Marie, je résume :

1. Le médecin de la Centrale de Rennes avise le médecin inspecteur des prisons par la voie de la directrice de la Centrale.

2. Le médecin inspecteur fait son enquête, consulte son spécialiste, et renvoie son avis personnel motivé au directeur de la criminelle et des grâces.

3. Ce dernier demande l'avis du directeur de la pénitentiaire.

4. Une nouvelle enquête a lieu.

5. En cas d'avis favorable du directeur, un décret est préparé à la signature du président de la République.

6. Le président peut signer, en demandant toutefois un dernier avis à qui il veut.

Voilà les six étapes. C'est un véritable parcours du combattant. Pendant lequel, Marie, le matricule cardiaque, a mille fois le temps de mourir le nez dans sa serpillière. Et ce, d'autant plus que le nombre des grâces médicales octroyées chaque année par l'Élysée n'excède pas la quinzaine.

Pour en finir et forcer la main de l'Administration, certains détenus utilisent la grève de la faim. Pas facile pour tout le monde. Marie est nourrie de force à la sonde. Il est interdit par le Code de se laisser mourir de faim.

J'en connais qui, ayant fait la grève de la faim, n'en avait pas du tout l'intention.

Nous sommes donc en l'an de grâce 1981. Il n'est question que d'amnistie, de 14 juillet, de grâces en tous genres. Toutes les rumeurs, vraies ou fausses, courent sur radio-prison.

En juin 1981, le professeur C. m'établit un certificat précisant son diagnostic. Il ajoute qu'en dépit de nombreuses demandes formulées, il ne lui a pas été possible de continuer à suivre cette malade sur le plan cardiologique, ainsi qu'il est de règle pour les opérés du cœur. Il réitère donc cette demande et propose de l'hospitaliser quelques jours dans son service afin de procéder aux examens nécessaires.

Voilà qui va me permettre d'enquiquiner ouvertement la médecine pénitentiaire, celle de Rennes notamment, sa directrice et son toubib local n'ayant pas la notoriété suffisante pour s'opposer à un mandarin parisien.

Prouver que la détenue est invalide à 80 %, ce qui est le cas, obligerait Madame la Directrice à manger son dossier personnel où il est écrit que Marie est en bonne santé et apte au travail.

Réclamer à corps et à cris le dossier perdu chez sœur Cornette... ça aussi, c'est ennuyeux pour l'Administration.

Parallèlement à cette bagarre, j'avais aussi, à l'époque, une promesse à tenir : l'amnistie pour les prostituées. Depuis la loi Marthe Richard, les prostituées étaient inamnistiables, c'est-à-dire qu'elles trimbalaient un casier à vie. Pas de réinsertion réelle possible.

On amnistie des tas de truands, des proxénètes, des pilleurs de tous poils, mais pas les filles. Sur ce point, j'étais enragée. C'était un combat pour m'amnistier moi-même.

J'entame donc une campagne acharnée, pendant les élections législatives. Je turlupine les députés de la « vague rose »... c'est *niet*. Ou à peu près *niet*. Que les filles votent d'abord, on verra après.

Quant au projet du nouveau gouvernement concernant les amnisties en général, il ressemble étrangement au précédent – copie à peine améliorée.

Je me bats donc sur les deux fronts.

Pour Marie, le dossier n'est plus froid. Je réécris son calvaire, son procès, sa maladie, son opération, les bagarres malsaines et lamentables entre les administrations médicales des hôpitaux pénitentiaires. La Pitié, qui réclame Marie avec tous ses certificats... car tout va mal. Puis Fresnes, pour les perdre. Puis la Centrale de Rennes, ignorant le dossier perdu et considérant Marie comme étant en bonne santé.

Je raconte les deux gamines à l'orphelinat et la grand-mère de soixante-seize ans qui n'en peut plus d'attendre et à qui on a caché le refus de conditionnelle pour sa fille, dont un grand professeur parisien dit qu'elle est invalide à 80 %...

Mon recours en grâce, présenté en juin, compte sur l'état de grâce, précisément, du président nouvellement élu. Et sur le fait que Marie, libérable à la fin de l'année 1983, risque de laisser sa peau en prison si elle la subit deux ans de plus. Mourir en prison, est-ce le but de la peine infligée ?

C'est une question, Monsieur le Président.

28 juillet : les députés refusent mon texte sur l'amnistie pour les prostituées. Je grimpe au ministère de la Justice déposer mon amendement, frappe à toutes les antichambres, bref « j'emmerde tout le monde ».

Pendant l'état de grâce, c'est le moment où jamais d'emmerder tout le monde. Tant pis si on me prend pour une dingue, je me bats comme une dingue.

Et voilà que j'apprends, Mesdames, Messieurs, une histoire tout à fait intéressante. Je ne suis pas la seule à me battre pour une grâce et l'on dit – rumeurs – que le « château », entendez l'Élysée, bloque tout sur les recours actuels.

Que se passe-t-il ?

Il se passe qu'un haut personnage, récemment nommé à un haut poste, avocat de son métier, a lui-même un problème : il voudrait bien faire sortir de prison une dame qui fut sa cliente. Rien à voir avec Marie.

Dans une villa du côté de Marseille, un jour de 1977, on arrête cette dame, héritière mondialement connue : elle est dépositaire de quelques 1 390 kilos de haschisch. C'est beaucoup pour une consommation personnelle et mondaine. Mais nous ne sommes pas encore à l'époque de la guerre mondiale contre la drogue, le cartel de Medellín n'est pas encore médiatisé. Donc, après avoir déposé une caution de 100 000 francs – une misère pour une héritière de ce gabarit – la dame sort de prison et est assignée à résidence. Laquelle résidence est luxueusement confortable. Elle est alcoolique et droguée et il est dit que son état de santé ne lui permet pas de supporter la détention.

Si je cite les honoraires qui ont permis de procurer à cette héritière la confortable attente de son procès chez elle, entourée de tous les soins dus à son rang, je me ferais incendier... Leur montant fut « confortable ». De quoi rendre jaloux le barreau français...

Finalement, en octobre 1979, l'héritière est condamnée à dix ans de prison ferme et arrêtée à la barre. Surprise.

C'est que 1 390 kilo de haschisch, tout de même... c'est presque un trafic, non ? Pas vraiment. La cour d'appel réduit la peine à cinq ans. La malheureuse a été entraînée... victime de l'alcoolisme mondain. N'oublions pas qu'elle est mère de famille... Qui s'occupera de son enfant...

Évidemment moi, à côté, avec ma pauvre criminelle de sang à bout de larmes et de coups, la poitrine ouverte et le cœur malade, avec une vieille mère et deux enfants à l'orphelinat, qui vient de tirer huit ans sur dix et paye les honoraires d'avocat en poussant une serpillière à 6 francs par jour, au mieux en faisant des nounours en peluche... j'ai l'air d'une mendiante.

Le haut personnage voudrait une grâce pour sa haute cliente. Je réclame la même pour Marie.

Qui va gagner ?

Dans ces cas-là, je le dis franchement, l'écœurement de la justice qui devrait bien finir par être juste me donne la nausée, mais cette nausée me passe rapidement lorsque j'entrevois la possibilité de bénéficier du train qui passe.

Le haut personnage s'intéresse à mes prostituées. Il déclare, en un dernier tour de piste à l'Assemblée nationale, que « ces cas doivent pouvoir bénéficier de l'amnistie au quantum ». De son côté, la Commission des lois émet un avis favorable. L'amendement numéro 59 concernant l'amnistie des prostituées passe. Nous sommes le29 juillet 1981. La loi est ratifiée par le président le 4 août et paraît le 5 au Journal officiel. J'ai gagné à « emmerder tout le monde ».

Marthe Richard est dans les choux. Ce soir-là, les filles des trottoirs ont bu le champagne à sa santé.

Mais Marie ?

Je suis pas à pas les efforts du haut personnage qui tente de mettre sur pied des grâces spéciales, dont pourrait bénéficier l'héritière dont je vous contais plus haut l'histoire... Cette pauvre mère de famille de la *jet-set*, entraînée dans le commerce de la drogue, a un enfant...

L'idée, la voilà ! La spéciale, la voilà !

Un train de mesure spéciale est pris par l'Élysée le 15 août. Des remises de peines de deux ans vont être accordées. A qui ? Aux mères méritantes. Dont fait partie l'héritière.

Pour le 15 août, fête de l'Assomption, fête de la Vierge-Marie, un lot de mères méritantes bénéficie d'une remise de peine de deux années.

Marie va sortir. Officiellement par la demande de

conditionnelle présentée par mon dossier de juin. En réalité, Marie fait partie du lot de vingt mères méritantes qui entourent l'héritière : une seule mère méritante eût été trop visible.

Marie a également bénéficié des trois mois de grâce générale du 14 juillet qui remettent dans les rues une floppée de petits délinquants, histoire de désengorger les prisons surpeuplées.

Ai-je gagné ?

C'est bizarre l'Administration. C'est bizarre la justice. Mais moi aussi, je suis bizarre.

Alors j'ai gagné.

Marie a gagné. Elle est dans la cellule des partantes.

Bientôt fini les raviolis à la colle, les lentilles aux cailloux, les saucisses de viandes indéfinies. Bientôt fini la fiole de Tranxène pour le coma nocturne obligatoire.

Avant le 15 août et comme il s'agit, cette fois, d'une sortie définitive et non pas d'une conditionnelle, la directrice fait un petit sermon à Marie :

– J'ignore les relations qui vous ont aidée à Paris, mais ces gens tenteront de se servir de vous pour chercher le scandale dans une certaine presse subversive. Pour votre bien, ne parlez pas de votre affaire. Ne parlez pas de la Centrale de Rennes. Ici, le personnel vous a remise sur des rails. Vous savez que je suis juste et droite. Vous avez pu faire du tricot, du crochet et du ménage. J'espère que votre réinsertion sera réussie. Montrez l'exemple à vos deux enfants que nos collègues de la D.A.S.S. ont parfaitement élevées.

Dans le bureau où se passe le sermon d'avant-sortie, les plantes vertes luisent autant que les cuivres astiqués. Marie peut y voir son image déformée.

L'histoire, son histoire personnelle est toujours là.

Pendant toutes ces années, l'échec de sa vie de femme et le ratage avec ses enfants. L'épuisement physique à un âge où une femme devrait porter sa maturité, comme il est dit dans les magazines.

L'héritière a-t-elle eu droit, elle aussi, à un sermon ?

Ce 15 août, vingt mères méritantes, dont deux que je connais, quittent leurs prisons respectives.

La mienne reprend au greffe ses papiers d'identité, vieux de huit ans, son pécule dont il reste le prix d'un billet de train, ses vêtements du jour du procès. Elle aura droit à la sécurité sociale des taulardes, numérotée pour un an.

Elle va faire à l'envers le chemin des congés payés pour rentrer dans son Cantal.

Mais avant cela, le 16 août 1981, nous allons pour la première fois nous rencontrer à Paris. « En vrai », comme disent les enfants. Cette fois, il ne s'agit plus d'un dossier froid mais d'une personne en chair et en os.

Je suis émue.

Elle arrive derrière un bouquet de fleurs. Elle cherche les mots pour remercier. Comment se fait-il que, refusée en avril pour une conditionnelle, on l'ait acceptée en grâce spéciale au mois de juillet ?

C'est compliqué, Marie...

Elle est déglinguée, brisée, matée, grise. Ses mains et ses jambes ont souffert de la serpillière et de l'humidité de Rennes. Elle a rendez-vous à l'hôpital. Pourra-t-elle se refaire une santé ?

Elle parle, parle... toutes les taulardes ont besoin de parler. Elle a peur de la ville, de la foule, des gens qui courent, des hommes, de l'argent dont elle a oublié la notion. Elle est pathétique avec ses cheveux gris à quarante ans, ses yeux noisette, délavés, qui clignent au soleil du mois d'août.

Je l'ai mise dans le train.

J'ai appris que sa mère est morte un peu plus tard et qu'elle végétait pour élever ses deux filles. Femme de ménage, ouvrière, au chômage... Un jour, Marie, n'en pouvant plus, a chapardé dans un supermarché. Elle en était aux chèques sans provision. Les gendarmes l'ont ramassée. Flagrant délit : au trou !

Le tribunal des flagrants délits ne l'a pas ratée.

– Non seulement vous avez tué, mais maintenant vous volez... associale... inadaptable... irrécupérable... Récidiviste.

Dans ce cas, l'avocat a cinq minutes pour parler de la misère. Cinq minutes...

Alors, au nom du peuple français, Marie est retournée en prison pour un an ferme, assorti de trois mois avec sursis.

Re-menottes, re-casier, re-maison d'arrêt. Et re-D.A.S.S. pour les gosses, et re-sortie et re-chômage parce que le casier s'allonge.

Je n'ai plus de nouvelles.

Je n'ai pas envie de comparer le chapardage d'une paumée asociale dans un supermarché bourré de nourriture à la réinsertion d'une héritière quelque part dans un loft de New York. Les chèques sans provision d'un chômedue au compte courant d'une femme du monde.

J'aurais peur de refaire les *Misérables*. Et je ne suis pas Victor Hugo.

Peur aussi d'avoir la nausée.

Parler d'injustice, c'est parler d'une maladie incurable.

Je te salue, Marie.

Morte de père inconnu

J'étais à la faculté de droit lorsque j'ai rencontré pour la première fois une mère infanticide.

Dans la salle médiévale des assises de Paris, Maître Tixier Vignancour allait plaider devant un public considérable. La salle était comble, on se serait cru au Palais des Sports.

L'accusée, tout en noir, venait d'un quartier ouvrier, quelque chose comme la Porte des Lilas. L'ambiance était celle d'un film noir des années 50.

L'histoire était dramatiquement simple. Une femme seule, un mari envolé, quatre enfants. Une nuit d'hiver, elle emmène tous ses gosses pour une dernière promenade le long du canal Saint-Martin. Elle les jette dans l'eau noire et saute après eux. Elle voulait en finir avec cette « chienne de vie », pleine de rien, donc de trop de malheurs.

Mais un passant qui passait par là, du genre secouriste, se jette lui aussi à l'eau, rattrape la mère par les cheveux et la sauve. Les enfants, eux, ont disparu dans l'eau noire. Le malheureux secouriste s'est retrouvé face à une mère crachant de l'eau et des insultes. Pourquoi l'avoir empêchée de mourir ? De quel droit ? Quel gâchis avait-il fait là ? Elle n'était plus l'instigatrice d'un suicide collectif mais une mère infanticide.

La malheureuse « engueulait » encore son sauveteur au procès.

Drame de la misère, titraient les journalistes. Et je regardais cette femme, statue noire du désespoir dans son box, avec, déjà, l'envie de la défendre. Pour l'idée, non pour la sauver de la mort lente et ignominieuse qu'elle allait subir en prison. Une mère infanticide en prison, c'est une paria, une horreur, autant qu'un père incestueux, ce qui n'a pourtant rien à voir.

Comme la plupart des étudiants présents, j'attendais beaucoup de Tixier Vignancour, la « star » au top 50 du barreau en ce temps-là. Le procureur venait de reprocher à cette femme d'être vivante. A peine s'il ne l'accusait pas d'avoir presque calculé le hasard du passant qui passe. Il réclamait la perpétuité.

Le Maître a arraché au jury vingt ans de réclusion criminelle. Un jury, bourgeois dans l'ensemble, qui se posait des questions sans réponses sur cette « zombie » de la misère.

J'avais le culot de penser à une autre plaidoirie que la sienne. Il n'avait pas, ce grand homme, l'habitude de cette misère. Il n'avait pas parlé de l'infanticide courant dans les campagnes, des gosses que l'on enterre au fond des jardins. Parce que le père est parti, s'en fout, ne veut pas le savoir. Parce qu'une bouche de plus à nourrir, seule, c'est parfois au-dessus des forces d'une femme déjà accablée d'enfants, de lessive et de popote.

A cette époque, on ignorait les campagnes et leurs problèmes, on préférait poursuivre en ville les « faiseuses d'anges ». Je me disais qu'il ne faut pas plaider trop bourgeois dans ce genre de drames. Vingt ans pour avoir raté sa mort, en fait. Vingt ans pour pleurer sur les quatre petits noyés inutiles.

J'étais déçue par ce spectacle d'assises. La justice me déçoit trop souvent. Quelques années plus tard, en 1981, avocate stagiaire, j'ai connu une autre déception, dans le sens contraire cette fois. Ma patronne défendait deux horribles mégères que, personnellement, je n'aurais pas pu accepter de défendre. Horreur et perversion sont autres choses que misère et désespoir. Cette fois, il s'agissait de deux sœurs qui avaient organisé la mort des enfants de l'une d'elles. En résumé, deux gosses s'étaient retrouvés enfermés dans une chambre vide, avec quelques biscuits et du lait. Abandonnés là, ils ne pouvaient que mourir de faim. Ils en étaient arrivés à manger le papier peint avant de mourir comme des chiens dans des circonstances que je préfère ne pas décrire.

Ces deux horribles femmes auraient pu confier les enfants à la D.A.S.S., puisqu'il ne s'agissait pour elles que de s'en débarrasser. Pas question de mourir elles-mêmes. C'est pourtant ce qui faillit leur arriver à la maison d'arrêt de Rennes. Lapidées à la première promenade et sauvées *in extremis* par les matonnes.

De ce genre de femmes, je ne parlerai pas davantage.

Reste les autres, dans « les milieux défavorisés » comme on dit dans les ministères, là où la contraception et l'I.V.G. n'ont pas toujours droit de cité. Des familles du quart monde où tout est irrationnel. Où le « bonhomme » peut faire sa vie, dehors, dans les bistrots, avec les « potes », les belotes, et les filles de salle, pendant que « bobonne » est enfermée dans son H.L.M. L'alcoolisme, les enfants qui trinquent, les mères qui ne supportent plus les cris, qui frappent, qui peuvent même tuer par accident, hystériques, à bout de forces et de nerfs, devant des situations inextricables. Parce qu'il faut en finir, qu'elles ne voient plus clair dans ces logements en forme de prison qui font la vie entre quatre murs pour des années.

Comprenne qui pourra, ces mères-là ont souvent été élevées elles-mêmes à coups de ceinture. Peut-on expliquer sans hurler à l'abomination ?

Qui de vous est allé voir l'un de ces enfants avant sa mort ? Qui de vous a essayé de bousculer les services d'adoption, de tenter quelque chose ?

L'infanticide... l'idée seule est un cancer dans l'esprit des femmes. Inexcusable, inguérissable. Une mère ne peut pas tuer son enfant. Même folle à en mourir, comme c'est parfois le cas, nul ne comprend, donc nul ne pardonne.

J'ai essayé.

C'était à l'époque où je faisais ce que j'appelle « le service après vente » des assises. Il s'agissait de faire sortir de Rennes une mère infanticide. Laissez-moi vous dire pourquoi, longuement car c'est nécessaire, je m'employais à cette tâche ingrate.

Bobigny. Cité des Cerisiers, bâtiment B. La forêt de Bondy n'y est plus mais c'est tout comme : on ne s'y promène pas tranquille. Il n'y a plus de Chemin de Montfermeil, mais les Thénardier sont toujours là.

Un deux-pièces, cuisine, salle d'eau, sans balcon. Les gosses ont la rue pour eux, c'est suffisant. Les meubles sont rares, le bas de gamme à crédit.

Tout est toujours en désordre. Les lits ne sont jamais faits, la salle dit « de séjour » est un capharnaüm. Trois bouteilles de pastis sont en permanence sur la table. La dose quotidienne, augmentée du vin en bouteilles consignées, qui n'a de vin que le nom sur l'étiquette. Des mégots partout et, au milieu, un biberon.

Il y a un bébé ici. On ne le croirait pas. Les bibelots ébréchés, cassés, les vases en miettes disent les bagarres perpétuelles d'un foyer agité. La cuisine est inabordable, sauf à cloche-pied. Les bouteilles vides de Pastis roulent sur le carrelage, avec les canettes de bière, et le reste.

Dans la salle d'eau, une montagne de linge sale.

C'est ici que vit un couple, avec une fillette de cinq ans, Valérie, et un bébé de trois mois, Sidonie. Le couple fait même ménage à trois, c'est notoire, selon le voisinage.

La mère : Simone. Lui s'appelle Jeannot. Le troisième, c'est « Gégé ». Nous ne sommes pas à Neuilly.

Simone est mariée avec Jeannot, ils ont eu Valérie il y a cinq ans. Mais elle aime Gégé. Au point d'accoucher d'une petite Sidonie, dont la paternité lui revient génétiquement.

C'est le décor. Ce sont les personnages d'une comédie dramatique que personne n'applaudira.

Simone a vingt-huit ans, boulotte, cheveux châtains, yeux bruns, sans originalité ni coquetterie. Des millions de Simone fréquentent les bals du samedi soir.

Son enfance mérite quelques détails. Née de père inconnu, Simone a deux sœurs qui ont chacune, par contre, un père, mais différent. Chacune le sien. Elle a été élevée par sa grand-mère. A cinq ans, c'est l'Assistance publique, les nourrices, l'école. A quinze ans, c'est le foyer de la D.A.S.S., l'âge pour obtenir un C.A.P. Simone choisit l'aide-maternelle et obtient son C.A.P.

Jeannot a sept ans de plus que Simone. Il l'épouse l'année de ses dix-neuf ans, après lui avoir fait le baratin d'usage dans les bals du samedi.

A dix-neuf ans, Simone croit changer de vie. Fini la

mère qui ne s'occupe d'aucun de ses enfants; adieu les nourrices, la D.A.S.S., et la mouise. Simone croit que l'affection, l'amour, toutes ces choses inconnues, vont dorénavant faire partie de cette nouvelle vie. Elle en est assoiffée. La pauvreté d'argent n'est rien face à la pauvreté affective. Quand on ne sait pas qui est son père, que l'on ignore presque tout de sa mère, laquelle se contentera de dire aux assises plus tard : « Je lui ai donné de bons conseils... Elle fréquentait sans m'écouter... »

Comment Simone aurait-elle pu écouter cette mère surgie d'on ne sait où, après des années d'abandon? Elle n'écoute pas. Elle épouse ce Jeannot, un samedi matin, parmi une douzaine d'autres mariages expédiés à la chaîne et trois minutes de discours de l'adjoint au maire. Trois minutes de bonheur, de rêve, un bouquet à la main.

Banquet chez le couscoussier du coin. Photos-souvenirs et lune de miel en H.L.M., avec accompagnement de trains de marchandises.

Nous ne sommes pas à Venise.

Jeannot retourne à son emploi dans une société d'informatique. C'est l'avenir, l'informatique. Simone en est fière. De son côté, elle est aide-soignante à l'hôpital voisin. Elle s'occupe des bébés pour un salaire mensuel de 5 000 francs.

Jeannot est supposé ramener une paye de riche : le double.

Quatre ans plus tard naît Valérie. Légitime. Tout va bien. Il y a le métro, le boulot, la banlieue, et la cité-dortoir. Que celui qui a inventé les H.L.M. paysagés se dénonce. Ce paysage-là, outre quelques arbres faméliques, n'est en fait constitué que de bistrots. N'y cherchez pas les stades, les cinémas, les théâtres, les guinguettes ou les concerts de rock. Rien.

Des bistrots. Le loisir, c'est le bistrot. Pour l'homme, d'abord. Simone a, pour loisir, l'aspirateur le dimanche, le repassage le samedi, la vaisselle tous les jours. Elle s'y consacre au début avec amour. Que le mari ne soit pas là, qu'il vaque à « ses » affaires, joue au P.M.U., c'est normal, croit-elle. Il est parisien. Bellâtre. Comme employé de bureau, il se situe au-dessus des prolos et des loubards de la cité. Il rentre quand il veut. Il est « macho » s'il le veut.

D'ailleurs, Simone travaille plus souvent de nuit que de jour dans cet hôpital, au rythme des tours de garde. Aide-maternelle, aide-soignante, fatigue, retour au H.L.M., et tout recommence. Bébé, soins, ménage, vaisselle, aspirateur, lavage et repassage.

Rien à signaler. Jeannot le dira dignement à l'instruction, j'ai sa déclaration sous les yeux : « Jusqu'en 1980, aucun problème particulier dans notre couple. »

Ce n'est pas un problème, les bistrots, le Pastis et les filles. Ce n'est pas un problème une femme déjà usée qui travaille la nuit, le jour. Dix ans sans problèmes.

Les apéros, le vin rouge ou blanc, les bières, le Pastis, les pousse-café... Il « tient » bien le comptoir, Jeannot. Beaucoup moins bien la tendresse, la paternité, la responsabilité.

C'était un jour de repos dans le H.L.M. Simone était exemptée de garde. Elle a croisé le nouveau bellâtre de l'escalier C. Gégé, trente-deux ans, roulant les épaules, portant flingue, auréolé de sa situation de vigile. Un faux flic qui garde les usines de banlieue, roule en voiture quasi militaire, comme s'il partait à la guerre tous les jours.

Et il en raconte des histoires de coin de rue, de vitrines cassées, de trottoir, de bistrots, de poursuites de délinquants. Il se prend pour le cowboy de Bobigny. Et Simone est impressionnée.

L'histoire d'amour a commencé dans l'escalier, elle se poursuit au bistrot. On n'échappe pas, vous dis-je, au bistrot dans ces coins-là. D'autant plus que Gégé a oublié de préciser qu'il était marié. Il garde son alliance dans la poche, ce Roméo de comptoir.

Simone a trente ans. Il y a bien longtemps que Jeannot ne lui fait plus la cour. Il la fait à d'autres, et aux bouteilles. Alors, elle se lance dans le sentiment, Simone. Tant pis pour le décor sordide. Tant pis pour les regards et les réflexions des poivrots qui guettent le moment où le cowboy de Bobigny va réussir son coup.

L'histoire d'amour continue dans l'escalier. La petite Valérie est chez la gardienne, en pension provisoire, pendant que sa mère croit vivre la grande passion dans le béton.

Déclaration de ce Gégé à l'instruction : « C'est l'alcool qui nous a rapprochés. »

Note des enquêteurs sur Simone : *Elle était connue à l'hôpital comme une femme douce, gentille, gaie parfois, serviable, courageuse, travailleuse, surtout pour les gardes de nuit.*

L'alcool a tout fait déraper.

L'alcool du mari d'abord. Simone arrivait de plus en plus souvent à son service en racontant aux collègues : « Je me suis encore disputée avec Jeannot. »

D'abord les disputes, les mots. Ensuite les coups. Toute la cité des Cerisiers en profite. Les murs en papier-cigarette renvoient l'écho des bagarres.

Et voici que Simone est enceinte. De Gégé. Tout se sait, tout se ragote dans les escaliers. Après les coups, on joue encore aux réconciliations. Les bouteilles y aident.

Puis, il n'y a plus de réconciliation possible, les bouteilles ont pris le dessus.

Jeannot : « C'est moi qui t'ai sortie de l'Assistance publique, salope... C'est moi qui t'ai empêchée de finir sur le trottoir. Une fille naturelle, sans père. Grâce à moi, t'es une femme normale... A part ton boulot minable à torcher des lardons... Il est à qui ce polichinelle que tu traînes ? Pas à moi, en tout cas... »

Note sur Simone à cette époque, dans le dossier d'instruction : *Comportement anormal, activité insuffisante.*

Dans les brumes des bagarres, des bistrots, des gardes de nuit, Simone s'accroche à un espoir idiot. Gégé a dit : « Je vais divorcer, ma femme n'a pas d'enfant, on se mariera, on recommencera à zéro. »

Il n'en pense pas le moindre mot, ce cowboy. Les collègues de Simone non plus. « Tu devrais avorter. »

Mais Simone est dépressive, enceinte, perdue, et avale des barbituriques aussi vite que le Pastis. Si vite qu'un soir... ambulance, coma, lavage d'estomac et réanimation.

C'était un appel au secours, ce suicide avorté. Mais qui a répondu ? La technique de l'hôpital, certes. Mais ni Jeannot, ni Gégé. Bien au contraire. Du côté du mari, les claques et les coups de poing deviennent une seconde nature du couple.

Les voisins entendent toujours. Ils n'écoutent réellement qu'après le feuilleton. *Dallas* et *J.R.* passionnent davantage. Et personne n'intervient après le générique de fin. Mais tout le monde en parle, le matin, dans les cours. De *Dallas* et de Simone. Avec des extraits des dialogues :

– Tu te fais sauter par toute la cité !

– Et toi tu m'as épousée pour avoir une bonniche !

– Et devant ma fille encore !

– J'en ai marre de ton H.L.M., de tes fringues de Prisunic ! Je veux vivre !

– Et moi, je ne veux pas être cocu ! Fais sauter ce moutard !

– Tu n'es pas un homme !

– Et ton Gégé, c'est un homme ? Tire-toi avec ! Tire-toi ou je cogne !

– Pour ça, t'es fort ! Cogner, c'est tout ce que tu sais faire ! Mon Gégé, c'est lui qui va te défoncer si tu me touches encore !

– Parlons-en de ton Gégé ! Il a fait de la taule ! S'il bouge d'une semelle, je le balance aux poulets !

– Pour la frime, tu es toujours le plus minable !

– Salope ! Je le gagnerai mon divorce ! Je te foutrai à la porte comme une minable, sans rien, tu entends ! Et tu n'auras pas ma fille ! Putain ! Tu n'auras qu'à aller faire le tapin avec ton gros ventre ! Attrape-ça !

– Pas dans le ventre !

Sordide, oui. Les cris et les hurlements, la petite fille qui entend tout, comprend mal, se cache sous la table pour éviter les assiettes qui volent, les coups qui pleuvent au-dessus d'elle. Les bouteilles qui roulent à terre, vides... Les injures, la vulgarité, tout y est.

Ainsi, toute la cité apprend également que le beau Gégé a eu, comme on dit, « une histoire » avec la police. Il s'est pris un jour pour un justicier, fier de son uniforme de vigile et de son flingue sur la hanche.

Violence, alcool, misère morale, Simone n'a plus rien de solide pour retrouver un équilibre déjà menacé au départ par son enfance.

Les scènes se terminent invariablement par des coups, ses collègues s'en aperçoivent le lendemain et, pour le reste de la nuit, Jeannot fait la tournée des bistrots.

Il parle de divorce, Jeannot. Mais ne divorce pas. Curieux. Il se dit cocu et frappe, mais le supporte assez bien, finalement. Pourtant, il va voir un jour un avocat et lui explique le problème :

– Ma femme est une traînée, elle me trompe avec toute la cité, elle attend un enfant de Gégé, le voisin. Ce type a déjà été condamné. C'est une traînée.

– Aucun problème, nous gagnerons aux torts exclusifs de l'épouse, vous aurez la garde de votre fille. Signez la requête. Vous serez convoqué chez le juge pour tentative de réconciliation. Nous obtiendrons tout. Mes honoraires sont de...

Jeannot n'ira pas plus loin.

Pas du tout envie de se retrouver seul avec une petite fille à élever et plus de bonniche à la maison. Et puis l'argent... il en a besoin pour boire, pour offrir des tournées, pour faire le matamore. Préférant raconter inlassablement son histoire entre deux verres plutôt que de devenir responsable d'une gamine dont il ne s'est jamais occupé.

Simone atteint les sept mois de grossesse. Sept mois durant lesquels, elle a bu, pris des coups et tenté de se suicider... Résultat : accouchement prématuré, césarienne d'urgence.

A l'hôpital, elle est seule. Pas de Jeannot, bien sûr. Pas de Gégé, non plus, qui revendique pourtant la paternité de l'enfant. En paroles, jamais en actes. Il aura même, plus tard, aux assises, le culot d'affirmer que « cette enfant », il l'avait voulue...

Une petite fille chétive, fragile, en couveuse. Appelée Sidonie, que sa mère a reconnue seule à l'état civil, sous son nom de jeune fille.

Sidonie... qui va vivre, si l'on peut appeler cela vivre, dans le H.L.M. familial où Simone ajoute un berceau dans le deux-pièces. La voilà seule devant un problème infernal. Usée, alcoolique, prise entre deux affreux bonhommes, sans amies, sans soutien. Sans même le courage de se sauver pour aller vivre ailleurs. Se sauver, cela voudrait dire renoncer à sa première fille, vivre sans pension alimentaire avec un salaire misérable et un bébé à nourrir, à garder. Elle en est physiquement et moralement incapable. Sa belle-mère et sa belle-sœur l'ont évidemment reniée.

La belle-mère dira : « Je ne m'occupe pas des affaires des autres. » La belle-sœur : « Le cas Simone. Elle buvait... »

Car, elle est seule à boire, selon elles. Jeannot, lui, en qualité de fils et de frère, n'est pas considéré comme un alcoolique. D'ailleurs c'est un homme, ce n'est pas pareil...

A l'hôpital, Jeannot a une maîtresse. Simone l'ignore. Détail. A son travail, Jeannot est mal jugé : caractère faible, retards constants. En d'autres termes, on le sait poivrot, mais que faire ?

Gégé est dans le même cas de figure. Un vigile qui prend la violence pour une méthode, et l'alcool pour une application meilleure de cette méthode...

L'escalade. Dans le deux-pièces en désordre, le berceau de Sidonie encombre. Simone en est au Pastis en guise de petit déjeuner. Six à huit verres le matin. Elle ne se nourrit plus, l'alcool rend anorexique. Le repas de midi est fait de vin rouge. L'après-midi, c'est la bière ; le soir, retour au Pastis.

Elle boit à domicile avec son mari. Elle boit dehors avec son amant. La défonce totale. Nul besoin d'héroïne ou de cocaïne ; la drogue est légale, autorisée, en vente libre dans les supermarchés et à tous les comptoirs de banlieue.

Le jour du drame, Simone ne sait même pas qu'elle a

3,10 grammes d'alcool dans le sang, alors que le coma éthylique se produit autour de 4 grammes. Cela veut dire qu'elle vivait quotidiennement avec 2 grammes d'alcool, en moyenne.

Une zombie. Plus de ménage, plus de cuisine, on n'ose deviner comment elle s'occupe de ses enfants. L'amant ne parle plus de divorcer et de reconnaître la petite fille. Le mari ne parle plus de divorcer mais continue à cogner.

Dernier témoignage d'une collègue de Simone, à l'hôpital :

« Elle était dépressive, à bout de nerfs, privée de sommeil, agressive, et l'alcool en plus. Son visage était bouffi, rouge, et elle continuait de suivre Gégé qui la traînait de bistrot en bistrot, en lui racontant qu'ils vivraient un jour ensemble. Qu'ils quitteraient la cité, qu'ils élèveraient Sidonie. Des promesses de poivrot. Elle venait se réfugier chez moi, parfois, couverte de coups, d'ecchymoses au visage, aux mains. Sur la fin, les bagarres étaient permanentes. Elle était de plus en plus ivre. J'avais l'impression qu'elle ne s'occupait plus de Sidonie, que les biberons n'étaient jamais donnés à l'heure. »

La cité s'en émeut, mais à sa manière : une pétition circule, qui finira aux oubliettes.

Puis une autre collègue s'inquiète : « J'ai promené Sidonie deux fois. J'ai remarqué qu'elle portait des ecchymoses au visage. J'en ai parlé à Simone, elle n'a pas voulu admettre qu'elle giflait le bébé. Je crois qu'elle avait rejeté sa haine et son amertume sur l'enfant. »

La propre sœur de Simone remarque un bleu à l'arcade sourcillière du bébé. Simone répond :

– Elle s'est cognée dans le berceau.

– Elle n'a pas pu se cogner, le berceau est en tissu !

– Alors je n'en sais rien.

Seule personne courageuse, dans cette histoire terrifiante, la sœur de Simone, qui va tenter de l'aider. Elle sait qu'elle boit, elle veut tenter d'éviter le drame qu'elle pressent.

Elle va donc signaler l'histoire à la D.A.S.S. Elle veut que Simone fasse une cure de désintoxication et que le bébé prématuré soit pris en charge pour les soins nécessaires. Elle a parfaitement compris la situation : « Mon beau-frère connaissait sa liaison avec le voisin, il n'est jamais intervenu pour la faire cesser, sauf en frappant ma sœur alors qu'elle était enceinte. Quand à l'amant, c'est lui qui a voulu l'enfant mais il s'en est désintéressé dès sa naissance. Non seulement il ne l'a pas reconnue, mais il n'est même pas venu la voir. Ma sœur ne supporte plus ce bébé. »

A ce moment-là, Sidonie n'a plus que quinze jours à vivre.

La D.A.S.S. est donc saisie du problème. Le service social du secteur enquête. « On nous signale que les enfants seraient en danger. »

Valérie, l'aînée, aurait dit à l'assistante sociale : « Maman est vilaine avec Sidonie, elle lui envoie des verres d'eau à la figure et elle la jette sur le canapé. »

La famille du mari confirme, mais demande l'anonymat dans son témoignage... Jolie mentalité.

Le mari est convoqué à la D.A.S.S. ; il nie : « Ma femme est fatiguée, agressive en paroles, c'est tout. On a un problème de couple mais les enfants n'ont jamais été maltraitées. »

Après avoir entendu l'époux, la puéricultrice de la D.A.S.S. se présente à l'appartement. Elle ne voit rien d'inquiétant. *L'enfant a un petit poids, mais rien d'alarmant. Aucune trace d'hématome, elle paraît en bonne santé. La mère parle de son énervement, dit que Sidonie prend mal ses biberons; elle fait état d'un accident cardiaque de l'enfant alors qu'elle se trouvait dans un service de néo-natalité de l'hôpital. J'ai demandé à la mère de faire consulter Sidonie, et que cette consultation soit indiquée sur le carnet de santé de sa fille.*

S'il y avait ce jour-là quelque chose à voir, et la suite le prouve, cette dame n'a donc rien vu.

Trois jours plus tard, c'est le tour de l'assistante sociale polyvalente. Même rapport : *RAS. En bonne santé. Les conseils de la puéricultrice ont été appréciés par la mère, Sidonie prend mieux ses biberons.*

La mère parle de son enfance, elle a été battue par sa mère, puis par sa nourrice. Elle reconnaît être violente et échanger des coups avec son mari. Ce que le mari admet.

Point. Bonsoir madame, bonsoir monsieur.

La polyvalente n'a rien vu non plus? Rien compris?

Au passage, la directrice de l'école de Valérie a signalé que la petite fille de cinq ans n'était pas toujours attendue à la sortie et devait être reconduite à son domicile.

Que fait la D.A.S.S. dans l'histoire? Une réunion d'action et de synthèse concertée pluridisciplinaire!

Je n'invente rien. Cela s'appelle ainsi. La manie des réunions, la réunionite, une maladie administrative.

Cette réunion, etc. dit que *la situation sera réexaminée dans quatre semaines, à moins d'événements nouveaux, cette situation paraissant grave, et la famille à suivre...*

Et Sidonie est morte le jour de cette réunion de synthèse.

J'insiste sur le fait que, si une situation paraît grave, il est pour le moins curieux d'en reporter l'examen à quatre semaines... Et je ne crains pas d'être traitée de mauvaise langue.

Qui a tué Sidonie ? Tant de gens.

Oraison funèbre de la D.A.S.S. : *Nous apprenons le décès de l'enfant. Signé... Anonyme.*

Cela fait mal. Ce dossier fait mal. Je ne l'ai jamais oublié, après l'avoir étudié pour m'occuper de la seule coupable, selon la justice : la mère.

Ni le mari, ni l'amant, ni la D.A.S.S. ne seront responsabilisés. Et pourtant, jamais une instruction n'aura été aussi nulle pour mettre une femme en prison, seule...

Ni les enquêteurs (des gendarmes), ni Madame le Juge d'instruction, ni même l'avocate de la défense, ne se préoccuperont de ces faits. L'enfant appartient à la mère. La mère est coupable. Personne d'autre.

Qu'elle soit coupable, c'est évident. Avec des circonstances atténuantes. Mais logiquement, elle n'est pas la seule coupable. Pauvre petite Sidonie, seule dans son berceau, dans ce deux-pièces en désordre... A-t-on idée de naître prématurée, enfant naturelle et adultérine en plus ?

C'est l'heure.

Il fait beau ce matin-là. L'été indien.

Simone s'est réveillée lourdement, avec la migraine, pour affronter une matinée de Pastis.

Valérie est à l'école, elle doit rentrer à midi. Son père aussi. Le déjeuner est une répétition des autres jours. Insultes et vin rouge.

A 13 heures 30, Simone reconduit Valérie à l'école. Un trajet de cinq minutes en ligne droite. Lorsqu'elle revient, son mari est toujours au vin rouge. Sidonie est installée dans son petit fauteuil, une sucette à la bouche, devant la télévision.

Jeannot retourne travailler, sans dire au revoir, sur une dernière insulte.

Simone donne un biberon à Sidonie. Peut-être le dernier. On ne sait pas, car le drame s'accélère.

Première version : Simone change le bébé sur la table de la salle à manger, pas même débarrassée de ses bouteilles. Elle s'absente pour aller chercher le lait de toilette et entend Sidonie tomber. Elle revient, la ramasse, la tient dans ses bras pour qu'elle arrête de pleurer, la cajole. Elle ne voit rien de spécial et la remet dans son berceau avec sa sucette.

A cette heure de la journée, on estime que Simone a presque 3 grammes d'alcool dans le sang...

Toujours selon cette première version, elle va chercher Valérie à la sortie de l'école, l'après-midi, et la confie à une voisine. Elle laisse les clés de Jeannot sur la porte et, comme si tout allait bien, prend sa voiture pour rejoindre une copine qui va faire du sport.

En fait de sport, il s'agit d'un bistrot, et l'amie est, en fait, la patronne de ce bistrot, une amie de Gégé...

Sur le chemin du retour, incident : un pneu crevé contre un trottoir – la conduite n'est pas sûre, évidemment –. C'est le prétexte pour téléphoner à Gégé, lui demander de l'aide pour la réparation, et une occasion de faire escale dans un bistrot.

Faux. Simone a tout faux.

Elle est bien partie en voiture pour Aubervilliers rejoindre cette « copine », à 17 heures. Mais, à cette heure-là, elle est tellement ivre qu'elle heurte un cycliste dans un virage et, ne se rendant compte de rien, poursuit sa route avec un pneu crevé et un pare-brise étoilé.

Arrivée au bistrot, elle boit une bière et les deux femmes vont faire du shopping pendant une heure. « Il me semble, déclarera la " copine ", que Simone n'était pas à son aise. »

Après les boutiques, retour au bistrot, cette fois dans la voiture de la copine.

A 19 heures, Simone appelle son amant, pour qu'il l'aide à réparer le pneu crevé. Elle ignore que, pendant ce temps-là, le cycliste a été secouru par la gendarmerie, que le numéro d'immatriculation de la voiture a été relevé et que la propriétaire responsable, c'est-à-dire elle, Simone a été identifiée. Adresse comprise.

Deux gendarmes se présentent donc au domicile de Simone dans la cité H.L.M., pour l'entendre sur l'accident. Elle n'est pas là, mais les clés du mari sont toujours sur la porte. N'importe qui peut entrer, ou a pu entrer... Les deux gendarmes sonnent chez la voisine qui garde Valérie.

Ils pénètrent tous les trois dans l'appartement, et la voisine découvre Sidonie couchée sur le ventre, du lait caillé répandu sur le visage. Son corps est violacé, elle a des ecchymoses sur le crâne, des marques de griffures sur la joue gauche, un hématome sur la tempe, qui est enfoncée.

Sidonie est morte.

Les deux gendarmes, qui n'étaient venus jusqu'ici que pour un accident de la circulation, se retrouvent devant un crime. Ils ne transmettront pas l'affaire à la police judiciaire : l'enquête leur appartient, il est hors de question de la confier aux civils. Quelle importance ?

Elle est énorme. Nous sommes là devant la traditionnelle guerre des polices – gendarmerie d'un côté, police judiciaire de l'autre. Chacun ses statistiques. On se volerait des enquêtes pour augmenter les bons résultats. Et l'on sait que cette rivalité peut faire des dégâts. Le S.R.P.J., plus habitué aux enquêtes criminelles, aux techniques d'interrogatoire aurait mené cette affaire différemment. La « crim » a du métier. Et toutes les erreurs et maladresses de l'enquête menée par la gendarmerie locale vont peser sur le procès de Simone.

Cette histoire de clés par exemple. Bizarre. La voisine déclare : « Simone m'avait confié son trousseau. C'est bien la première fois qu'elle faisait cela. Lorsque les gendarmes sont arrivés, je m'apprêtais à aller voir le bébé, car Simone était ivre en partant, elle devait revenir pour 5 heures, n'était pas rentrée, et je m'inquiétais de savoir si Sidonie avait eu son biberon. C'est à ce moment-là que j'ai découvert le trousseau du mari sur la porte. C'est le sien, il a un porte-clé à son signe zodiacal. »

Les gendarmes n'utiliseront pas ce détail.

Ils requièrent le médecin de famille pour les constatations : *Régurgitations alimentaires. Ecchymoses et griffures sur la joue gauche. Enfoncement temporal.*

Il refuse le certificat de décès.

Le procureur demande l'autopsie. Dans le rapport de cette autopsie, l'heure de la mort ne sera pas précisée.

Pour l'instant, dans cet appartement qu'ils trouvent « pestilentiel », les gendarmes attendent le retour du mari, vers 20 heures.

Puis, ils se remettent à attendre le retour de la femme.

A 22 heures 30, Simone arrive dans la voiture de son amant qui, n'ayant pu réparer la sienne, la ramène. Les gendarmes l'arrêtent dans la cour. Elle est tellement ivre qu'elle ne pourra pas témoigner avant plusieurs heures.

Le médecin constate qu'elle porte elle-même des traces de coups, datant de quarante-huit heures. Et qu'elle a 3,10 grammes d'alcool dans le sang. Mais les coups entre adultes n'intéressent pas les gendarmes. Cette remarque sera ignorée par la suite.

A 2 heures du matin, on interroge Simone à la gendarmerie. Interrogatoire repris le lendemain à 16 heures.

Le mari, interrogé lui aussi à 2 heures est relâché une demi-heure après. Il n'a rien à déclarer. Il n'était pas au courant...

De même pour l'amant, relâché à 2 heures 30. Rien à déclarer. Pas au courant...

Le procureur de service, le lendemain, s'étonnera de deux remises en liberté aussi rapides. Mais les gendarmes sont maîtres de l'enquête.

Et ça continue. Le juge d'instruction, une femme, n'interrogera jamais le mari. Elle n'interrogera pas, non plus, les témoins. Les gendarmes s'en chargent par commission rogatoire.

Seule Simone est déférée chez le procureur de Bobigny. Accompagnée d'un dossier de gendarmerie. On y trouve : la déposition spontanée de la sœur du mari ; trois dépositions de Simone, bâclées ; deux dépositions pleines de contradictions du mari et deux autres pleines elles aussi de contradictions de l'amant.

Le procureur, intrigué tout de même par ce bâclage, demande une troisième audition de l'amant : « Je maintiens mes déclarations. Je n'ai vu Simone que le soir, elle n'a pas fait allusion à Sidonie. Je suis totalement étranger à cette affaire. »

Simone est depuis deux heures chez le procureur lorsque l'enquête est close. Il s'agit d'un flagrant délit criminel.

En tant qu'avocate, je crois rêver. A ce moment-là, le dossier n'est pas plus épais qu'un flagrant délit de vol de voiture. La mort d'une enfant, une mère alcoolique, battue, ivre morte au moment de son arrestation, ivre déjà avant le décès de l'enfant. L'amant, ivre lui aussi, qui se dit « étranger à l'affaire », alors qu'il est le père de l'enfant en question... tout cela ne fait que quelques pages. Et le juge d'instruction est nommé.

Première comparution immédiate de Simone, sans avocat. Elle est inculpée. Sa déclaration :

– Je confirme ce que j'ai dit aux gendarmes. Je ne voulais pas en arriver là. Lorsque j'ai laissé le bébé dans son berceau pour partir, j'étais déjà ivre. Je ne me suis pas rendue compte de ce que je faisais.

Et puis, voici tout à coup venir, spontanément, l'amant dans le bureau du juge. « Je désire reconnaîre aujourd'hui que je suis l'amant de Simone. Je n'ai pas voulu l'avouer aux gendarmes, j'avais peur du mari. »

Normal. Tout le monde était au courant. Comment aurait-il pu rester plus d'une journée, « étranger à cette affaire », l'amant, le père de l'enfant morte. Bien obligé également de reconnaître – peur des témoins – qu'il a entraîné Simone dans deux bars différents. Qu'elle était tellement inconsciente qu'elle lui a demandé de chercher sa voiture, alors qu'elle ne savait plus où elle était... et comme Gégé ne la trouvait pas non plus, d'aller prévenir les gendarmcs. Chosc quc lc noblc amant a refusé de faire parce que, précise-t-il « j'avais un coup dans le nez, ce n'était pas prudent ».

Ce coup dans le nez, il l'avait à 22 heures 30 en ramenant Simone, lorsque les gendarmes les ont interpellés. Mais ils n'ont vu le coup dans le nez que sur Simone, pas sur Gégé.

Madame le Juge d'instruction demande une expertise psychiatrique de Simone et convoque, tardivement, l'avocate, alors que sa cliente est déjà à Fleury-Mérogis. Elle réclame le taux d'alcoolémie le jour du drame et l'autopsie de la victime, et cela en se fondant uniquement sur l'interrogatoire de Simone et sur les procès-verbaux des gendarmes.

Après huit mois de détention préventive, clotûre de l'enquête, à l'issue d'un ultime interrogatoire de Simone.

Le dossier d'enquête de la D.A.S.S., est rangé sans aucune question. Le mari, chez lui, n'est pas inquiété. L'amant a dit qu'il était l'amant, c'est suffisant.

J'appelle cela un assassinat judiciaire. Et je pose la question : A quoi sert un juge d'instruction ? J'en pose une autre. A quoi a servi l'avocate de Simone ? Elle est venue quatre fois la voir au parloir de la prison, alors qu'il s'agissait d'une affaire criminelle pour laquelle cette femme risquait quinze ans de réclusion. Et de ces quatre malheureuses visites n'est sorti qu'une énormité de plus : demander au juge la liberté de Simone, au motif suivant – je cite la demande textuellement – : – *Son ami Gégé vient de trouver un logement indépendant et s'engage à l'héberger à cet endroit, jusqu'à la date de la comparution en cour d'assises. Comptant sur votre compréhension...*

Demander la liberté provisoire d'une femme adultère inculpée d'infanticide en la confiant à l'amant !

Alors que cette même avocate n'a pas demandé la convocation de témoins. Pas de confrontations, essentielles dans ce cas. Par de contre-expertise. Pas de reconstitution.

Elle en aurait pourtant dit des choses, cette reconstitution. Sur Simone, sur Jeannot, sur Gégé, sur la D.A.S.S., sur la cité, les collègues... Refaire les gestes, redire les mots, recommencer le drame, les yeux dans les yeux ? C'est fondamental, en matière criminelle.

Simone est empaquetée dans les erreurs, les inconsciences, les maladresses, les stupidités, les lâchetés, le je-m'en-foutisme et la terreur que représente toujours, pour un juge ou un avocat, une histoire d'infanticide.

Je n'écris pas cela pour innocenter Simone. Je l'écris pour faire comprendre la révolte qu'a provoquée en moi la lecture de ce dossier bâclé, lorsque j'ai dû m'occuper de cette femme en prison. Je ne fus pas la seule à être révoltée. Monsieur le Procureur, au tribunal, le fut également.

Seulement, il faut savoir que l'enquête d'instruction ne peut pas être refaite. Joué, c'est joué. Que le tribunal, les jurés, l'inculpée, se débrouillent avec ça. Même si « ça » est une nullité professionnelle grave.

Valérie, l'enfant survivante de ce drame, est confiée à la mère de Simone. Là aussi je rêve. Cette femme qui a abondonné ses propres enfants jadis, ne les a pas élevés, se retrouve dans le rôle d'une grand-mère convenable!

Simone est donc en prison, dans l'attente de son jugement, inculpée de coups et violences sans intention de donner la mort à un enfant dont elle est la mère. Quinze ans. C'est le tarif. Elle attend son jugement à Fleury. Dans quel état? Elle pleure. Pleurer n'est pas un mot suffisant, d'ailleurs. Je dirais qu'elle « chiale ». Sans interruption, sans répit. Cette femme est une loque. Brutalement privée de l'alcool qui l'embrumait jour après jour, consciente, à présent, de l'horreur de sa situation : elle a martyrisé jusqu'à la mort un bébé de trois mois. Les autres, les gendarmes, Madame le Juge, le lui ont dit. Jusqu'à cette dernière soirée de beuverie, peut-être ne s'en rendait-elle pas compte elle-même. Maintenant, c'est une certitude, elle se « voit ». Elle s'imagine, devrait-on dire, car les souvenirs sont restés flous, inconsistants. Elle s'imagine ramassant l'enfant à terre, le jetant dans son berceau, comme un paquet. Elle a fait « ça ».

A Fleury, quelqu'un se charge de lui rappeler cette situation qui la dépasse : la matonne qui enregistre la fiche d'écrou.

Matricule : six chiffres, en haut à droite.
En provenance de : Liberté.
Catégorie pénale à l'arrivée : Prévenue.
Religion : Catholique.

Situation de famille : Mariée, un enfant.
Titre de détention : Mandat de dépôt du juge d'instruction, en date du ...
Procédure : Criminelle.
Numéro Sécurité sociale : XXXXX.
Signalement : 1, 60 mètre, brune, yeux marrons.
Situation : Primaire.
Infraction : Coups et violence ayant entraîné la mort sur un mineur de moins de quinze ans par ascendant.

L'avis d'écrou saute au visage de la matonne.

– Infanticide ? les autres détenues doivent ignorer le motif de l'incarcération. Je vous conseille de vous taire, dans votre intérêt. C'est compris ?

La violence entre co-détenues dans ce cas-là est inévitable. Simone se rend compte qu'elle entre ici en pestiférée. Son crime est impardonnable.

Arrivée de la mère supérieure. L'éternelle justicière de Fleury. Soixante-quinze ans, psychologue en cornette d'acier.

– Vous avez commis un péché mortel. Sans rédemption possible. Dieu n'essuiera pas vos larmes. Vous avez tous les vices de la terre.

Simone chiale. Elle ne sait plus que chialer.

– Vous abandonnez votre foyer pour les plaisirs de l'alcoolisme, du sexe... pourquoi pas de la drogue ? Et vous assassinez le fruit de votre débauche... Vous, une mère de famille, une aide-maternelle de profession ! Vous êtes irrécupérable. Vous paierez toute votre vie. Vous pourrez méditer des années en prison sur le remords. On vous dressera ici, en attendant votre transfert à Rennes. Je n'ai aucune compassion pour les assassins d'enfants. Je ne veux pas entendre parler de vous, tenez-vous-le pour dit, et j'y veillerai.

Simone est emmenée en Division 5, réservée aux récidivistes. En qualité de « primaire », elle devrait se trouver en division 3 ou 4. Mais elle doit être seule en cellule, occuper la place de deux ou trois détenues. C'est mal vu. Non seulement le crime est horrible, mais il faut protéger la criminelle, les matonnes n'aiment pas.

Première fiole. Equanyl 500. Pour calmer les alcooliques. On craint le delirium. Alors Simone avalera les fioles.

– Avalez devant moi !

Première nuit, abrutie, sans manger. Pas faim. Le lendemain, à la promenade, elle est muette, absente. Une zombie. Déjà les détenues se posent des questions sur la nouvelle.

– Ça doit être grave.

– On saura, de toute façon. C'est une primaire. Elle n'a rien à faire en D. 5.

– Qu'est-ce que t'en sais, elle ne parle pas ?

– J'ai mes infos. Elle a droit au parloir et au courrier.

Le parloir. Simone manque-t-elle à Jeannot ? A Gégé ? Ce serait surprenant. Mais c'est le cas. Tous les deux ont obtenu très vite de Madame le Juge d'instruction un permis de visite. Madame le Juge, décidément, ne se pose pas beaucoup de questions. D'habitude, les permis de visite ne s'obtiennent pas si facilement, même dans des affaires moins graves.

Gégé et Jeannot se présentent donc alternativement derrière l'hygiaphone.

Gégé d'abord. Toujours cowboy. Il se prend pour Rambo. Il ne sait pas que les parloirs sont écoutés. Une matonne rapporte à la directrice :

– J'ai entendu de ce « Gégé » les propos suivants : « Si j'avais été là, jamais ils ne t'auraient pris. On se serait sauvé. Ils ne nous auraient jamais retrouvés. Quand on m'a interrogé, il y avait un flic – un gendarme –. Un jeune, il ne se méfiait pas. J'aurais pu le descendre. Tu ne serais pas là. Ne t'en fais pas, je te sortirai de là. C'est possible. Je te sortirai. »... A ce moment-là, il s'est mis à parler plus bas pour que je ne puisse pas comprendre. Ensuite, il a recommencé plus fort : « Je te sortirai de là, les amis m'attendent avec une carabine. Jusque-là, ils étaient avec moi. Mais ils n'aiment pas qu'on fasse du mal aux enfants. Alors maintenant ils ne veulent plus me voir. » Au cours de cet entretien, j'ai eu une très mauvaise impression de cet homme. Il semble prêt à tout. Je pense qu'il est à surveiller particulièrement au cours des prochains parloirs. Il me semble qu'il n'hésiterait pas à tenter quelque chose.

Madame la Directrice expédie ce rapport au juge d'instruction, pour information, en ajoutant un *nota bene : Il faut savoir que Simone X. ne peut avoir à la fois un parloir « Gégé », et un parloir « Jeannot ». Ils doivent alterner. A ce sujet, un lundi de parloir, ils étaient tous deux dans la même file d'attente et ont provoqué un scandale.*

Ce lundi-là, en effet, dans la file des familles, ils ont chacun leur numéro de visite, le numéro 20 pour Gégé, le numéro 30 pour Jeannot. Et, devant les familles résignées et attendant leur tour, les noms d'oiseaux ont volé bas :

– Enfoiré! Tu oses venir ici? C'est ma femme! Amène-toi si t'es un homme!

– Enfoiré toi-même!

Et les deux Rambo se sont tapés sur le museau. Cette femme en prison était toujours leur propriété. Elle y était par leur faute : l'un et l'autre l'avaient poussée à la dépression, à l'alcool ; l'un et l'autre, je le prétends, étaient également responsables de la mort de l'enfant ; l'un et l'autre auraient dû se trouver avec elle dans le box des accusés. Si l'enquête avait été menée au départ par la criminelle, et non par la gendarmerie, leurs responsabilités de mari et d'amant auraient été démontrées. Elle le fut dans d'autres cas semblables.

Au lieu de cela, ils se comportaient en visiteurs propriétaires de l'inculpée. Les gardes ont dû intervenir pour les séparer et les renvoyer à leur stupidité crasse, mais libres. Dehors. Chacun dans leurs bistrots préférés.

Madame le Juge classe le rapport de la directrice. C'est très rare, dans les dossiers, une histoire pareille. Délation d'une matonne, rapport écrit, je ne l'ai pas vu souvent.

Pas vu souvent, non plus, que l'on accorde officiellement un permis de visite au mari et un à l'amant. Quant à Simone, toujours zombie, ignorante, elle a accepté les deux parloirs. Alors qu'elle a refusé de voir sa propre sœur, la seule qui ait tenté de sauver la situation, de la sortir de l'alcool.

Simone a un cerveau d'oiseau, que ces deux affreux ont utilisé, c'est visible. Mais ce n'est toujours pas le problème du juge d'instruction. Affaire classée.

La seule chance, si l'on peut dire, pour Simone, sera la désignation d'un psychiatre au bout de quatre semaines d'incarcération. C'est une chance souvent, car, les psychiatres de prison se comportent comme des tâcherons des vacations de frais de justice.

Le psychiatre est une femme. Elle viendra deux fois en une quinzaine et ne se contentera pas de dix minutes d'entretien, comme certains. Son opinion est intéressante pour la défense : *Étant donné la positivité du dépistage alcoolique, cette femme n'a pu être entendue qu'à 1 heure 40 du matin, moment où le test était redevenu négatif. On peut envisager la possibilité qu'elle ait retrouvé ses facultés...*

On peut envisager... cela veut dire que Simone ne les possédait pas, ses facultés, au moment de l'arrestation en flagrant délit de crime, par les gendarmes. Là non plus Madame le Juge d'instruction, comme l'avocate de la défense, d'ailleurs, ne se posent pas de questions.

Le reste du rapport psychiatrique indique que Simone a l'allure accablée, le faciès triste, qu'elle ne cesse de pleurer. Elle parle, durant l'examen, comme si l'entretien faisait partie intégrante de la punition qu'elle doit subir et qu'elle accepte. Elle redouble de pleurs quand elle parle de ses enfants. Elle n'exprime aucune agressivité envers son mari, ni d'idées de persécution. Auto-agressive, elle a sombré dans l'alcoolisme massif. Le faciès est infiltré, bouffi, il présente des troubles vaso-sympathiques importants. L'accouchement récent peut avoir perturbé la conscience de cette femme. Il existait un certain degré de dépression, étant donné la situation objectivement intolérable, et les excès alcooliques ont camouflé les signes dépressifs. Cet accouchement a été d'autant plus perturbant qu'il a été prématuré et par césarienne, ce qui a pu aggraver la dépression bien connue du *post parturium*. Il faut ajouter la rupture avec son amant, et le rejet possible de l'enfant. En conclusion, cette femme n'est pas dangereuse. Elle est accessible à une sanction pénale, mais il ne faudra pas aggraver l'état de dépression atypique. Après sa libération, elle devra faire l'objet d'un traitement psychothérapique aux fins d'améliorer son vécu et traiter l'état dépressif et l'alcoolisme réactionnel. Sa responsabilité est très largement atténuée.

Cependant, à Fleury, c'est à grands coups de fioles que l'on s'occupe de la dépression de Simone. Trois fois par jour. Pas question de psychothérapie.

Ce rapport particulièrement atténuant est assez rare. Mais peut-il excuser le crime sordide ?

L'autre rapport qui pèse dans la balance, c'est le rapport d'autopsie du bébé. C'est toujours dur un rapport d'autopsie, implacable dans la froideur du texte. En ce qui concerne Sidonie, il est terrifiant.

Multiples traces traumatiques. Au genou gauche, au coude droit. L'avant-bras gauche a été mordu. La majeure partie des lésions est au crâne et à la face. La moitié gauche du visage, le menton, la lèvre supérieure. Les lésions craniennes étaient irréversibles. Au front, sur la voûte crânienne, présence d'une fracture du crâne. Les hémorragies méningées sont responsables de la mort de l'enfant.

Sidonie n'est donc pas morte d'une simple chute de la « table » à langer. Il faut comprendre qu'elle n'est pas morte sur le coup, mais d'une agonie lente, après la fracture du crâne, les coups, l'hémorragie, les vomissements, les souffrances neurologiques.

Atroce.

La mère était à la limite du coma éthylique, a mentionné le médecin de service ce soir-là. Elle-même couverte d'hématomes, ne tenant plus debout, ses réflexes abolis. Sachant cela – s'il l'avait su par les gendarmes – le médecin chargé de l'autopsie de l'enfant aurait pu tenter de déterminer si les traumatismes et les lésions relevés sur l'enfant dataient tous du même jour.

Jeannot, le mari, lui, a toujours prétendu que le désordre de l'appartement et la saoulerie de sa femme ne dataient que de trois jours... la désignant comme seule responsable de l'état du bébé ; affirmant que le bébé n'était pas battu ! Et sa femme non plus. Qu'il n'était pas au courant de mauvais traitements sur l'enfant. Ce que dément la tentative de la sœur de Simone qui, elle, s'en est aperçue beaucoup plus tôt et qui a prévenu la D.A.S.S., avec le succès que l'on sait.

Je parle ici en tant qu'avocate. Si j'avais eu à prendre en main la défense de Simone à ce moment-là, j'aurais utilisé ces arguments. Afin de prouver :

1. que, depuis longtemps le mari battait régulièrement sa femme et la poussait à boire;

2. que l'amant refusait également l'enfant, après l'avoir prétendument souhaité;

3. que la dose d'alcool était trop importante, depuis trop longtemps, et que la mère ne pouvait en aucun cas être consciente de ses agissements;

4. que le mari devait donc intervenir. Ou le père de l'enfant;

5. enfin, qu'au lieu d'intervenir, ils avaient tous deux provoqué l'alcoolisme, l'avaient entretenu, et de là à dire qu'ils souhaitaient, chacun de leur côté, voir la situation exploser de cette façon... il n'y a qu'un pas.

Tout cela sera enfin évoqué, mais trop tard. Et par le procureur au procès, ce qui est un comble.

– Si les dernières quarante-huit heures de la vie de Sidonie se sont déroulées dans une succession de bagarres entre les membres de ce couple d'enfer, de ce trio infernal, les responsabilités pénales de Jeannot et de Gégé étaient flagrantes.

Mais le gendarme, maréchal des logis, « vole » cette enquête au S.R.P.J., la boucle à son niveau intellectuel... et c'est fichu. Il ignore en effet deux éléments importants : la non-information des sévices ou privations infligés à un mineur de moins de quinze ans constitue un délit, même entre mari et femme, puni de deux mois à quatre ans de prison; la non-assistance à personne en péril est aussi un délit qui vaut de trois mois à cinq ans. *Est coupable celui qui n'intervient pas en présence d'un péril apparent.*

Jeannot est coupable. Gégé est coupable. Se contenter de leurs déclarations : « Pas au courant... » « Étranger à cette affaire »... c'est une faute professionnelle grave.

Sans compter les autres. Mais je les compte : Qui a laissé les clés du mari sur la porte ? l'amant emmène la mère se saouler de 19 heures à 22 heures. On ne sait pas si, à 19 heures, Sidonie est morte. Qui a déterminé l'heure de la mort ? Personne. Qui a écouté les recommandations du procureur de service, le lendemain matin, réclamant l'amant pour une troisième audition ? Personne. Seul le procureur, aux assises, évoquera ce manque énorme dans l'enquête. Alors qu'il est censé accabler l'inculpée, il se préoccupe de sa défense !

Pour l'heure, Simone attend les assises. Seize mois d'attente. Seize mois de fioles.

Au début, elle se tait, ne parle pas de son « affaire ». Mais trop de silence, c'est louche pour les co-détenues. Deux séances, longues, avec un psychiatre, c'est louche aussi. Une « primaire » en D.5, avec les récidivistes, c'est encore plus louche.

Alors, elles finiront par savoir à la promenade, les curieuses. En prêchant le faux pour savoir le vrai.

– T'as tué qui ? Ton mec ?

Simone chiale.

– Allez ! Faute avouée est à moitié pardonnée !

Simone chiale de plus belle.

– Si tu n'as pas tué ton mec, t'as tué qui ?

Simone craque.

– Ma fille. J'étais saoule. Son père n'en voulait pas.

Ça se passe mal, comme prévu.

– Salope! Pourrie! Tu n'as rien dans le ventre pour faire ça!

Dans le mauvais coin de la cour, Simone prend une « avoine », spécialité de la D.5. Les gardiennes interviennent à plusieurs reprises, menaçant de faire un rapport.

– Un rapport ? Pour une ordure qui a tué son môme ? Une pourrie qu'on met seule en cellule, en plus ? Nous, on est trois, on se marche sur les pieds, et on n'a pas tué un môme!

Une matonne prend les choses en main.

– Tu as parlé, ce n'est pas malin. Il va falloir arrondir les angles, maintenant. On va essayer de leur expliquer un minimum...

En prison, les informations suivent des chemins particuliers et mystérieux. La matonne glisse de-ci, de-là quelques phrases nécessaires à l'histoire de Simone, aux trois ou quatre détenues-cheftaines de la D.5.

On parle. On discute dans les cellules, dans la cour.

– Qu'est-ce que tu aurais fait, avec des mecs pareils ? Des ordures ?

– C'est eux qui l'ont poussée...

– C'est une paumée, le cerveau comme un petit pois...

– C'est dégueulasse de tuer une môme!

– Et les mecs ? Tu ne crois pas qu'ils l'ont tuée à petit feu, la môme ?

– Moi, je ne voudrais pas être dans sa peau...

– Tu aurais fait quoi, à sa place ?

– Moi, je me serais barrée avec mes mômes, j'aurais largué les deux mecs.

– Et la déprime ? Tu raisonnes clair avec une déprime ? Et la bibine en plus ?

Finalement, le cas de Simone s'arrange dans l'esprit des co-détenues. Ce qui est rare en matière d'infanticide. Elle est relativement acceptée dans la D.5 Jugée « cavette ». Et non « voyouse ». Question de mentalité.

Simone est cataloguée « malheureuse », on lui parle, on ne cogne plus. D'ailleurs la malheureuse rase les murs, n'ennuie personne, ni les détenues ni les matonnes.

Elle chiale. Manque d'alcool, dépression non soignée, fioles de barbituriques, solitude, remords, culpabilité permanente. Elle a l'impression de maigrir, alors qu'elle grossit. Un sentiment de froid permanent. Le premier effet de manque, c'est le rebond : angoisse, insomnie, agitation. Et re-fioles : Équanil, Théralène, Tranxène, Rohypnol.

Elle chiale toujours, en contemplation devant la photo de ses deux filles. La pensée est ralentie, la mémoire fout le camp. Les nuits sont faites de cauchemars. Parfois, elle parle sans interruption, parfois elle bafouille, l'élocution pâteuse. Elle affabule, fait de l'amnésie.

En quelques mois c'est une véritable loque. Déséquilibrée.

Il y a aussi l'histoire du visiteur de prison. Je la livre telle qu'elle me l'a racontée.

Le visiteur de prison est un bénévole, agréé par le ministère de la Justice après enquête du ministère de l'Intérieur. Il, ou elle, est supposé apporter une aide morale aux détenues, une assistance aux nécessiteuses et les aider à se reclasser socialement. A la M.A.F. de Fleury, ce sont en majorité des femmes, mais quelques hommes ont montré patte blanche à l'Administration.

Celui-là, par exemple, soixante-dix ans, bien mis, honorable. Longtemps il a visité les hommes et il en est las. Il estime que son influence est très relative sur les délinquants. Ils ne sont pas du même monde. Peut-être sera-t-il plus efficace chez les femmes. Son âge le met à l'abri des suspicions administratives.

Un jour, on appelle Simone au parloir.

Le vieux monsieur bien mis fait son devoir.

– Besoin de linge ? D'argent sur le pécule ? De livres ?

Il propose des revues, religieuses de préférence... Puis soudain :

– Quel effet ça vous fait de faire pipi devant une codétenue ? Et la toilette intime, comment ça se passe ?

Simone est accablée. Elle peut retourner dans sa cellule et avaler une fiole supplémentaire. Elle ira faire des fleurs en papier-crépon à l'atelier. Elle ira à la messe du dimanche. Là où l'on place les filles par catégorie, les prostituées au fond.

L'une d'elles remarque Simone. Pourquoi ? Mystère. Mais Simone est en D.5 et la prostituée en D.6. Alors, commence les échanges de billets, les messages, les « yoyos », cette poste aérienne interne de la M.A.F. Entre la D.5 et la D.6, c'est le Mur de Berlin. Seuls passent les yoyos. Et il est interdit de « yoyoter ».

La prostituée est lesbienne ; la cinquantaine, son avenir est plutôt derrière elle. La mondaine l'a mise au trou pour avoir sous-loué une chambre sous les toits de la rue Saint-Denis. Pas question de gagner sa vie en propriétaire quand on a passé l'âge du trottoir ! Même s'il s'agit d'une piaule minable baptisée pompeusement studio. Par contre, on ne touche pas aux sociétés immobilières écran, aux fiducières suisses qui couvrent les rues Blondel et Sainte-Appolline. La mondaine circule, rien à voir dans ces coins-là !

Bref... Suzy a cinquante ans, Simone vingt-huit. Elles se ressemblent étrangement, malgré cette différence d'âge.

Même corpulence, physique anonyme, l'une fanée du trottoir, l'autre des comptoirs. Deux désespoirs entre quatre murs.

Il se trouve toujours des filles pour intercepter les yoyos.

– T'as vu la Suzy ?

– Elle a peut-être des vues... La Simone, elle sortira dans dix ans, elle ira faire sa « nouveauté » rue Saint-Denis.

– Tu parles d'une *love-story* !

Simone n'est pas, *a priori*, lesbienne et ignore tout du tapin. Mais en prison, on prend l'affection où on la trouve.

Les mois passent. Le matin des assises, à Bobigny, on réveille Simone à l'aube. Fouille, fourgon cellulaire. C'est le grand jour.

Il commence à 9 heures. Simone est sans menottes dans un box immense, si blanche qu'elle apparaît translucide.

Le procureur et l'avocate récusent un maximum de femmes dans le jury. C'est un vieux principe : affaires de mœurs, infanticide, on récuse les femmes. Discutable, à mon avis, cette tradition : les femmes ignoreraient-elles les affaires de mœurs ? Je ne crois pas. Pour l'infanticide, on craint de leur part un *a priori* contre l'accusée.

Puis c'est l'appel des témoins. Ils sont tous là. Sauf un : l'époux légitime.

Étonnement du président. Un témoin se lève, la voisine qui découvrit le drame avec les gendarmes, et annonce, l'air ennuyé :

– Il a pris une semaine de vacances en Normandie.

Stupéfaction des juges. Le procureur se dresse comme un diable dans sa boîte :

– Je requiers la force publique pour amener le témoin. C'est la première fois dans ma carrière que je vois un mari en vacances et son épouse dans le box des accusés.

Jeannot sera donc ramené par le premier train, entre deux gendarmes normands.

En attendant, l'audience se poursuit. Le Président, en principe impartial, est en réalité orienté vers l'accusation. On le surnomme « Monsieur Quinze-ans ». Il les veut, les quinze ans. Il attaque sur l'alcoolisme, « quand on travaille dans un hôpital ». L'adultère, « ça ne se fait pas ». Enfin, il en vient à l'essentiel.

– Vous n'avez pas pensé à appeler un médecin quand l'enfant est tombée ?

– J'étais sûre qu'elle dormait et qu'elle n'était pas morte.

– Pourquoi avez-vous frappé Sidonie ?

– J'étais saoule, fatiguée.

– Vous abandonnez un après-midi et une soirée un bébé qui a besoin de biberon toutes les quatre heures ?

– Je ne pensais pas m'absenter si longtemps.

– Vous conduisiez en état d'ivresse ? Vous avez heurté un cycliste ?

– Je n'en ai pas eu conscience.

– Et vous continuez à vous enivrer avec votre amant ?

– Je ne savais plus.

– Avez-vous frappé votre enfant pour la tuer ?

– Non. Pas pour la tuer.

Simone peut fondre en larmes, les jurés contemplent les pièces à conviction étalées sur une table : la layette de Sidonie, découpée par le légiste, si minuscule, si terrifiante. Les photos prises par les gendarmes circulent.

– Avez-vous griffé votre bébé au visage ?

– Je n'avais pas d'ongles.

– Avez-vous mordu votre enfant ?

– Je ne me rappelle pas.

– Pourquoi avez-vous donné des gifles d'une force telle que la tête de l'enfant a heurté la table ?

– Elle était tombée de la table, elle criait, hurlait. Je n'ai pas pu la consoler, la faire taire. J'ai dû frapper sous la colère.

– Combien de temps ?

– Je ne sais pas... cinq minutes.

– Vous êtes certaine ? Ce n'est pas dix minutes ?

– Je ne sais pas... je ne crois pas, non.

– La chute n'est pas la seule cause du décès. Combien de coups avez-vous portés ?

– Je ne sais pas.

Les bouteilles de Pastis, de vin, de bière, ne sont pas des pièces à conviction. Le procureur en parle :

– Depuis combien de temps buvez-vous ?

– Plus de deux ans.

– Qui vous a entraînée ?

– Mon mari d'abord, ensuite mon amant.

– Dites-nous ce que vous buviez par jour...

– Le matin du Ricard, jusqu'à temps qu'on mange.

– Et ensuite ?

– Du vin, en mangeant, mais je mange peu... L'après-midi de la bière, le soir du Pastis, du vin au dîner, après des alcools.

– Votre mari ne cherchait pas à vous empêcher de boire ?

– Non. Il buvait pareil.

– Et votre amant ?

– Pareil.

– Votre amant est le père de Sidonie. Avait-il conscience que l'enfant devait avoir son biberon à 17 heures puis à 21 heures ? En a-t-il parlé ?

– Non.

– Et ce soir-là, il a ramené chez elle une serveuse avant de vous ramener au domicile conjugal ? Savait-il que Sidonie attendait ?

– Il n'en a pas parlé.

– Même au moment de votre première rencontre, ce jour-là, alors que l'enfant était peut-être encore vivante ?

– Non.

– A ce propos, je poserai la question au médecin légiste – il y a une négligence dans son rapport, l'heure de la mort n'est pas précisée. Deux jours avant le drame, votre mari vous battait-il ?

– Oui.

– Des témoins, collègues, voisines, ont remarqué des traces de gifles sur Sidonie. Qu'avez-vous à dire ?

– Oui. Je n'en pouvais plus.

– Pourquoi votre mari a-t-il renoncé au divorce ?

– Je ne sais pas. Je crois qu'il ne voulait pas que je le quitte après la naissance de Sidonie.

– Vous a-t-il frappée durant votre grossesse ?

– Oui.

– Et ensuite ?

– Il frappait plus fort. Il me traitait de salope et de putain.

– Pourquoi votre amant a-t-il refusé de reconnaître Sidonie ?

– Je ne sais pas.

– Votre amant voulait-il cette enfant ?

– Oui, Monsieur.

– Après la naissance, a-t-il voulu rompre avec vous ?

– Oui, Monsieur.

– Pour quels motifs ?

– Il était marié.

– Je voulais vous l'entendre dire.

Le procureur voulait entendre Simone dire, en quelque sorte, « je suis une naïve, je suis stupide, j'ai cru à des choses qui n'existaient pas. Je me suis laissée plonger dans l'alcool, comme une idiote, je n'ai ni force de caractère, ni solidité mentale, ni instruction suffisante pour réagir. Je suis devenue folle sans m'en rendre compte, au point de taper sur un bébé qui pleure ».

L'arrivée de l'époux vacancier entre deux gendarmes fait de l'effet sur le public. Les débats ne pouvant être interrompus, le président active les choses ; il veut ses quinze ans et Simone lui suffit.

Mais le procureur est un subversif.

– Monsieur le Président, je requiers une confrontation entre le mari et l'amant.

– Je vous l'accorde. Je mets en garde ces messieurs sur le fait qu'ils témoignent sous serment.

C'est donc le procureur qui entame, de fait, la défense de Simone. Du jamais vu.

– Depuis quand vous connaissez-vous tous les deux ?

Gégé répond :

– Depuis des années.

– Monsieur... Jeannot, monsieur... Gégé a déclaré que vous étiez « un bon gars » et que vous lui faisiez part du fait que votre femme avait dû vous tromper, alors que, pour vous, il n'était qu'un voisin que l'on croise dans l'escalier...

– Au début, ce n'était qu'un voisin. Après, on s'est connu dans les bistrots.

– Le receviez-vous à votre domicile en présence de Simone ?

– Non.

Si un juge comprend, nous a dit Malraux, *il ne peut*

plus condamner. Où va-t-on si les procureurs se mettent à comprendre ? Le juge s'impatiente. On ne joue plus le jeu convenu, ici.

Le procureur a réellement décidé d'aller au-delà. Il veut « s'offrir » le mari.

– Donc vous voici enfin présent, sous mandat d'amener. Pouvez-vous expliquer les raisons de ces vacances normandes alors que vous étiez cité à l'audience ?

– J'étais fatigué, j'avais besoin d'air.

– Je comprends votre fatigue. La sœur de l'accusée nous a déclaré sous serment, je cite : « Jeannot ne savait que frapper ma sœur enceinte. » Expliquez-nous ces violences... qui vous ont fatigué, peut-être ?

– C'est arrivé avant la naissance de Sidonie. Ce n'était pas souvent qu'on se battait.

– Mensonge. Vous avez déclaré aux gendarmes le soir du crime, à 22 h 10 : « Ce n'était pas devant *les* enfants ». Sidonie était donc née.

– Euh, c'est arrivé de temps en temps...

– Vous avez déclaré : « Je ne bois pas d'alcool plus que de raison, mon épouse non plus. » Vos explications ?

– Je n'ai pas de comportement alcoolique.

– Je vois... Vous avez déclaré : « A ma connaissance, Sidonie n'a jamais subi de sévices de la part de mon épouse. »

– Je n'étais pas au courant.

– Je vous rappelle que vous déposez sous serment. Depuis quand connaissez-vous monsieur... Gégé ?

– Ce n'est qu'un voisin, je le croisais dans l'escalier, sans plus.

– Vous avez déclaré, tardivement, dans la même audition : « Je n'ai pas reconnu Sidonie, car elle n'était pas de moi. » Et ensuite : « J'aurais admis de reconnaître Sidonie, ma femme s'y est opposée. »

– J'aimais ma femme, je ne voulais pas la quitter.

– Accusée, qu'avez-vous à dire là-dessus ?

– Il me battait, m'insultait, il ne s'intéressait qu'à Valérie.

– Monsieur... Jeannot, vous avez déclaré à l'enquêteuse de la D.A.S.S. que Sidonie n'était pas maltraitée.

– Je n'étais pas au courant.

– Puisque vous n'étiez au courant de rien, pourriez-vous au moins expliquer la présence de votre trousseau de clés sur votre porte, l'après-midi du crime ?

– Je ne sais pas.

– Vous sentez-vous une part de responsabilité dans ce crime ?

– Non, je n'y suis pour rien.

– Je vous mets en garde contre le faux témoignage. Ne quittez pas la salle.

Il veut sa confrontation entre les deux hommes, le procureur. C'est à l'amant qu'il s'adresse, à présent :

– Voici donc le père de Sidonie. Vous avez déclaré, monsieur, aux gendarmes, le soir du crime à 22 heures 30, que Simone vous considérait comme son meilleur ami et qu'elle n'a fait aucune allusion au bébé.

– J'ai eu peur que son mari me fasse chanter, c'est pour ça. J'avais des problèmes avec la justice, pour une bagarre.

– Pourtant, vous avez dit à la même heure : « Jeannot est un bon gars, il s'est confié à moi plusieurs fois, sa femme l'avait trompé à plusieurs reprises. Expliquez-nous ?

– Je connaissais Jeannot. On fréquentait les mêmes bistrots.

– Vous avez déclaré aux gendarmes : « Je suis totalement étranger à cette affaire », et ensuite vous vous précipitez spontanément chez le juge d'instruction ?

– J'avais peur de Jeannot. Mais je ne pouvais pas cacher que j'étais l'amant de Simone.

– Selon vos propos, l'enfant était désiré de part et d'autre, il n'était pas le fruit d'un accident ?

– Oui, c'était notre enfant.

– Vous avez déclaré : « Le foyer de Simone, c'était l'enfer, je les entendais se bagarrer. » Et vous ne faites rien pour Sidonie, votre enfant ?

– J'avais peur d'un accrochage avec Jeannot. Qu'il m'envoie en prison...

– Je voulais vous l'entendre dire. Car vous n'y êtes pas, en prison. Et puisque nous parlons de prison, expliquez-nous ces propos de parloir ? « Si j'avais été là, ils ne t'auraient pas pris... Il y avait un flic, j'aurais pu le descendre... je te sortirai de là... Mes amis m'attendaient avec une carabine... »

– Je disais ça dans la colère, pour remonter le moral de Simone.

– A défaut de vous occuper de votre enfant, vous avez facilement l'intention de meurtre sur la personne d'un agent de la force publique, puis tout aussi facilement des projets d'évasion avec usage d'une arme... Accusée, aimez-vous toujours cet homme ?

– Oui.

– Témoin, vous avez proposé par deux fois d'héberger Simone, en liberté provisoire, alors que vous êtes toujours marié...

– Je veux l'aider. Je l'aime.

– Pour un nouveau ménage à trois ? Pourquoi avez-vous refusé de reconnaître Sidonie ?

– J'ai toujours hésité. Je ne savais pas comment faire. J'avais peur du chantage et de Jeannot, avec mon problème de justice, pour une bagarre.

– Jeannot n'était pas un « bon gars » ?

– Enfin, oui. On se connaissait des bistrots.

Le procureur n'en a pas terminé de sa brillante plaidoirie contre les deux hommes. Il avertit le président qu'il réserve l'éventualité de l'ouverture d'une information pour faux témoignages devant la Cour. Et il enchaîne :

– Vous vous êtes connus dans les bistrots ?

– Oui. Il venait prendre l'apéro.

– Lorsque Simone a fait une tentative de suicide, au début de sa grossesse, ni vous ni lui n'êtes allés la voir ?

Jeannot :

– Elle ne voulait pas.

Gégé :

– J'avais peur de Jeannot.

– Plus précisément, monsieur... Gégé, votre épouse travaille au même hôpital que Simone ?

– Je ne voulais pas la croiser dans les couloirs.

– Accusée, confirmez-vous ?

– Je n'ai vu que des collègues, des voisines. Pas eux.

– Pourquoi ?

– Je ne sais pas.

Et la fête continue. Gégé ne voyait jamais Sidonie, pourquoi ? Simone répond qu'elle a voulu la lui montrer un samedi ou un dimanche et qu'il était plutôt gêné ; elle a eu l'impression qu'il ne voulait pas la voir.

Gégé aurait-il divorcé et épousé Simone ? Il croit, peut-être, pas sûr...

Les clés, les fameuses clés du mari sur la porte ? Toujours pas de réponse. Jeannot ne sait pas. Était-il ivre en rentrant ce soir-là ? Il avait bu trois Ricard et du vin. Il ne savait pas où était sa femme. Gégé ne savait pas que le bébé attendait les biberons. Ils ne savaient rien tous les deux, sur rien. RIEN.

Comme si Jeannot n'avait jamais jeté un regard sur le bébé. Comme si Gégé ignorait l'existence du bébé. La conviction du procureur est faite.

– Vous avez poussé tous les deux une femme à un état d'ivresse précomateux, de plus de 3 grammes d'alcool. Elle était de ce fait dangereuse pour elle-même et pour les autres.

Suspension d'audience. Le juge est ennuyé.

– L'accusée a un conseil. Vous représentez la société, pas la défense.

Justement. Le procureur s'est indigné de l'enquête bâclée. Il a accusé implicitement les deux hommes de non-assistance et de pousse au crime. Il ne peut plus rien faire d'autre. Aux assises, il faut se contenter de l'enquête, bonne ou mauvaise. Il ne reste que la défense...

Or, la défense est nulle. Il le sait. A la lecture du dossier, il a constaté que l'avocate a accumulé les maladresses, les erreurs, les absences... Il est particulièrement dur, dans ces circonstances, de requérir.

Dans le silence, le procureur déclare :

– J'ai le rôle difficile de requérir au vu d'un dossier d'instruction incomplet. Je le dis en conscience, et non par clémence. Vous allez juger cette femme seule, dans son box. Seule à cause d'une instruction bien légère. Il manque dans ce box, par des négligences graves, deux hommes. Je ne dirai pas, comme dans d'autres procès d'infanticide, par complicité involontaire. Ces deux hommes manquent dans ce box pour complicité volontaire. Car ils portent une très lourde responsabilité dans ce crime. Ils ont armé psychologiquement le bras de l'accusée, l'ont poussée au dernier degré de l'alcoolisme afin qu'elle porte des coups sur un bébé que tous les deux refusaient, et se disputaient à la fois. Ce box est vide de deux criminels, à la complicité terrifiante. Le dossier étant clos, nous ne pouvons revenir en arrière, sauf opportunité d'ouvrir une information pour faux témoignages.

Et le procureur enfonce tous les clous qu'il a trouvés. Notamment celui de l'avocate dite de la défense :

– Lors de l'instruction, vous n'avez posé aucune question. Vous aviez la possibilité de demander les auditions de tous les témoins. De demander une confrontation, toutes les confrontations, de demander une reconstitution... Il n'y a rien.

Simone, il le dit, est donc seule à être jugée, et la justice en souffre. Il en souffre plus qu'elle.

Il rappelle l'enfance, la mère qui a abandonné trois filles de pères différents à la D.A.S.S. Qui vient prétendre à la barre qu'elle a donné de « bons conseils ». Qui, surprise effarante, se voit confier la garde de la petite Valérie...

Le procureur insiste alors sur le fait que, si un juge pour enfant a estimé « préférable » de confier la petite à cette femme, c'est qu'elle valait mieux, encore, que la famille de Jeannot... Il demande aux jurés de retenir cela.

Sidonie aurait pu être sauvée. Par tous ces gens. Aucun d'eux n'est irréprochable, ils sont pires les uns que les autres.

Et Simone qui refuse de voir sa sœur, qui refuse de l'écouter. La seule qui ait tenté quelque chose pour sauver l'enfant et la mère.

Le procureur ne félicite pas, non plus, la D.A.S.S., la puéricultrice, l'assistante sociale.

Enfin, il ne retient d'important que le témoignage de cette sœur. Elle a tout dit. Les coups, l'alcool, l'amant qui refuse l'enfant, Simone amoureuse à la folie, désespérée, suicidaire. Mais il n'épargne pas l'accusée, même s'il établit les circonstances atténuantes.

– Ne baissez pas les yeux, madame. Vous étiez saoule, vous teniez Sidonie sur vos genoux, elle vous regardait, vous l'avez giflée, vous l'avez posée sur la table et frappée encore. La tête rebondissait. Elle ne pleurait plus. Cela a duré cinq, dix minutes... Un enfant de trois mois, le vôtre. Elle voulait vivre, elle est morte de père inconnu.

Il a parlé longtemps, si longtemps, dans le silence effrayé de l'assistance. Il a enfin demandé l'objectivité du jury, réaffirmé son intime conviction des circonstances atténuantes. Et s'est rassis, en sueur, dans un silence de tombe.

La plaidoirie de l'avocate, derrière cela, inutile d'en parler. Sauf pour dire qu'elle a détruit quasiment le travail du procureur. Tout est inversé : dans cette histoire, c'est l'avocate qui enfonce sa cliente. A quoi bon parler de banlieue sordide et d'alcool et réclamer l'indulgence, si elle persiste à ignorer la responsabilité des deux autres ?

Le procureur a quelques secondes pour décider, après ce discours maladroit, s'il attaque en faux témoignages. Mais il est fatigué. A quoi bon ? Cette avocate ne comprend rien, elle n'a pas attrapé la balle de la justice au bond.

Ce n'était qu'un combat ultime pour la vérité, contre l'inefficacité, la bêtise, contre une enquête minable, une instruction minable. Il fallait le dire, il l'a fait.

Les jurés se retirent pour délibérer. Comme l'écrit Albert Camus dans *La Chute : Mais voilà, ils sont du bon côté, cela suffit à leur conscience.*

La chute est dure : Simone est condamnée à huit ans de réclusion criminelle, et cinq ans d'interdiction de séjour. Les hommes sont libres. L'avocate ne fera pas appel.

Les huit ans sont définitifs. Retour à Fleury.

Le choc des assises se produit toujours au retour en prison. Le condamné possède désormais son étiquette *X années*. Des mois, des semaines, des jours interminables à calculer indéfiniment. C'est là que la prison devient une réalité quantifiable, effrayante. Que les murs sont plus épais, le bruit des serrures plus contraignant.

Dans le cas de Simone, c'est pire encore. Ces deux journées d'assises lui ont fait revivre un cauchemar. Elle a tué son enfant. C'est de sa faute, entièrement, uniquement. Les jurés l'ont dit, elle a vu l'horreur dans les regards, le mépris, sa vie a été étalée au grand jour dans toute sa vulgarité misérable. Un mari alcoolo, un amant alcoolo, deux lâches dont elle a partagé l'existence minable. La réalité insoutenable de son crime. Les vêtements de bébé déchiquetés. La description de l'agonie d'une enfant née de son ventre.

Même les circonstances atténuantes, qu'on lui a accordées, sont une condamnation en elles-mêmes. On les a concédées à une loque, elle.

– Je suis une loque, une moins que rien.

Simone est grise. L'idée de la mort la hante, c'est visible, même à l'œil d'une matonne endurcie. Il ne faut pas qu'elle se suicide.

La gradée-chef a une idée, contraire au règlement de Fleury. Mais tout vaut mieux qu'un suicide. La super-fiole administrée au retour du tribunal ne sera pas suffisante, elle le sait. Alors, puisque Simone « copine » avec Suzy, c'est l'occasion. Désormais Suzy passera ses nuits dans la cellule de Simone.

Pour contourner le règlement, qui ne permet pas de transférer impunément une locataire de la division des « putes », la D.6 en D.5, pour éviter les calamités administratives, la chef recommande :

– C'est simple, nous serons seules au courant. Suzy fera sa nuit en D.5 et retournera en D.6 le jour.

Mesure exceptionnelle qui inquiète même Suzy, lorsqu'on vient la chercher ce soir-là.

– Qu'est-ce qui se passe ?

– On a besoin de vous. On vous tolère la nuit dans sa cellule, vous reviendrez ici tous les matins.

Suzy est méfiante. Elle se demande même s'il ne s'agit pas d'un « turbin », en rapport avec les assises, si on ne la prend pas comme mouton. Mais on lui promet qu'on s'en souviendra pour sa libération.

Toute la nuit, Suzy console, écoute Simone pleurer sur les photos des enfants.

– Il me reste Valérie, et elle aura quatorze ans quand je sortirai. J'ai tout raté. Je ne suis pas plus que ma propre mère.

Ainsi toutes les nuits. Au matin, Suzy redéménage et ça jase dans les cours.

– T'as vu la vieille, elle se paye deux cellules. Une la nuit pour le plaisir, une le jour pour dormir.

La sexualité en prison est un sujet dont ne parlent pas les magazines. Les hommes entre eux, les femmes entre elles... Dehors, on ferme les yeux.

Suzy espère en profiter, c'est normal. Et en fait, dans sa division, après quelques bougonneries, on ne l'ennuie plus sur le sujet. Mais dans la Division 5, ce n'est pas la même chose pour Simone.

– Qu'est-ce que tu maquilles ?

– Tu as de la visite le soir maintenant ?

– Pourquoi toi et pas moi ?

– Ça va, la gouine ?

– Tu n'es pas dégoûtée dis donc ! Un vieux cheval de retour comme la Suzy ! Qu'est-ce qu'elle t'apprend ?

L'histoire des deux matelas côte à côte ne durera pas longtemps, cependant. Simone doit être transférée à

Rennes après sa condamnation. L'avocate, la spécialiste des affaires ratées, est d'ailleurs venue le lui annoncer au parloir. En même temps qu'une autre bonne nouvelle :

– Aller en Cassation ? Ça coûterait trop cher, il faudrait prendre les frais sur votre pécule, et il est déjà bien entamé...

La séparation de Simone et Suzy est assez dramatique. Toujours nourrie aux benzodiazépines, Simone s'était habituée à cette affection féminine et protectrice. Avec Suzy, les angoisses nocturnes, les réveils en sursaut, regard fixe sur le souvenir insupportable, commençaient à régresser. Mais Suzy va sortir. Libérable. Bonne conduite et temps accompli, elle prend le chemin de la liberté, en laissant derrière elle une « amoureuse » qui repense immédiatement au suicide.

– Je viendrai te voir. Je m'occuperai de toi, j'obtiendrai des parloirs.

– Et à Rennes ? Tu viendras aussi à Rennes ?

Suzy promet. Elle tiendra d'ailleurs sa promesse, et même au-delà. Car, le procès terminé, fini les visites pour Simone. Ce Jeannot qui disait : « J'aime ma femme, je ne voulais pas m'en séparer. » Ce Gégé qui affirmait au procureur : « Je l'aime, j'aurais divorcé pour elle... » sont retournés à leurs bistrots.

Et pire encore, la propre mère de Simone, ayant la garde de Valérie par le mystère administratif que l'on sait, en profite pour remonter l'enfant contre sa mère. Bel exemple d'éducation fine :

– Ta mère est une saleté. Si tu savais ce qu'elle a fait, tu ne demanderais pas après elle. Tu ne la reverras plus.

Autrement dit, j'ai abandonné ta mère, ta mère t'abandonne, tout cela est normal, c'est la vie. Pour une gamine de six ans, c'est déjà l'apprentissage du sordide.

5 heures du matin, c'est le départ pour la Centrale de Rennes. Départ gare Montparnasse, enchaînées deux par deux sous la garde des mitraillettes. A l'écart des autres voyageurs, le manteau sur les poignets pour éviter les regards surpris ou méprisants des gens qui passent.

A Rennes, c'est à nouveau le silence sur la nouvelle arrivée. Une « infanticide », c'est une mauvaise recrue.

Simone doit vivre les trois premiers mois en observation obligée, dans une cellule d'accueil, d'isolement en fait. Interdiction de parler par la fenêtre, promenade solitaire, encadrement strict. Cette période d'observation est censée être indispensable pour juger de l'aptitude de la prisonnière à la vie en société.

La surveillante surveille, l'éducatrice observe, tout cela fournira un rapport à la directrice, laquelle donnera son avis de classement au ministère.

Le classement est une sorte de loterie, on y gagne soit le Centre de détention, soit la Centrale... le plus dur.

Surveillante et éducatrice ne trouvent rien à signaler en ce qui concerne Simone. Totalement abrutie par les médicaments, overdosée de silence, de sommeil lourd, d'absence d'idées, d'impossibilité de penser, c'est une morte-vivante que l'on expédie au Centre de détention après les trois mois de silence.

Travail obligatoire. En tant qu'aide-soignante, Simone est jugée bonne pour la couture. Elle coud des pulls prétricotés par d'autres. Pas de visites, pas d'argent pour cantiner, ou si peu. Simone écrit à Suzy : *La peine n'est pas en prison, mais en moi. Je prends trop de médicaments, je dors à 7 heures du soir.*

Lorsqu'elle ne dort pas et coud les pull-overs, Simone

est astreinte au silence. Elle le sait, elle ne doit pas parler de son cas. A personne, sauf au psychiatre qui lui a dit :

– Il faut réfléchir à l'acte et analyser le passé.

Facile de se parler à soi-même, dans sa tête embrumée, de se répéter inlassablement : « J'ai fait ça, j'ai tué mon bébé ! » Elle en crève, Simone. C'est visible. Une co-détenue lui conseille :

– Arrête les médicaments, tu es bonne pour l'asile si tu continues.

– Je ne peux pas. Si j'arrête, c'est la fin de tout. Je suis seule, je n'ai personne, je n'ai pas vu ma fille depuis trop longtemps...

– On a toutes des enfants qui nous attendent...

L'autre ne peut pas savoir que l'un de ses enfants, justement,n'attend plus.

Craquer, Avouer ? Pour pouvoir enfin se soulager ? Le regard de l'autre deviendra insupportable. Insoutenable.

Qu'a-t-elle fait, l'autre, pour être là ? Peu importe, elle sera pardonnée un jour ou l'autre. Pas Simone. Pas la mère infanticide.

Il y a tout de même, dans tout ce silence, les lettres de Suzy, fidèle, et les mandats. Et les visites au Centre médico-psychologique de la Centrale. Un service détaché de l'hôpital psychiatrique mais qui demeure une prison dans la prison. Le résultat est toujours le même, sans changement, à base de fioles.

Fiole du soir, désespoir. Fiole du matin, chagrin. Fiole du jour, le K.O. physique.

Progressivement, inlassablement, les bonnes sœurs de la Centrale distribuent les nouveautés en la matière. Simone goûte au Fiolan, au Nozinan, au Droleptan, au choix. Et cette fois, c'est l'incident. Crise d'agitation, délire, on signale au centre médico-psychologique que le matricule X présente un comportement anormal.

Simone se retrouve dans la prison médicale. Pire que l'autre, en matière de camisole chimique.

Au-dehors, la Sécurité sociale recommande aux patients et aux médecins de limiter l'utilisation des benzodiazépines, médicaments dits de confort, dont le citoyen français fait une consommation exagérée et qui sont remboursables à 70 %. Ça coûte cher et ça creuse le trou de la Sécu.

En prison, pas de limitation. Les neuroleptiques s'avalent comme des bonbons. On dit alors qu'on est « mazouté ». Simone est mazoutée.

L'œil éteint, le cheveu terne, des kilos en trop, la voilà femme-légume. Avec les inconvénients réservés aux femmes : troubles des règles, ménopause précoce, obésité.

Avant d'atterrir dans le Centre médico-psycho, Simone était agitée, déambulait dans sa cellule, incapable de rester assise ou allongée. On appelle cela en prison : « battre le 1 000 ». Aller d'un mur à l'autre, sans répit, comme un lion en cage.

Ce n'est plus le cas, à présent. L'abrutissement est total. Surviennent alors les pertes de mémoire, les amnésies partielles, les contractures musculaires, les gestes incontrôlés, les tics, le parler lent, la bouche sèche. Et l'indifférence. Simone n'éprouve plus aucun intérêt pour quoi que ce soit. Même plus pour son chagrin, puisqu'elle n'est plus capable d'y réfléchir.

Parfois, la fièvre la prend, brutale, des sueurs, des palpitations, sans compter les autres inconvénients qui concernent directement les tripes. Vomissements, complications digestives, troubles urinaires.

Simone écrit à Suzy des lettres de plus en plus hachées et décousues.

Ai-je dit que la psychiatrie, en prison, s'offrait le luxe

d'expérimenter, de tester ? Ai-je dit que les cobayes sont pratiques lorsqu'ils sont en cage ?

Je ne l'ai pas dit. Donc, je le précise. Sous ma responsabilité directe. J'insiste même sur le problème, en ajoutant que les femmes sont des sujets particulièrement sensibles à ce genre de thérapies désordonnées. Pour certaines, c'est l'antichambre de l'asile. J'en ai vu trembler comme des parkinsoniens, se balancer sur place, à la recherche d'un équilibre corporel perdu. Et surtout, j'ai vu Simone.

Suzy est venue me voir un jour, j'étais alors avocate. Elle me suppliait de l'aider à aider Simone. Après des mois de lutte administrative, elle venait d'obtenir un droit de visite. Ce qui est difficile pour une ancienne détenue. Et ce premier parloir l'avait bouleversée.

– Je l'ai vue déglinguée. Je ne sais pas comment dire ça, elle est morte. Elle me fait peur. Ce n'est pas normal. Elle dit qu'elle ne tiendra pas le coup et je le crois. Il faut la tirer de là, qu'elle retourne en prison normale. Ils sont fous, ces toubibs ! Moi, je ne peux rien, ils me surveillent au parloir comme si j'étais dangereuse. On m'a dit d'être digne à cause de mon passé... ils sont dignes, eux ? Et je ne suis pas de la famille, personne ne s'occupe d'elle, elle va crever...

Bien sûr, j'ai demandé ce que faisait l'avocate.

– Cette gourde ? Rien du tout. Elle a demandé un recours en grâce qui s'est perdu Dieu sait où, elle ne l'a même pas envoyé au président. Ce n'est pas faute de l'avoir tannée !

Alors j'ai pris l'affaire en main, retrouvé le dossier, et découvert les faits, comme on dit, tels qu'en eux-mêmes, avant même de connaître Simone.

La première chose à faire était de demander une

permission de sortie, accordée au tiers de la peine. Sur huit ans, c'est difficile.

Suzy avait fait ce qu'elle pouvait, mais elle pouvait peu.

– Personne ne veut entendre parler d'elle. Même pas sa mère. L'avocate s'en fout, vous voyez bien. Elle a pondu une espèce de lettre pour que Simone puisse voir sa fille. On l'a envoyée promener, la grand-mère n'a eu qu'à faire la grimace et tout le monde était d'accord.

Me voilà repartie dans le « service après vente ».

Le procureur – je le connais –, un homme formidable, m'accorde sans difficulté un permis de communiquer avec la condamnée, devenue ma cliente. Suzy est allée faire signer à Simone les deux lignes qui font de moi son avocate.

Curieusement, la direction de Rennes n'a pas fait de difficultés. Routine sans doute.

Suzy, ancienne pute, a dépassé le stade de la confiance en la justice. Elle se bat avec ses armes, et m'a choisie comme une arme de son bord. Je connais le trottoir, elle aussi. Nous parlons le même langage. Je suis tout de même étonnée de la voir si attachée à Simone. Mais il est des amitiés et des affections qui ne s'expliquent pas, l'essentiel étant qu'elles existent.

Depuis 1975, nous sommes entrés dans des mesures de réformes pénitentiaires, de droite ou de gauche, dont on nous gargarise régulièrement. Mais les réformes atteignent rarement les mentalités. Réforme ou pas, cela ne me facilite absolument pas les choses. Ma demande de permission de sortie au tiers de la peine risque d'être rejetée comme une indécence. Rien avant la moitié de la peine. Surtout dans le cadre de cette peine – article 312 du Code Pénal concernant les violences de mères naturelles à un enfant de moins de quinze ans.

Mais Simone a été « classée » en Centre de détention, et non en Centrale. Elle « peut » se voir accorder cette faveur si le juge d'application des peines l'en estime digne.

Ce juge est un homme. Au point où j'en suis, ça rassure presque. Car je connais la « patronne » de Rennes et c'est un euphémisme de dire que je ne la « sens » pas.

J'appelle le juge; je tombe sur un macho.

– Je vois... Écoutez Maître, je reçois des appels incessants d'une certaine Suzy, une ancienne co-détenue de Fleury... Comprenez-moi, je ne m'oppose pas aux parloirs mais que cette femme sache se conduire. Nous ne tenons pas à voir les parloirs se transformer en lieux de relations homosexuelles. Un parloir, ce n'est pas une provocation à la débauche. D'autant plus qu'en Centre de détention, on a autorisé le parloir sans séparation. Je compte sur vous pour le rappeler à cette femme. C'est une faveur, on peut la supprimer...

Je reste calme. Je parle de ma demande de permission, de l'article D 146 du Code Pénal, de la loi nouvelle du 10 juin 1983 abrogeant la loi Peyrefitte, et qui permet l'obtention d'une sortie au tiers de la peine.

– C'est exact, c'est exact. Je sais que cette femme ne reçoit aucune visite de sa famille, aucun courrier... Évidemment, avec ce crime. Alors, une permission, mais pour aller où ?

– En dehors de la famille. Je vous rappelle que les permissions de sortie doivent préparer la réinsertion sociale...

– C'est exact, mais ce cas est très complexe. Très. A-t-elle un employeur éventuel ? Un hébergement certain ?

Je reste toujours calme et parle d'un ton neutre :

– A Rennes, même en détention, c'est difficile de dénicher un futur employeur, vous ne l'ignorez pas. Quant à l'hébergement, Suzy se porte garante. Sur les transports également. J'ignore si Simone a un pécule suffisant pour assurer le coût d'un billet de train, mais Suzy s'en charge de toute façon.

Je crois prématuré de parler de la petite Valérie. Mais c'est lui qui aborde le sujet.

– Que se passe-t-il avec l'enfant ?

Il n'est pas au courant, je me charge de l'éclairer.

La grand-mère maternelle en a la garde et ne connaît plus personne. Surtout sa fille.

– Ah !

Ça ne le trouble pas. Le cas est si « complexe »...

– Maître, personnellement, je n'ai pas à me plaindre de cette détenue. On ne l'a remarquée que pour ses dépressions nerveuses. Disons qu'une permission à titre humanitaire peut s'envisager. J'attends votre mémoire. Mais mettons-nous bien d'accord, cette madame Suzy en prend l'entière responsabilité.

Belle ouverture de parapluie. Si par malheur la « madame Suzy », ex-pute, ex-détenue, ne respectait pas l'horaire à la minute, c'est elle qui prendrait les coups de bâton.

Je m'attelle au mémoire. *Vu l'article, etc., réinsertion... j'attire votre attention sur la situation douloureuse... incarcérée depuis trois ans... abandonnée par ses proches... l'enfant Valérie...*

Il en faut du baratin conventionnel. Rappeler que les enfants de détenue persistent dans des sentiments d'anxiété, d'insécurité, de confusion, d'inadéquation, de frustration affective.

Le père ne la voit plus d'ailleurs. La grand-mère est omniprésente et son passé n'est pas en sa faveur.

Sur la situation de Simone – j'ai repris tout le dossier –,

je me suis servie des réquisitions du procureur d'assises et, en ce qui concerne la situation médicale, prudence. J'ai rappelé que l'expertise psychiatrique demandée par le tribunal avait recommandé de ne pas aggraver en détention l'état de dépression, et que la responsabilité de l'accusée étant largement atténuée, une détention trop longue était incompatible avec cet état de dépression. Le procureur lui-même avait demandé cinq ans, assorti d'un sursis partiel de l'ordre de deux ans. Il n'a pas été suivi. Mais cela signifie qu'aujourd'hui, Simone pourrait être libre...

Je comptais beaucoup sur cet argument. J'avais raison.

C'est oui. Un oui superbe. Dix jours de permission!

C'est là que j'ai vu le résultat psychiatrique obtenu sur Simone. Jusque-là, elle n'était pour moi qu'un dossier de misère et de malchance. Et elle était là, devant moi. Une camée que Suzy s'échinait à maintenir à la surface.

Je ne juge pas cette femme. Je ne juge pas son acte. Je juge le résultat judiciaire. Il est terrifiant.

Elle parle lentement de choses sans avenir, sans projets. Nous dînons toutes les trois chez Suzy : petit appartement, petits meubles, repas de fête triste. Je n'ose rien dire, Simone ne sait quoi dire et Suzy parle pour ne rien dire.

Brave Suzy qui se démène dès les dix jours passés pour obtenir du juge des enfants une visite de Valérie à sa mère. Une visite d'enfant à une mère infanticide à Rennes! Elle est courageuse, Suzy. Et elle y arrive, en plus! Simone, ce jour-là, était dans tous ses états.

– Je ne l'ai pas vue depuis trois ans, elle en a neuf. Elle ne va pas me reconnaître...

Elle a une peur bleue de ce face-à-face. Avec raison. Derrière l'hygiaphone, Valérie se met à crier, et à donner des coups de pied :

– Maman, quand est-ce que tu viens avec moi ? Maman !

Suzy est dépassée. Elle ne s'attendait pas à ce vrai petit scandale devant la matonne outrée. Simone non plus.

Ainsi la gamine n'a pas fonctionné comme l'espérait la grand-mère. Elle n'a pas oublié sa mère, elle la réclame à corps et à cris. Depuis toujours peut-être.

Mais la matonne abrège, persuadée, comme tout le monde, que la prison n'est pas un lieu pour les enfants. Je suis d'accord. Pourquoi ne pas supprimer les barreaux ? C'est si difficile de ménager un endroit neutre, un coin de jardin ? Une pièce convenable ? Ça ressemble à quoi, pour une môme, ce truc en verre avec des trous, et qui l'empêche de toucher sa mère ?

Il paraît que ça change. Je l'ai vu à la télé. Humanisation. Pourvu que ça dure.

Choquée, Simone a regardé partir sa fille. Tout est revenu d'un coup. Le passé, les coups, l'alcool, le mari, l'amant, les années perdues, et la mort de l'autre.

Résultat : une fiole de plus pour dormir sans hurler de désespoir. Quand pourra-t-elle essayer de retrouver cette enfant-là. Lui donnera-t-on une chance de rédemption ?

En attendant la prochaine permission, lointaine, Simone continue à coudre des pulls et à fabriquer des « kikis » en peluche. Et à côté d'elle, Germaine. Une vieille routière.. qui a remarqué Simone depuis le jour de son arrivée.

Qui est Germaine ? Suzy s'en doute. Une vraie taularde, une « meuf du mitan ». Elle sait qu'elle sortira à peu près à la même date que Simone. Elle est là pour recel, association de malfaiteurs, complicité de vols qualifiés, et une sombre histoire de braquage qui a mal tourné. Pour Germaine, Simone, c'est l'oie blanche idéale. Elle se met à « copiner ».

– Qu'est-ce que tu vas faire en sortant, ma pauvre fille ? Des ménages ?

Suzy sent le changement dans les lettres. Le changement au parloir tous les quinze jours. Fera-t-elle le poids, face à Germaine ? Gros calibre Germaine... avec un plan derrière la tête.

– Écoute Simone... cette femme, c'est la galère pour toi. Tout ce qu'elle veut, c'est te faire retomber. Tu n'as pas assez payé comme ça ? Tu veux les embrouilles du milieu ? Je t'aime moi, je ne veux pas te perdre.

Bizarre, cet éternel recommencement des choses. Au féminin cette fois, Simone se retrouve dans la même situation. Comme elle était prise entre deux hommes, jadis, la voilà prise entre deux femmes. Au bord de quel gouffre ?

Suzy fonce chez moi.

– Maud, qu'est-ce que je peux faire ?

Comme si j'avais réponse à tout ! Encore un résultat minable de la pénitentiaire. La promiscuité, l'école du crime. Comment lutter contre ça ? Germaine est devenue voisine de chambre... Et Simone écrit à Suzy, qui s'est privée pour les mandats, s'est esquintée à lui remonter le moral, prend le train Paris-Rennes tous les quinze jours, se bagarre avec le juge des enfants pour faire changer la garde de Valérie :

– Germaine va m'apprendre à faire la pute... Elle m'apprend aussi à ouvrir une « lourde ».

Ce que n'écrit pas Simone, mais que voit bien Suzy, c'est que Germaine, en plus, fait son petit rackett sur les mandats, sur le linge, la cantine. Elle exploite l'oie blanche.

Au parloir, Simone fabrique dans le brouillard de la drogue officielle un avenir de désordre qui terrifie Suzy :

– Je ferai un coup et j'irai en Amérique du Sud. Tu

sais, Germaine s'est débrouillée pour avoir une « perm » en même temps que moi.

Il ne manquait plus que cela à Suzy, responsable devant l'Administration des permissions de Simone ! Et si Germaine entraînait Simone dans un casse ?

Pour la première fois, elle ne m'en parle pas tout de suite. Elle se débrouille seule, en appelant le juge d'application pour faire retarder la permission de Simone d'une semaine. Mais ses explications sont tellement embrouillées et cousues de fil blanc, que le juge note dans son dossier l'histoire de cette Germaine. Mauvais point pour Simone.

Un juge d'application des peines ne peut évidemment pas comprendre une histoire d'amour. Pour Suzy, c'est une histoire d'amour. Elle va perdre cet amour.

Elle l'a déjà perdu d'ailleurs, car à la fameuse permission suivante, retardée d'une semaine, Simone s'empare d'une petite somme que Suzy dissimulait dans sa cuisine.

De cela non plus, elle ne parle pas sur le moment. Je suis l'avocate chargée de demander la libération conditionnelle, la grande affaire de tous les détenus parvenant à la moitié de leur peine. L'espoir, l'obsession.

C'est drôle comme on s'acharne parfois à sauver les gens qui, au fond d'eux-mêmes, ne le veulent pas vraiment. Qui font tout, inconsciemment, pour réduire à néant les efforts des autres. Suzy s'acharne, je m'acharne.

Le calcul de la peine de Simone : huit ans, soit quatre-vingt-seize mois. Trois mois de remise de peine par an lui accorderaient vingt-quatre mois ; le total deviendrait progressivement soixante-douze mois de réclusion, c'est-à-dire six ans. Sans compter les petites faveurs distribuées çà et là, à l'occasion du 14 juillet par exemple. Donc, Simone ayant effectué trois ans se trouve virtuellement à la moitié de la peine. Mais peu de libérations conditionnelles s'obtiennent à la première demande dans les cas de crime de sang. Il faut tout de même tenter; si le mémoire déposé ne sert pas la première année, il sert la suivante. Et il n'est de bataille perdue que celle que l'on ne livre pas.

Premier handicap, comme aux courses : l'affaire en elle-même. Un infanticide ne prête pas aux mesures de clémence.

Second handicap : en prison, Simone n'a fait aucune étude, passé aucun examen qui lui aurait accordé six mois de remise supplémentaire.

Comment l'aurait-elle pu, dans son état ? Je devais donc chercher et trouver des gages sérieux de réadaptation sociale. Une promesse d'embauche. Un certificat d'hébergement. Suzy était prête à le donner, bien entendu, mais si elles se fâchaient, ces deux amantes ?

A Monsieur le Président N...

Président de la commission d'application des Peines.

Conformément aux dispositions de l'article 730, alinéa 4 du Code de procédure pénale... Vu l'article C 878, du même Code, m'autorisant en qualité d'avocate à adresser un mémoire...

C'est reparti. Maud fait son métier. Pour pas un centime d'honoraires. J'aide. D'où me vient ce sacerdoce ? De ma propre condition, je présume. De la solidarité du tapin, de la nécessité dans laquelle j'ai vécu durant des années de me battre avec la loi, de me battre pour exister en tant que femme. En tant qu'être humain, tout simplement.

La loi, les règlements, autant de barrières qu'il faut faire tomber une à une.

Malgré mes efforts, la conditionnelle est ajournée. Je n'en suis pas étonnée ; il faudra recommencer, mais cette fois aux deux tiers de la peine.

La réponse négative fait état de la nature du délit. Les avis émis par les membres de la Commission restent secrets. L'intéressée a été avisée des motifs ayant entraîné cette décision.

La nature du délit... Cela revient à une seconde condamnation. J'avais mis en exergue le problème de la petite Valérie. Il semble qu'en Commission, on ait craint que la mère ne tue son deuxième enfant.

Simone a-t-elle compris ? Je ne sais pas. J'ai affaire à une malade. Cette jeune femme d'à peine trente ans, bouffie, avec quinze kilos de trop, au regard atone, me paraît complètement sous l'emprise de cette Germaine. Les médicaments, plus Germaine. Avant, c'était l'alcool, plus Jeannot et Gégé.

Elle n'a rien compris. J'insiste :

– Il faut éviter cette femme à tout prix. Sinon, vous n'irez pas au Groupe C.

– C'est quoi ?

Le Groupe C., c'est la division des « lèche-culs » à Rennes. Là où les détenues sont placées avant leur sortie. Pour y entrer il faut une conduite exemplaire. Et la bonne conduite de Simone me paraît aléatoire avec cette professionnelle du crime, ses délires de banditisme et de prostitution.

Attendre. L'année prochaine est un autre espoir.

Pour Simone, l'attente est néfaste. Elle reprend le chemin du centre psycho où une sorte de docteur Jekyll la bombarde encore plus de fioles chimiques.

Qu'espère ce toubib expérimentateur ? Que se passera-t-il à l'issue de ce traitement de camisole de force ? Une fois dehors, comment Simone, droguée, habituée aux fioles quotidiennes, reprendra-t-elle pied avec la réalité ? J'ai l'idée que tout le monde s'en fiche. J'ai l'idée que les formules du genre : *La prise en charge médicale des femmes en prison a été améliorée...* ne sont que de la poudre aux yeux. La moindre déprime d'un individu moyen, au-dehors, serait mieux considérée que la dépression profonde de cette prisonnière.

Simone en permission, chez Suzy, refauche de l'argent. Et Suzy continue d'envoyer des mandats pour la cantine, de prendre le train pour Rennes tous les quinze jours, de faire la queue pour le parloir. D'aimer.

Et l'année suivante, au bout de presque cinq ans de peine effectuée, Simone obtient sa libération conditionnelle. Les conditions ? Les voici :

Paiement des frais de justice.
Prise en charge par un Comité d'assistance aux libérés.
Mesures de contrôle.
Mesures de soins médicaux.
Ne pas fréquenter les débits de boissons.
S'abstenir de tout excès de boissons alcoolisées.
Ne pas recevoir certaines personnes (l'ex-amant).

La sortie. La liberté. Mais dans l'étau d'un patronnage.

Alors Simone est allée chez Suzy, un temps. Ça ne lui convenait pas. Rupture. Salut Suzy, merci pour tout, je ne t'aime plus, moi non plus.

Alors Simone a passé deux années sous le patronnage du Comité d'assistance aux libérés, sans réinsertion professionnelle. Elle attendait seulement que ledit Comité lui récupère sa fille Valérie. Et puis elle a disparu dans la nature. Je ne l'ai pas revue.

Nous savons que *la prison va dans le sens de ce qui était déjà destructuré chez l'individu à l'extérieur* (Daniel Gonin, psychanalyste et expert psychiatre auprès de la Cour de Lyon).

Nous savons que la prise de calmants, neuroleptiques, benzodiazépines, et notamment le Rohypnol fortement dosés, dégrade la santé des détenus. Le Rohypnol, en particulier, a pour conséquence un certain nombre de suicides réussis.

Nous savons qu'au bout d'un an seulement, 79 % des détenus sont en moyenne, en mauvaise, ou très mauvaise santé. Nous savons que les détenus sont en état de dépression permanente, sans pouvoir l'exprimer.

Nous le savons grâce à une première étude courageuse et accablante, la première en France, réalisée par des médecins auprès d'une population de détenus de Lyon et de Varces.

La logique de l'enfermement est une logique négative. Chez les femmes, plus exposées, c'est une catastrophe physique et mentale, irrécupérable au-dehors. La dernière fois que j'ai vu Simone, cette logique négative m'a sauté au visage. Un échec. Rennes avait fabriqué une zombie. Où est-elle ? Contre qui ? Dans quel état ? C'est à une morte-vivante que j'ai dit « au revoir ».

Une visiteuse de prison m'a dit un jour :

– Le plus dur c'est l'infanticide. On essaie de comprendre, on croit comprendre et puis après, on entre dans leur jeu.

Ce fut mon expérience.

Adieu bébé Sidonie. Je suis peut-être entrée dans le jeu de ta mère... comme les autres. Mais j'ai lutté un peu aussi à ma manière contre le jeu carcéral. Jeu de mort.

Rien n'est parfait en ce monde, moi non plus.

Amanda

Je suis Maud Marin, stagiaire à mi-temps dans un cabinet d'avocats. C'est-à-dire que j'assure soixante heures par semaine, que je ne dors plus la nuit, me nourris jusqu'à l'écœurement de tranquillisants et du Code pénal, au point de ne plus pouvoir avaler un sandwich. Comme je suis Maud Marin, ex-prostituée, ex-transsexuelle à la dérive, actuellement nantie d'une identité conforme à la législation et d'un diplôme d'avocate également conforme, la clientèle dont je m'occupe est du genre « cosmopolite », comme le dit la petite secrétaire à lunettes, habituée au courrier de la « patronne » du cabinet, féministe, intelloaristocrate.

Le cosmopolite arrive ce jour-là par la poste : deux lettres timbrées d'Italie. Sur l'une, un timbre aux couleurs des vacances et un tampon marron *Expresso.* L'autre respire une misère du genre « S.O.S. Maître Maud ». Elle vient de prison. Une enveloppe de taularde. La taule, je connais.

Une lettre de taule s'ouvre en premier, par respect pour l'expéditeur. Que celui ou celle qui n'a jamais fait de taule comprenne : la marque d'une prison sur une enveloppe, le cachet de la censure, le numéro matricule au dos, jusqu'à la couleur du papier, tout cela exige une solidarité immédiate.

J'ouvre donc ce matin-là, à l'heure de mon café, en liberté dans un cabinet d'avocats bon chic bon genre, une enveloppe qui n'a rien de tout cela. Ce n'est pas de la littérature ensoleillée.

C'est Amanda. Amanda encore en prison! Amanda toujours en misère, en désordre, en équivoque, en colère avec le monde.

Mon chère Maud.

Je sui ici. Je fé du suci. Je sui plaine de confiansa à toi. Je espère que toi arrivere à me sortir dici.

Je fai de bétise. Je été tranquile, maintenon je sui furioso. Je fai une barout avec de putana. Moi je sui baucou dépressive. Tout le mal que la putana ma fai ce né pas possibile. Toi comprend no?

Cé pour ça mes depresiones nervouses.

Je atan ta letre tout les jours. Toi me manquen beaucoup.

Grosses bisses.

Tu fillie. Amanda.

L'adresse : *Sposate Bargia.* NO XYZ *Carcere Regina Coeli. Roma.*

Ce mélange d'italien, d'espagnol, de français, à la sauce angoisse, n'a rien de l'espéranto.

La deuxième enveloppe est « classieuse ». *Il dottore* Melini, *avocato*, m'avertit dans un français universitaire, de la situation « difficultueuse » de sa cliente, la signora Amanda, laquelle fut auparavant ma cliente à Paris. Il réclame mon aide, *Il dottore* Melini. Il est dépassé par les événements. Je crois comprendre que notre cliente a fait exploser un bar appartenant à un signor calabrais, honorable commerçant maffieux, contribuable et père de famille, lequel réclame justice.

Il a remonté le parcours d'Amanda, transsexuelle argentine, réfugiée politique en France, devenue femme en France, puis épouse, toujours en France, d'un mari de paille franco-italien. Tout cela a bien du mal à s'expliquer suivant le Code romain.

Le cas est grave pour Amanda. L'addition peut être lourde. Du genre : peine de prison importante, suivie d'expulsion vers la France avec, pour corollaire, le retrait du statut de réfugiée politique et, en finale, l'expulsion vers Buenos Aires.

Le retour à la case départ. Celle de l'enfer pour une Amanda qui s'appelait là-bas Pablo, transsexuelle, artiste de cabaret, et menacée de mort imminente.

Argentine. Défilé des généraux successeurs de l'après-péronisme. Entre le tropique du Capricorne et la Terre de Feu, des kilomètres de pampa. Royaume des gauchos. Le gaucho est en voie de disparition, les fils barbelés ont remplacé ses services.

Loin de là, à Buenos Aires, ville tentaculaire, Pablo représente lui aussi une race en voie de disparition.

Dans l'entourage des généraux successifs, on préfère les Pablo en prison, ou morts. Intransigeance de la religion ? Relent de la fameuse idée de l'homme, le vrai, à l'espagnole ? le coureur de pampa, le militaire en uniforme ?

Les travelos sont pourchassés dans la nuit des rues chaudes, comme un gibier effarouché.

De grands yeux immenses, d'un brun de feu, pailletés d'or, une bouche faite pour le rouge, sur des dents blanches, un visage travaillé, affiné par la chirurgie esthétique, des seins de silicone, Pablo joue à la mort-poursuite depuis trop longtemps. Les couteaux ont de longues lames pour découper un visage; les prisons, des cellules de tortures secrètes pour vérifier la masculinité ambiguë.

Un soir de 1982, Pablo fuit les voitures de rafle, courant sur des talons trop hauts, empêtré dans sa jupe à paillette. Un chauffeur de taxi compatissant, la main tendue sur de nombreux billets, le dépose à l'aéroport.

C'est l'avion vers l'Europe, ou la mort. La mort lente, entre quatre murs épais de béton silencieux où la folie est la plus sûre compagne, le tueur le plus efficace pour un Pablo. Sans perruque et sans strass, sans rouge et sans rimmel, Pablo boucle sa ceinture, direction Barcelone. Le *Barrio Chino* est plus accueillant à l'exil des travelos argentins, en attendant la France, terre d'asile.

Mais la terre d'asile ayant pour nom « bois de Boulogne » et les cars de police faisant consciencieusement leurs rondes épisodiques, la chasse est à nouveau ouverte. Une nuit d'été superbe de 1982, Pablo, devenu Amanda, rencontre les képis.

– Passeport ?

Pablo s'appelle donc Amanda, sous la feuillée. Pablo a des bas résille. Pablo croise ses longues jambes, redresse un décolleté vertigineux qui n'impressionne pas Dupont, simple flic. Car, sous l'identité officielle de Pablo l'Argentin, Amanda se livre pour survivre, à la prostitution sans permis de séjour ni tampons dûment enregistrés par le ministère de l'Intérieur. Grave délit.

– Enlève ta perruque! Tu reconnais les faits?

Travesti, raccolage. Ce sont les faits. Sous le lampion de fortune installé dans le car de police, la machine à écrire crépite en énumérant les infractions. La dernière est terrible.

– Autorisation de séjour périmée, bon pour l'expulsion. C'est le retour au pays, mon joli. Signe-là !... Embarquez !

Direction la prison de Bois-d'Arcy. Une prison d'hommes. Pablo est un homme de par l'état civil. Qu'il soit Argentin ou Parisien. Mais Amanda est une scandaleuse. Souvent les êtres comme elle n'ont d'autre ressource que le scandale. Dans une prison d'hommes ? Elle ? C'est un scandale et elle le prouve aussitôt.

Comment sortir de cet enfer masculin ?

Exhiber une absence de sexe conforme, pendant la douche, n'impressionne pas les gardiens. La cellule possède une fenêtre suffisamment large, par contre, pour y encadrer la poitrine de silicone, dénudée, sous les applaudissements nourris des taulards, ravis du spectacle.

Vu d'en bas, dans la cour de promenade, le buste d'Amanda, bronzé et superbe, fait figure de première page de *Play Boy*.

Hurlements et sifflements couvrent le discours, du reste incompréhensible parce qu'espagnol, du plus insupportable prisonnier de Bois-d'Arcy. Traduction hurlée par le directeur : « Huit jours de mitard. »

Au mitard, pas de rimmel, pas d'hormone. Pas de cigarettes, pas de tranquillisants pour oublier l'instabilité génétique. Il ne reste à Amanda que les hurlements :

– Je veux un avocat !

Là-bas dans la *Barrio Chino* de Barcelone, Amanda a entendu parler de « l'avocate » : une stagiaire, quasi inconnue du Barreau parisien, qui la méprise encore, et célèbre pourtant grâce au bouche à oreille des professionnelles du sexe, comme des amateurs du sexe légalement indéfini.

Maître Maud Marin est mandée sur place, aux fins d'examiner le problème épineux posé par ce taulard hurleur et bizarre :

– Je demande l'asile politique.

Politique et sexuel.

La réalité est que l'expulsion par les autorités de la France en direction de l'Argentine signifie, pour Pablo, la mort à brève échéance. Ce pays, que les brochures glacées d'*Aerolinas Argentinas* décrivent comme un paradis sur terre, est un *Nacht und Nebel* du bout du monde. Si l'étoile rose n'y est pas obligatoire, ce n'est qu'une hypocrisie. La méthode qui consiste à exterminer les homosexuels et leurs corollaires, les transsexuelles, est inscrite dans les mœurs.

J'écoute. Amanda m'impressionne. De beauté étrange et de terreur vraie.

– Là-bas, on te fait disparaître sans jugement. Les filles comme moi, on n'en veut pas. Trois de mes copines ne sont jamais revenues de prison. Jamais, tu comprends ? On n'a pas entendu parler de tribunal, de procès, de condamnations. Rien. Les disparus de la place de Mai, c'est nous aussi. Sans mère pour nous réclamer. Sans frère pour nous pleurer.

– T'exagères un peu, non ?

– Écoute bien, l'avocate. Le jour où j'ai filé dans cet avion, c'était ma dernière chance de survie. On t'attrape et tu ne ressors plus. Tu sais comment on torture ? Viols quotidiens, passages à tabac, des semaines sans bouffer, de l'eau croupie. On n'est même pas des chiens. On est considérées comme une population inutile et soupçonnée de contagion. On nous parque comme des bestiaux. Malade, on ne t'envoie pas à l'hosto. Et si tu résistes un peu, les couteaux te font la peau. Un œil, un sein, un ventre, ça les amuse. Tous des fachos, ces militaires. Ils ont raté les Malouines, mais pas nous. Sors-moi de là, je veux l'asile politique et une identité.

Elle est riche, Amanda. Sa beauté lui sert de cotation en bourse. Elle a une telle confiance en elle que même au parloir de Bois-d'Arcy, on la dirait sur la scène des Folies Bergeres. Elle a connu les cabarets espagnols, les spectacles les plus hards, les danses les plus nues. Le spectacle est sa raison de vivre, sa justification. Sur une scène ou dans la vie, sur le trottoir du *Barrio Chino* ou au bois de France.

Mais là, en prison chez les hommes, elle décline tout de même.

Acte 1 : La sortir de là, en « médicale ».

Acte 2 : En faire une « réfugiée politique ».

Acte 3 : Changer officiellement son sexe, à Paris.

Acte 4 : La marier pour obtenir la nationalité française.

Un travail de titan.

Je me renseigne sur la véracité des accusations portées sur le régime argentin, au détriment des Pablo-Amanda.

Un ministre-général a déclaré que « l'homosexualité est un délit de même nature que le terrorisme ou le trafic de drogue ». La transsexualité de même. On me raconte que des escadrons de la mort se chargent d'une justice expéditive. Encagoulés ou non, ils font le ménage la nuit.

Au cabaret *Barrabas* de Cordoba, ville de garnison perchée dans la sierra, respectueuse des casernes et des églises, Amanda-Pablo eut, une saison, l'outrecuidance de présenter un spectacle. *Hombre-Mujer, Angel o Demonio*, Homme-femme, Ange ou Démon, qui eut un gros succès.

Suspect.

Un soir des uniformes encagoulés ont interrompu le spectacle. Les vêtements déchirés, Amanda fut traînée au-dehors et tondue. Une ancienne camarade, réfugiée elle aussi, me confirme « l'incident ».

– A poil et la boule à zéro, ça ne te rappelle rien ? Ils

parlaient de « purification », les types en cagoule. C'était le dernier avertissement.

La nuit suivante, la purification se fait à la mitraillette, en plein cabaret. Amanda y échappe par miracle. Les autres finissent dans un charnier de la sierra. Cimetière sans tombeaux réservés aux « folles ». Décharge invisible, inconnue d'Amnesty International. Charnier sans prières.

L'avocate n'est sublimée dans sa tâche que face à la mort. C'est contre une exécution sommaire que je dois lutter. Faire sortir Amanda de Bois-d'Arcy, en médicale. Le rêve de toutes les taulardes devient une nécessité pour elle. Un professeur d'urologie a besoin, pour opérer Amanda d'un problème de voies urinaires, d'un matériel médical sophistiqué. C'est l'argumentation idéale. A l'hôpital de Fresnes, il n'y a pas de laser, pas d'endoscope. Le visage livide d'Amanda, c'est celui de l'Argentine martyre. Je n'y vais pas de main morte dans la plaidoirie.

Libre provisoirement d'accéder aux soins médicaux performants dont la France s'enorgueillit, Amanda est toujours menacée d'expulsion, une fois sa santé remise à jour. C'est alors le face-à-face avec l'Office des réfugiés. Un directeur, derrière un bureau, me regarde avec suspicion :

– Je veux des preuves tangibles. Je suis un serviteur de l'État, je ne transgresse pas sur un laïus les ordonnances, les décrets et les lois.

Les preuves tangibles, il en faut pour tout sur cette terre. Preuve tangible des goulags. Preuves tangibles des massacres de dictateurs officiels. Preuves tangibles des tortures en prison, preuves tangibles des exécutions sommaires, preuves tangibles des disparitions... Ce n'est que lorsqu'un système s'écroule ou explose que les preuves tangibles sautent au nez des bureaucrates du monde entier.

– Vous voulez quoi ? Le constat d'un huissier argentin vous décrivant, dans l'ordre et par le menu, chaque torture subie ? Vous voulez que je fasse un petit voyage en Argentine pour vous rapporter des os ?

Heureusement pour moi et le bureaucrate, les militaires argentins n'ont pas craint d'écrire noir sur blanc le décret par lequel tout homosexuel sera considéré comme un danger public et emprisonné.

Le statut de réfugiée politique est enfin accordé. En un mois. Les droits de l'homme ne sont pas un vain mot chez nous.

Protégée par la loi française, Amanda doit maintenant officiellement changer de sexe. Faire constater les seins de silicone, l'opération subie sur une terre d'Afrique accueillante à ce genre de chirurgie, donc son état féminin indubitable.

Cela fait, elle pleure dans mes bras comme une enfant. Je sais tellement l'importance de ce bout de papier timbré, la joie fantastique de lire sous son patronyme : *Sexe : féminin*. C'est le cadeau le plus précieux pour celle que l'on balafre de l'injure commune : « Travelo ». Le permis de ne plus se cacher, d'acheter des robes en signant un chèque où il est dit que c'est une dame qui achète une robe.

Acte 4, le dernier. Il s'agit de marier Amanda. Le mariage en France, avec un Français, lui donnera définitivement une nationalité protectrice.

Il s'appelle Bargia. C'est un brave garçon, il veut bien épouser et divorcer ensuite, à la demande. Le meilleur moyen d'aider une réfugiée politique, c'est de la présenter à Monsieur le Maire. Pas forcément à sa famille.

Comédie ? Comédie humaine. Nécessité de contourner les règles. L'asile politique dans un pays n'est pas forcément valable dans un autre, en attendant l'Europe et toutes ses promesses.

J'assiste au mariage d'une Amanda luxuriante, superbe, vêtue de blanc, chapeautée d'une capeline, sorte de Mae West des années 80. Hauteur de jambes, perfection de la ligne, magie du maquillage, elle dépasse son petit époux en tout point. Le verbe haut à l'espagnole, les bijoux en cascade, elle descend l'escalier de l'hôtel de ville, sous le soleil printanier, comme une star de music-hall.

J'admire, fatiguée, usée par le combat, fière de ma réussite. Je viens tout de même de résoudre le seul cas de ce genre en France. Comme le cordonnier toujours mal chaussé, je ne l'ai pas réussi pour moi, en toute légalité s'entend. Un jour, moi aussi, j'ai épousé un Anglais à la sauvette, avec de faux papiers, pour échapper au contrôle des travailleurs clandestins. Dix minutes de supercherie et un souvenir amer dans la tête. Pour Amanda, c'est « du vrai ». Elle a des fleurs, une alliance, un discours du maire, un baiser officiel sur les marches, un photographe, des témoins.

Pourquoi me vient-il, bizarrement, une petite gêne au cœur ?

Cette poupée de luxe me déçoit un peu. Elle veut une légende de plus. Elle se prend pour une Eva Peron qui n'aurait pas tout compris du justicialisme peroniste. Elle discourt sur le rôle des femmes, se veut la madone du peuple, elle aussi, et voilà que je devine sous les paillettes et la fourrure, le strass et l'or des bijoux, une différence. Je la voyais à ma ressemblance. J'ai combattu pour une sœur de condition sexuelle. Pas pour un mannequin de luxe et de falbalas.

Amanda dit qu'elle veut mourir riche.

Amanda ne se dit pas « pauvre », c'est un mot qu'elle

ignore. Elle ne sort pas d'une *favella*, mais d'une famille aisée de commerçants de Cordoba.

Au bas de l'escalier ensoleillé pour ce mariage de papier, que j'ai organisé en toute bonne foi il y a quelques semaines, un doute me prend. Cette femme a-t-elle réellement une âme de femme ? Ai-je bien fait ? La sauver des persécutions argentines était certes, nécessaire. Mais il me semble qu'elle a utilisé sans vergogne une réalité lointaine pour parvenir à ses fins. Quelles fins ? Le fric.

J'ai trouvé. Et me morigène de ce constat. Quoi, Maud ? Parce que tu as galéré adolescente, bataillé adulte, souffert du trottoir pour accéder à un corps enfin conforme, trimé pour un jugement qui ramène enfin ton identité à zéro et la redéfinisse, sans fric, et quasiment sans soutien, tu serais jalouse de l'apparente facilité avec laquelle la belle et scandaleuse Amanda s'est offert les services d'un chirurgien au Maroc, puis ceux d'une petite avocate fauchée dont la seule force est faite de convictions ? Parce qu'elle a du fric et qu'elle en trouve toujours s'il vient à en manquer ? Parce que le trottoir n'est pour elle qu'un théâtre où elle s'exhibe avec volupté ? Les hommes, une source de plaisir ? Parce que tu crois à l'amour comme une midinette, et elle à la jouissance ?

Pas vraiment. Elle est raciste. Blanche, elle se dit supérieure aux Amérindiens café-au-lait ou « négros ». Elle a les mots pour le dire, ce racisme. Ce sont des « sauvages », ou des « bichos ». Des animaux.

Amanda est d'origine italienne. Ses grands-parents, anarchistes et tailleurs de marbre de Carrare, ont émigré un jour vers l'Argentine, comme tant d'autres. C'est d'ailleurs vers l'Italie qu'elle vogue dès le lendemain de ses noces. Elle a la prostitution dans la peau comme d'autres ont la musique. Un art, une passion. Qu'elle ira exercer, au gré du rapport qualité-prix, de Viareggio à Rimini. Viareggio, le Deauville italien, le sable de l'archipel toscan. Son carnaval et ses « lucioles », filles et demi-filles, oiseaux de nuit, bourgeoises de jours sous pins parasols. Rimini, ville charnelle aux âmes enlacées de l'Enfer de Dante, *Dolce vita* de Fellini.

Puis, ayant épuisé les délices balnéaires et saisonniers du tapin, Amanda rencontre Rome. Rome, c'est La réussite, à condition de s'installer via Veneto où ne s'incruste pas qui veut.

Rome 1984. J'ai des nouvelles par cartes postales de ma cliente Amanda, qui m'a largement payée de mes honoraires, croit-elle, par l'offrande d'une bague en trop à ses doigts. Des nouvelles, aussi, par les on-dit du métier.

La via Veneto a rejeté Amanda la superbe. Pas assez superbe au regard des autres superbes. Pas assez luxueuse. Pas assez feutrée, aussi, pour la voie royale du tapin romain.

Amanda tapine, « batte » comme on dit là-bas, le long d'une autoroute, avec braseros et lumières irréelles. Elle arpente la nuit bordée de phares, scandée par le bruit des moteurs de camions, silhouette vociférante, rongée de dépit et d'amertume. C'est cela, la copie d'Evita Peron, la star des sans-chemise, celle qui réclamait un public ?

Elle est à la chaîne, à l'abattage, via Colombo, le chemin du Lido di Ostia. En industrieuse. Avalant des plaquettes d'hormones à la limite de l'explosion.

Elle me déçoit et m'attriste. Amanda fait partie de ces êtres qui ne trouvent jamais le repos. Comme s'ils étaient traqués à vie, sur la défensive en permanence. Des colères d'homme dans un corps de femme. Une sexualité d'homme sous une apparence de féminité.

Ce que je dois dire ici, le monde des transsexuelles le

sait. Les mots sont difficiles, à cru. Mais on ne comprend pas Amanda si on ne connaît pas un détail physiologique important : Amanda a gardé, de l'homme qu'elle était, la prostate qui est dans certains rapports un organe de jouissance sexuelle. Lorsqu'elle m'a raconté son opération, j'ai compris cette différence qui l'éloigne des hermaphrodites, des sans-sexe et des Maud comme moi. La complexité sexuelle d'Amanda vient de là. Elle se veut femme pour la galerie et reste homosexuel pour le trottoir.

Elle ignore ce qu'est l'amour en femme. Et n'aime pas les femmes. La chose est claire. Elle les aime si peu que les bagarres sur le trottoir italien fleurissent dès qu'elle est là.

C'est ainsi que le téléphone sonne à Paris, un jour de 1984, sur le petit bureau de la stagiaire que je suis. *Il dottore* Melini, avocat romain, s'exprime en un français chantant sur un sujet épineux. Il connaît bien les transsexuelles italiennes, il connaît bien les filles, il défend leurs droits, mais le cas Amanda le laisse perplexe. Car il y a depuis peu, à Rome, un cas Amanda.

Il Marcepiede, le tapin, est en révolution. Les places et les rivalités y sont aussi chères qu'ailleurs et se règlent généralement dans les bistrots louches. L'un d'eux, le *Calabrese*, a explosé sous la colère d'Amanda. Une colère de l'autre monde, dévastatrice. Elle a tout cassé. Elle a balancé les chaises et les tables dans la vitrine, dévasté le bar et ses bouteilles, tapé sur tout ce qui lui tombait sous la main. Un mètre quatre-vingts et soixante-dix kilos de furie musclée.

Ce soir-là, les *carabinieri* n'étaient pas d'humeur à passer l'éponge. La rafle. Tout le monde emballé, tout ce qui traînait en *Calabrese* et autour. Les filles, les travelos, les michetons, les macs, les serveuses et le patron. Les *paparazzi*, friands de scandale, avaient apprécié le croustillant de la chose. Il y avait à la une du sang de tous les sexes, et Amanda en héroïne du jour. Une heure de gloire éphémère dont elle n'avait pas besoin et, en tout cas, pas celle dont elle rêvait.

Titre à la une, pour exemple : *Chi fa la guerra alle Luciole. Finochio Argentino.* Traduction : « Les lucioles (les filles) ont fait tomber la star aux hormones. L'Argentine de la via Colombo. »

Le patron réclamait l'addition, il a pris des baffes. Les travelos diaboliques colonisent l'Italie. Amanda est comparée a une Maradona du trottoir ou à un Carlos Monzon. Elle n'a rien perdu de sa virilité agressive. Est-elle *donna* ou gaucho ?

Le trajet dans le panier à salade romain jusqu'à la prison Regina Coeli fut, paraît-il, une équipée sauvage. Et Amanda s'est retrouvée en cellule, chez les femmes.

Il dottore Melini m'envoie le dossier par courrier urgent et m'appelle au secours. Amanda me réclame. Et lui aussi.

C'est un dossier délicat. Et son comportement en prison ne m'aide pas. Vous verrez.

Aérodrome de Fiumicino, plongée sur la mer, la piste, c'est beau. La dernière fois que j'ai vu Rome, j'avais l'âge d'Amanda et un autre destin. Cette fois, j'ai mon attirail légal. Les dossiers, ma carte d'avocate, mon habit de pingouin en voile noir de bonne sœur. Du vrai voile pour dame, que l'on trouve chez le costumier du Palais.

Mon confrère, Maître Mario Melini, la cinquantaine grisonnante, longiligne, sapé comme un lord italien, façon page de *Vogue Homme*, me reçoit dans son cabinet de la place Cavour. Il a obtenu une permission de visite et nous irons ensemble « consulter » Amanda. Je rappelle l'épopée de sa cliente depuis sa pampa natale.

Il écoute, compréhensif mais, pour lui, le dossier est « noir ».

– Le juge peut retenir la préméditation. Les verres, les bouteilles, les chaises dont elle s'est servie pour allumer la bagarre générale peuvent être considérés comme des armes. De plus, le bar a réellement été mis à sac. Le patron va pleurer à la faillite.

Rapide calcul de ma part : en France, une affaire de ce genre rapporte à son auteur de deux à cinq ans de prison, avec beaucoup plus d'années fermes que de sursis. En Italie, ce doit être à peu près pareil avec, en prime, l'expulsion à la sortie de prison, donc le retour en Argentine, de force. Car si le statut de réfugiée politique lui a servi en France, il ne lui sert à rien en Italie. Quant à l'amende et au remboursement des dégâts, c'est un plus.

Pour éviter le maximum à Amanda, l'avocat romain s'est escrimé à trouver des excuses au carnage, des provocations par exemple. Mais comment faire sortir ce genre de témoignage de la bande d'alcooliques et de camés, de filles et de travelos, emmêlés dans une bagarre généralisée ? Qui a fait saigner qui, et pourquoi ? Car il y a des blessés. En 1982, Mario Melini s'est battu pour la loi en faveur des transsexuelles en Italie. Mon parcours personnel l'intéresse, il admire. Il n'a jamais rencontré d'avocate de ma « catégorie ». Un exploit, selon lui.

C'est drôle, je n'y crois déjà plus beaucoup à ce fameux exploit. Je me reprends à rêver au tapin sous le soleil d'Italie. Si j'étais née ici, si j'avais arpenté le trottoir d'ici, je serais avocate au soleil. Dans un pays vraiment latin, plus compréhensif. Ils sont rares, en France, les avocats masculins prêts à se préoccuper des filles ou des demi-filles. On me regarde de travers dans les couloirs du Palais parisien, dans les cabinets juridiques. Ici, on m'invite à dîner dans une taverne du *trastevere* et nous discutons du dossier Amanda, entre deux chansons napolitaines.

La *carcere* Regina Coeli, la prison Reine du Ciel, nous accueille le lendemain matin. Drôle de nom pour une taule. Aucune porte de prison n'est aimable, même sous le ciel bleu d'azur du printemps romain, sous l'aile des mouettes qui remontent le Tibre en piaillant de liberté.

La prison Regina Coeli me fait penser à une œuvre du Caravage. Violence des oppositions entre ombre et lumière, silhouettes révoltées des vagabonds, souvenir de cette prostituée noyée dans le Tibre, rebaptisée vierge morte, une catin enceinte de tous les scandales.

Parloir. Nous attendons l'arrivée de la star. C'est un zombi qui entre. En manque d'hormones, les yeux hagards, une fixité effrayante du regard. Son bonjour est un cri :

– Sors-moi de là !

Elle n'a rien fait, prétend-elle. Rien. Mais nous ne sommes pas là pour plaisanter. L'enquête des carabiniers précise que l'on a retrouvé des impacts de balles, un pistolet Beretta, dans les vitrines et le plafond. Cinq prostituées italiennes ont été blessées. Un client de passage, embarqué avec les autres pour vérification d'identité, a avalé des barbituriques par peur du scandale, et surtout de son épouse légitime, mère de ses six enfants. Laquelle a hurlé au déshonneur en voyant la photo de son irréprochable mari dans un journal. Le bar est fermé. Le patron réclame des indemnités faramineuses pour la réouverture. Il fera payer les putes et les travelos, et tous les camés, et tous les proxos, avec les intérêts maffiosi. Toutes les filles italiennes sont solidaires, elles n'iront pas contre le bistrotier. Amanda est seule. Irrémédiablement seule devant ce magnifique désastre qu'elle a évidemment provoqué. Nous voulons d'elle la vérité.

– Les *putanas* italiennes sont des charognes.

Ce commentaire n'est pas une réponse. Qui a commencé ?

– Les *putanas* italiennes.

– Amanda, ce bar est leur point de chute, leur relais. Elles n'avaient aucune raison de le mettre à sac. C'est toi qui a démoli ? C'est toi qui a tiré ? D'ou venait l'arme ?

Je ne tire d'elle rien de cohérent. Elle s'agite, tremble de rage, de manque, avec une idée fixe en tête :

– Sors-moi de là. J'ai deux salopes dans ma cellule, deux charognes. Je ne supporte plus ce minestrone de merde dans les gamelles d'aluminium. Je ne supporte plus ces deux voleuses en face de moi. Je suis une pute, moi. Pas une voleuse. Et j'en ai marre de leur cinéma.

Hystérique, folle, elle ne voit plus la réalité des choses et de son cas. Elle est obnubilée par ses deux compagnes de cellule. Deux femmes qui s'aiment. Sous son nez, en sa présence.

– Deux gouines !

Mario Melini va se renseigner sur le problème de cohabitation, tandis que je tente de calmer la malade. Car elle est malade. De manque d'hormones, je le sais, mais malade aussi d'autre chose. Malade de la présence quotidienne et imposée de ces deux femmes. De leur amour.

– Elles s'aiment, ces deux charognes !

– Amanda, elles ont le droit.

– Je me fous de leur droit, je ne supporte pas !

Comment la sortir de là ? Je n'ai pas ici, à ma disposition, de médecin compréhensif, d'urologue chevronné, prêt à prendre en main le problème physique. Il faut oublier l'idée d'un transfert en médicale. Quant à expliquer à un juge d'instruction la terreur folle d'Amanda dans sa prison, la torture que cela représente et qui peut l'amener au suicide... il ne faut pas rêver.

Elle l'a déjà fait, cependant. Je me souviens de ce grand corps en réanimation, de ce visage défait par la proximité de la mort. Elle avait écrit partout : « Si je me suicide, c'est de la faute de l'avocate. » Moi. C'était à Bois-d'Arcy, au temps où elle hurlait d'être en prison chez les hommes. Elle avait choisi alors pour modèle les trois suicidées de ses rêves, ou de ses cauchemars : Dalida, Marilyn, Romy.

– Tu ne vas pas recommencer ton cirque!

– Je me tuerai. Je veux aller en prison chez les hommes!

Incroyable.

Qui est-elle? A Bois-d'Arcy, elle hurlait en montrant ses seins de silicone :

– Je veux aller en prison chez les femmes!

Ici, elle hurle à nouveau :

– Je veux aller chez les hommes.

Qui est-elle? Je ne sais plus. Un étrange résumé dans ma tête. Une évadée d'Argentine, opérée au Maroc, retouchée en Espagne, siliconée en France. Un être qui n'a d'amour que pour elle-même et l'argent. Qui ne veut que le trottoir, la prostitution. Qui s'arme de faux cils et de strass, de talons hauts et de chapeaux extravagants pour que les hommes lui fasse l'amour en hommes. De cela, aussi, elle est en manque en prison.

– Sors-moi de là ou je fais un malheur à ces deux gouines!

Je suis désorientée. Le langage du tapin me revient comme un autodéfense.

– Tu me prends pour une conne ? Je t'ai fait obtenir une identité de femme et tu veux être en taule chez les mecs ? Tu prends le tapin italien pour la pampa argentine ? Tu joues au macho qui crache sur les gouines ? T'es dans la merde, Amanda. Quand tu sera calmée, on verra ce que tu as à dire d'intéressant pour t'en sortir.

Le soleil du dehors ne lave pas le noir dans ma tête. Le dossier Amanda, scrupuleusement constitué, avec un acharnement exemplaire, le seul cas du genre, admis comme réfugiée politique en France, mon fleuron de stagiaire laborieuse, le voilà. Les militaires argentins me font horreur, mais Amanda m'a flouée. Pauvre innocente que j'étais ! J'ai réussi à coller une identité sur la tête d'un non-identifiable. Je le croyais libéré, sauvé, cet être-là. Admis chez les femmes, heureux chez les femmes.

J'ai bien envie de dire merde au soleil de printemps qui s'obstine et aux mouettes de la liberté.

J'apprends que, dans sa cellule romaine, les deux codétenues sont deux femmes presque sans histoires par rapport à la scandaleuse Amanda. Une petite voleuse de supermarché, Elvira, qui donne dans la fauche politisée, du genre : prendre aux nantis ce qu'ils étalent sous le nez des pauvres. L'autre est une toxicomane repentie, Giacinta. Deux femmes, c'est vrai, dont la seule vue fait exploser quotidiennement Amanda et sert de base à ses colères.

Giacinta a eu un parcours banal. Fille de commerçants, heureuse, papa macho, mère indépendante, avec un divorce au bout. Et le hasch à quinze ans pour la gamine, comme une vengeance. Comme un appel au secours que personne n'a entendu. La drogue, la musique et les copains. Ainsi passe l'adolescence, jusqu'à l'héroïne, au sniff puis à la seringue. En fin de course, Giacinta devient

« dealer ». Un métier qui ne dure que le temps des cerises, car il se trouve toujours un junkie pour balancer.

La prison Regina Cioeli, pour Giacinta, c'est l'enfer. Celui du manque, d'abord. Celui de la promiscuité ensuite. Des sorties en rang d'oignons le matin, pour prendre l'air, le froid ou la pluie. Le retour en cellule et le café lavasse. La télé à heure fixe et le jeu de cartes pour faire passer le temps qui ne passe pas. Pour oublier la gamberge qui refuse de se faire oublier. Tout est interdit, du sèche-cheveux au fer à repasser, qui pourrait servir d'armes. Reste le maquillage pour conserver l'illusion d'être une femme. Malgré les insultes des gardiennes :

– *Sei una merda, sei una putana, sei una lesbica.*

Insulte unilatérale, car si Giacinta rétorque dans le même genre, elle prend trois semaines de mitard.

Les seuls fils qui la relient à la liberté du dehors : deux coups de téléphone mensuels, de six minutes. Et visites au parloir, dont deux peuvent être remplacées par les six minutes au téléphone.

Et l'amitié ? L'amour ? La sexualité ? Et la tendresse ? Giacinta pense que la nécessité d'une relation est fondamentale. Pour survivre, il faut aimer. Dans une prison de femmes, on ne peut aimer qu'une femme.

Elle aime donc Elvira. La petite voleuse de supermarché tombée un matin, à l'heure du laitier, récidiviste de la fauche du yaourt, de la saucisse italienne, du parmesan en sachet et des colifichets en plastique. Soupçonnée d'être la petite amie d'un gauchiste.

Convaincue de recel après la perquisition dans sa taule de marginale où ne trône qu'une radio volée, des victuailles volées, des coussins volés, des disques volés. On la garde pour repérer son gauchiste. Elle se tait. On la dit complice et on l'enferme.

A Regina Coeli, on pratique la fouille au corps avant l'incarcération. Certaines adjudantes y prennent au plaisir vigilant. L'humiliation. La première de sa vie. Elle, jeune Elvira, naïve, libertaire et enfantine. Elle a peur des clés qui verrouillent de porte en porte, peur de la cellule étroite où on la jette comme un paquet au pied de Giacinta.

Lentement le couple va se former. L'une ne comprenant rien à la came, l'autre rien à la pauvreté, se retrouveront dans la tendresse qui leur a fait défaut sur des chemins dissemblables.

Aimer. Une vraie histoire d'amour pour demeurer vivante. De méfiance en bagarre, en refus, en désespoir, cet amour-là est né. Il s'est installé dans la cellule, il s'est organisé dans la tambouille commune, le partage, la protection, les nuit à deux.

Souvent les femmes s'aiment en prison. D'un besoin moins physique que moral. D'une nécessité d'armature contre la peur, les quatre murs, l'humiliation, la désespérance d'une vie qui, hors de ces murs, semble implacablement vouloir y retourner.

Il eût fallu mettre sur la porte de la cellule de ces deux amantes : *Ne pas déranger*.

Et voici qu'elle s'ouvre, cette porte. On balance Amanda déchaînée, couverte de bleus et du sang des autres, hurlant contre les *putanas* italiennes.

Elle n'est pas la bienvenue, cette étrange femme qui réclame des produits du tableau C. Soliloque de travelo, rengaine de sa dérive, du bois de Boulogne à la via Colombo. Discours confus, de jour en jour plus inquiétant. « Je » tuerai les putes, « Je » tuerai tout le monde. « Je n'ai rien fait », « Je »... « Je »... « Je veux ci ou ça, sortir d'ici, le lit d'en bas, la serviette, la gamelle de l'autre »... « Je »... « Moi je », à l'infini. Une obsession narcissique, un égoïsme monumental, sans concession pour les autres, leur malheur, leurs difficultés d'être.

Amanda a trop de difficultés d'être pour se pencher vers les autres. C'est une handicapée de la tendresse, de l'amour, de l'amitié, du plus simple partage. Elle n'a jamais rien partagé. Surtout pas une cellule. Et surtout pas avec des femmes.

Les deux autres savent très vite. La rigidité des seins de silicone, la petite cicatrice, en dessous, qui blanchit par manque de soleil. La peau du visage qui flétrit par manque d'hormones. La barbe qui pointe indisieusement. Les jambes qui n'ont plus rien de lisse. Le maquillage qui tourne, la perruque confisquée, et le cheveu terne.

C'est la bataille rangée. La guerre permanente. La haine entre deux, trois ou quatre sexes, je ne sais plus. Amanda ne sait plus, non plus. Sa seule ressource est de devenir folle pour passer pour folle et sortir de là. Sa seule chance est de passer chez le psychiatre.

Amanda demande des cahiers et écrit des discours sans queue ni tête à la gloire d'Evita Peron, qu'elle rêve d'incarner. Elle fabrique des confettis, et joue au carnaval de Rio. Danse, crie, se contorsionne dans la cour, devant un public de détenues méprisantes ou apeurées.

Enfin, Madame la Psychiatre est demandée par les gardiennes. La rencontre est surréaliste.

– Madame, vous n'avez pas de parapluie !

Tête de la psychiatre.

– Il pleut, vous n'avez pas de parapluie !

Méfiance de la pyschiatre.

– C'est l'orage, vous savez, il faut s'abriter loin d'ici...

Amanda danse, sourit, s'éloigne, revient, et recommence :

– Il est l'heure de la messe, Madame.

Elle lui joue un carnaval inédit. Jamais vu. Le but est d'obtenir un examen qui aboutira à « l'inaptitude à la détention ».

L'examen a lieu. Mais l'étude du parcours d'Amanda, de ses antécédents, s'il aboutit à une conclusion, ne permet pas la sortie. Maniaco-dépressive. C'est bon pour la défense, pas suffisant pour l'hôpital. Une piqûre de Valium et l'on ramène la star endormie dans sa cellule d'enfer.

L'enfer dans l'enfer.

Amanda, à son réveil, est un taureau sauvage d'Argentine. Elle brise la télévision d'Elvira dans les tinettes, écrase la chaîne hi-fi de Giacinta contre le mur. Objets obtenus chèrement, après tractations, cantinages, prix surmultipliés. Elle détruit les placards, les cantines, le maquillage, les frusques, le linge. Déchire, piétine à l'infini.

Une bête féroce que les gardiennes ont du mal à maîtriser, à coller au mur, à traîner jusqu'au prétoire, le tribunal de prison, qui se réunit sur-le-champ pour examiner le fauve.

Question :

– Quel est le motif ?

Réponse :

– Je ne supporte pas ces deux goudous.

– Ce n'est pas une femme, c'est un mec, disent les deux autres.

Je n'ai pas assisté à la scène, les avocats ne sont pas admis dans ces séances de tribunal pénitentiaire. De plus, je ne suis qu'une consultante de l'avocat officiel italien. J'imagine la tête du directeur, perdu dans les méandres de la sexualité de ses pensionnaires.

Quarante-cinq jours de mitard pour Amanda. Paiement des dégâts sur son pécule. Menace d'être transférée en Sardaigne, à Asinaba, les hauts murs pour non-repentis, la plus dure des prisons italiennes.

En sortant, une cellule d'isolement jusqu'au procès.

Il faut qu'elle soit folle, à ce procès. Même si l'image de marque des transsexuelles doit en souffrir, c'est notre seule chance à nous, les avocats, de la sortir de là.

D'ailleurs, honnêtement, la folie n'est pas loin.

Je reprends ma besace, pour obtenir des spécialistes parisiens qui l'ont connue et soignée les certificats de sauvetage : *Opérée sur un coup de tête; Maniaco-dépressive-suicidaire; Exilée, inadaptable, marginale.* Le défenseur romain est content de moi.

J'ai consciencieusement détruit tout le travail précédent consistant à faire admettre Amanda par la société, comme une réfugiée politique de la sexualité, une femme ayant les droits de tous les droits des hommes.

Je refais le parcours à rebours pour un procès folklorique, à l'italienne, digne de la *Commedia dell'Arte.*

Les *paparazzi*, la presse spécialisée à scandale. L'appel des témoins-michetons tient du cocasse. Monsieur Untel était avec une telle. La réaction de l'interpellé variant selon le fait qu'il se trouvait alors avec une *putana* italienne, un travelo argentin, ou une demi-fille. Le client d'Amanda n'est pas rancunier. Il l'appelle « *Tresoro* » et lui envoie des baisers.

Le président ne s'y retrouve plus. L'arme était à qui ? Au patron. Qui a tiré ? On ne sait plus. Qui est le mac de qui ? Mystère.

Maître Melini plaide donc la folie pour Amanda, armé de mes certificats et des rapports de la prison. Il est habile, il obtient un an de prison, dont huit mois de sursis. Avec l'aide d'un psy, il sort Amanda avant même la fin des quelques semaines fermes qui lui restaient à faire.

Un exploit.

Je ne suis pas là pour la voir s'envoler de l'aérodrome de Fiumicino, entre deux carabiniers, voyage payé par le gouvernement italien, direction Paris, où madame Amanda G. expulsée est censée se débrouiller avec son statut de femme divorcée d'un chauffeur de taxi et ex-réfugiée politique.

C'est pour elle le retour aux hormones, à l'équilibre précaire, jusqu'à la prochaine corrida du taureau argentin qui sommeille en elle.

Je n'y crois plus. Mais je l'aiderai si c'est possible, en cas de malheur, et il y en aura.

Il y en eut.

Les nouvelles grappillées de-ci, de-là me rapportent, sur des cartes postales en gris qui ne tarderont pas à virer au noir, l'âge, l'usure, la lente dégradation d'un corps jadis somptueux... Une tête fragile, une violence qui ne demande qu'à délirer définitivement.

J'étais fière du « cas de droit » qu'elle m'avait posé au départ. J'avais fait mon métier. Je la croyais semblable à moi, la culture différait, sans plus. Il m'arriva même de l'admirer, de l'envier le jour de ses noces, en la regardant descendre l'escalier d'une mairie française, bouquet de mariée à la main.

Chance d'être une femme officielle, belle, libre, épouse, il lui suffisait de se faire aimer et de vivre.

Le cas d'Amanda, je le croyais, Mesdames et Messieurs du jury, plus réussi que le mien.

Amanda. Ma déception. Mon regret. Ma pitié. L'autre image désespérante du sexe des anges.

Rouge Sida

Dans l'hôpital près des anciennes usines à gaz, non loin du boulevard Saint-Denis, ils ont casé ce « Sida ».

Le 16 décembre 1988, cet hôpital sera fermé. Trop laid, trop sale, trop vétuste avec ses briques rouges et ses pavillons réservés aux maladies mortelles alignés comme des tombeaux.

– Vous devriez déjà être morte !

Un médecin aux dents blanches vient de rendre son verdict à Marie-Laure.

Marie-Laure est ma sœur en désespoir. Même milieu d'origine, même rejet de la famille, même errance. Elle était née Thomas du côté de Brive-la-Gaillarde. Elle mourra Marie-Laure du côté d'un sidatorium.

Je vais la voir. La peur au ventre, comme tous ceux qui se sentent rescapés de cette mort lente, comme tous ceux qui se savent séronégatifs. Mais je l'aime, c'est mon amie, ma copine, ma sœur. Je peux, moi, regarder en face l'œdème de ce visage jadis si beau, les nodules noirâtres qui l'envahissent. Je peux marcher aux côtés de ce corps squelettique qui avance lentement, en une valse hésitante, sur les derniers pas de sa vie.

Marie-Laure est méprisée par le personnel médical,

humiliée par les gants, les masques et l'eau de Javel. Tout sent l'eau de Javel ici, même les malades.

J'en ai vu des regards, dans ma vie, mais ceux de ces malades sont indescriptibles. Hantés. Ils effleurent les bien-portants; ils jugent; ils condamnent la santé des autres.

Marie-Laure meurt. Le sida est le dernier Hiroshima de l'homme, sur l'homme, par l'homme.

Marie-Laure est morte. On désinfecte sa chambre à grande vitesse. Peur, même pour la morgue.

Je ne verrai plus son regard.

Je marche en direction du crematorium du Père Lachaise.

Brûler le sida. Dès son arrivée, le cercueil est déposé sur un tapis roulant et défile vers une sorte de four à pain. J'ai à peine le temps d'y déposer une rose rouge.

On écarte les spectateurs, à présent. « Circulez! attendez dans la salle du fond. » Avant, il fallait deux témoins pour assister à la crémation. Avant, c'était effroyable. Le cercueil brûlait à une température infernale, puis on baissait le feu pour le corps, qui se redressait comme un reproche avant de se recoucher dans les flammes. Plus de témoins, maintenant; plus ce cauchemar visible. Je suis dans une sorte de mausolée; Marie-Laure brûle au loin. On joue du Mozart ou du Bach. Affreuse cacophonie de musique en flammes qui me contraint au garde-à-vous.

Deux employés remontent de l'enfer avec une sorte de pot de fleurs sans fleurs. A qui remettre ce cadeau de la mort? Au copain de Marie-Laure. Marie-Laure dont la rare famille parle encore au masculin. Thomas et Marie-Laure sont morts, cendres mêlées de deux identités.

Son copain de vie emporte la mort encore tiède dans ses bras. Il me la tend. Je la porte. Il la porte. Nous partons.

Au suivant.
Mourir du sida...

Le sida en prison est un secret d'État.

J'imaginais, avec ma logique d'avocate, que les condamnées malades du sida devaient pouvoir bénéficier de libérations conditionnelles médicales ou de grâces médicales. Mais le processus administratif est si long que la réponse arrive souvent trop tard.

Deux jeunes détenues provisoires sont mortes en cellule à la maison d'arrêt de V.

Mortes avant d'être jugées.

Mortes avant d'être soignées.

Le directeur n'avait pas les moyens de les envoyer à l'hôpital. Pourquoi ?

Je témoigne qu'on meurt du sida en prison.

Je témoigne que certains directeurs n'y peuvent rien.

Debout les morts et silence dans les rangs.

Aline, je l'ai connue par accident : une histoire de divorce des parents, de pension alimentaire non payée, de paperasses et d'huissiers.

A dix-huit ans, Aline n'est plus vierge. Ni de corps ni de came, ni d'âme ni de conscience.

Belleville. On y trouve des signes cabalistiques partout. Un parcours d'initiés, un jeu de piste, fléché, où celui qui sait peut lire : *Ici meca.* Ici came.

Aline, veux-tu de la came de Belleville ?

Aline va sur ses dix-neuf ans. Sans la dope, elle aurait pu avoir le bel âge des vingt ans. Elle porte des rides inexpressives et des cernes mauves sous ses pupilles dilatées ; elle fuit la lumière sous des lunettes.

Aline cherche de la Blanche, de l'à peu près blanche : de la Rose asiatique fabriquée à la va-vite dans les fours à micro-onde de Belleville. Les laboratoires marseillais sont devenus inutiles... la Rose est entrée dans Paris.

Aline est maigre, anorexique, comme en attente de mort. Elle utilise une héroïne minable à tarif réduit pour petits porte-monnaie.

Aline : yeux et cheveux couleur châtaigne, peau livide, parfois couverte de boutons. Le mélange de poudre et de strychnine en guise de nourriture quotidienne l'ont transformée en clou décharné.

Petit flash-back sur l'histoire d'Aline : désastre familial, comme pour chaque adolescent camé. La mère travaille à la Sécu. Le père a fait ses malles. Le divorce a été plus proche de la guerre que du consentement mutuel. La rupture une fois consommée matériellement, la mère se réfugie dans un H.L.M. Elle y retrouve un compagnon, l'épouse, divorce à nouveau.

Une fois de plus, les gosses doivent se débrouiller seuls. C'est-à-dire que tout est bon pour échapper au H.L.M. du XIXe : piquer une « mob », trouver trois sous. Les filles cherchent à « vamper » ; c'est la mode à nouveau des lèvres pulpeuses pour amours de couloirs. Elles cherchent à éviter trop de choses : les viols et le destin de leurs mères, par exemple. Elles rêvent au grand amour qui doit bien exister puisqu'on le voit tous les jours dans les feuilletons-télé américains...

On chante « y'a pas de problèmes » et « nique ta mère », dans les rues, rues loubardes, rues zouloues, rues Black-Blanc-Beurs.

On « tag » sur les murs le désespoir des futurs chômeurs.

Et Aline n'a peur de rien. Elle ne sait pas que les

dealers de sa génération sont plus pervers encore que les maquereaux de la mienne. Elle a vingt ans. Elle chante : « C'est la ouate que j'préfère ». La ouate, coton-héroïne, pour envelopper la mort prochaine.

La mort a la tête de Bruno. Il porte beau, pour une tête de mort. Grand, longiligne, sûr de lui et possesseur de son baccalauréat – ça en impose dans le H.L.M. –, bien que cela ne lui serve à rien, côté emploi. Dans les années 80, il a fait « dans l'informatique » ; il n'y avait que cela de vrai pour les parents, à l'époque. Il a des parents convenables, Bruno, employés dans des sociétés nationalisées, amateurs de plans d'épargne, de retraite, de placements, de sécurité, d'assurances, et de la « bicoque » qui abritera la fin de leurs jours.

Il n'a pas de problème d'argent, Bruno. Il ne lui manque que la tendresse. On ne lui parle que de matérialisme, de système D, de plan de carrière et de fric à gagner. Alors, il se met à bricoler dans la drogue, pour plus de fric, tout simplement.

La came, ça se propage comme une grippe dans un quartier. Ou comme un mot nouveau. Faire comme les autres, ne pas être « nul », « ringue ». On parle comme un vieux disque rayé. « C'est ringard, t'es flippé, t'es cool, sois pas nul, me lâche pas, t'as un pétard ? » Et, de pétard en pétard, voici venir le feu d'artifice en seringue.

– Goûte, c'est bon.

Slogan désespérément classique.

Aline goûte. Les premières fois, c'est gratuit de goûter... Ensuite, on paye. Cash.

La seringue, c'est indescriptible. Pomper son sang en va-et-vient. Mélange de sang et d'héroïne brûlée dans une cuillère. Ça s'appelle de la soupe. Elle est coupée au lactose, au café, à l'aspirine, au talc blanc, voire au plâtre ou au ciment. Le *must* : coupé à la mort-aux-rats.

Du moment qu'il y a le goût de l'amertume... Alors, on prend une gueule d'amertume à 1 000 francs la dose. Une gueule irréelle, artificielle, surnaturelle. Parce qu'on en sait, des choses. On sait comment faire attention à l'air dans la seringue pour éviter l'embolie, la mort rapide. Ce qu'il faut, c'est la mort lente, couleur sang et plastique.

Couleur seringue, qui sert et ressert, et plonge dans le sang des autres.

Une fois « accro », Aline est bonne pour accrocher les autres. C'est à son tour de dealer. De sous-dealer. Et la cité gronde. On entend les plaintes par-dessus les flon flon de la télé :

– Ils se piquent jusque dans les caves...

– On trouve des seringues dans la pelouse.

– Que fait la police ?

Aline, la Lolita de la cité, a formé quatre sous-revendeurs. Un gamin est fier d'être « préparateur de doses ». Et Bruno, le dealer initial, se fait prendre. Les parents l'ont souvent trouvé bizarre, ils ont guetté, l'ont pris en flagrant délit de dose d'héroïne et conduit *manu militari* à l'hôpital Marmottan. Indignés, honnêtes, ils espèrent de ce lieu prestigieux l'aide qu'ils réclament et dont on a tant parlé dans les médias.

Hélas ! le verdict du célèbre docteur, espoir de la drogue, est le suivant :

– Votre fils n'est pas assez dépendant pour qu'on le prenne en charge.

Et Bruno de triompher :

– Vous voyez bien que ce n'est rien, ce que je prends, puisqu'on vous le dit à Marmottan.

Et les parents de mettre leur fils à la porte. Évidemment, ça manque de tendresse.

La rue, pour Bruno, c'est une liberté nouvelle de dealer

professionnel. Plus d'informatique, plus de fiche de paie, mais des rencontres africaines, chinoises, arabes. Peu importe, les pourvoyeurs sont sans couleurs. Et Bruno représente l'idéal pour les passages de frontière : il n'est pas basané, il parle bien, il passera sur sa belle gueule.

Bruno loue une voiture, au nom d'Aline, sa sous-dealeuse, par sécurité –. Papiers maquillés, carte bleue falsifiée... Aline n'est qu'une femme, elle pourra porter le chapeau.

Les expéditions le mènent de Paris à Amsterdam. Deux égratignures, un accrochage à un feu rouge – qui coûtera à Aline la réparation de la voiture –, Bruno ne se fait pas prendre. Pas encore. Sauf une fois, pour consommation personnelle. Il s'en sort avec une injonction thérapeutique ; autrement dit un « Faites-vous soigner », le tout accompagné de quelques remontrances du procureur.

Il s'en tire toujours, Bruno.

Et Aline court, seule, vers la tragédie. Une prise de sang. Vingt-quatre heures d'angoisse. Elle a voulu savoir. Elle va savoir. Séropositive.

Crise de larmes, crise de nerfs, et course dans un autre laboratoire. Il faut confirmer. Ils peuvent se tromper. Il existe un test plus cher mais qui ne se trompe pas, lui ; le *Western Blot*.

Séropositive. Cette fois, un médecin a la lourde tâche de parler maladie, danger, soutien psychologique. Curieuse réaction de la patiente. Aline veut vivre mille fois plus vite avec cette maladie, ce sang couleur de mort.

Elle entame un compte à rebours pour profiter de tout, du soleil, des choses, des gens.

Elle nie les transformations de son corps – amaigrissement, fatigue, diarrhées, mycoses suspectes.

Elle ne peut plus nier, chez le médecin, devant les traces de seringue.

Elle ne peut plus nier devant la police des « stups ». Dans la cité, elle a donné des seringues. Dans la cité, il y a deux cas de séropositivité. Les flics ont filé Aline, – elle est si voyante qu'on en oublie Bruno. Il n'habite pas la cité, lui ; on ne l'y voit jamais, c'est Aline qui deale. D'ailleurs, Aline reconnaît avoir vendu, depuis 1986, un kilo de came. Sans compter quelques doses trouvées chez elle. Chez sa mère qui découvre – est-ce possible ? – que sa fille est droguée, séropositive, dealeuse.

Et qu'on l'envoie en prison pour avoir contaminé la cité.

Son cas est indéfendable. Les avocats changent, sans effet : affaire implaidable. Liberté provisoire refusée. Procureur implacable devant la maladie d'Aline, son envie de suicide.

– Quand on vend de la mort, on paie!

Fresnes. Un vieux quartier, inchangé depuis 1895, a été ouvert à la sauvette. Prison-taudis, prison-poubelle pour femmes.

Cellules glacées. w.c. sans séparation. Lavabo sans paravent. Bassine pour la toilette, la lessive, la vaisselle.

C'est un sidatorium qui ne veut pas dire son nom. C'est le degré zéro de la pénitentiaire.

Les sidas au fond. Deux par deux. Aline et Brigitte. Brigitte est décharnée, presqu'un fantôme.

– Tu sais, j'ai la maladie.

– Quelle maladie ?

– La maladie de la mort.

Silence.

– Moi, je suis séropositive.

Voilà, tout est dit. Elles ont compris. Il va falloir tout

partager. La même cuvette, la même bouffe infecte, la même gamelle, qu'on n'a pas le droit de chauffer à part.

L'A.Z.T., n'est arrivé à l'hôpital central de Fresnes qu'en avril 1988.

Il y a deux infirmières. Le médecin vacataire n'est quasiment jamais là. En cas d'urgence, on pourra espérer l'interne de service chez les hommes. Pas de gynécologue, mais tous les calmants possibles pour les toxicos.

Le psychologue passe en courant, débordé entre toxicos et séropos. Que peut-il dans cette galère, de toute façon ?

L'éducateur est branché sur la télé ou la hi-fi. Besoin de se changer les idées. On raconte qu'il ne s'occupe que des dix plus belles filles. Pas des séropos.

Deux mois après son entrée, une fille s'est suicidée à Fresnes. Ce n'est pas le genre de faits divers dont on fait titre à la télévision. Quatre suicides en quelques mois, dans ce quartier d'un autre âge.

Trente lits sont réservés aux femmes. Douze lits aux sidaïques ? Sidéennes ? Aux malades.

Aline et Brigitte s'observent. Partager la même survie les rend soupçonneuses. Partager la même cuvette, c'est partager la méfiance. Elles s'accusent mutuellement de se refiler leurs infections. Trouille d'être « tubar ». Trouille de la « *pneumocytose* ». Trouille de l'hépatite B. Trouille du kaposi. Peur des herpès, des ganglions, des candidoses. Peur des attaques au cerveau, des toxoplasmoses. Tant de terreurs immondes. Combien de temps encore ?

Le temps qui reste.

Alors, elles se cament à n'importe quoi. Les bananes séchées, ça se fume. Une certaine aspirine mélangée à du Coca Cola, ça came. Aline est en manque. Elle est si mal que sa propre mère tentera de lui passer un joint au parloir. Résultat : trois semaines de mitard et un rapport, avec suspension de parloir.

Puis vient le temps du procès. L'avocat refuse de plaider l'implaidable. Trois minutes pour la forme. La corvée est pour son assistant qui me dit en confidence :

– Il m'a refilé le bébé, comme d'habitude.

Le bébé prendra deux ans ferme. Plus cinq ans de sursis avec mise à l'épreuve. Cinq ans d'interdiction de séjour et de droits civiques. Retrait du passeport. Trois ans de suspension de permis de conduire, confiscation des biens. Amende. La douane réclame en partie civile et obtient le double de cette amende.

Aline retourne à Fresnes-femmes. Avec l'envie du suicide et les fioles de calmants. Inutile de faire appel, elle prendrait 50 % en plus du tarif.

Et Bruno est libre, avec son injonction thérapeutique. Pas vu, pas pris.

Aline maigrit. Elle voudrait savoir mais ne sait pas : où en sont les plaquettes ? où en sont les T.4 ? Les fameux lymphocytes T.4, dont la chute au-dessous de 200 promet la catastrophe. De simple séropositive, elle deviendra malade, livrée à toutes les infections.

Surtout dans cette prison-là.

Et moi, je renonce. J'ai dû confondre justice et médecine. Je n'irai pas à l'enterrement. Je n'ai plus de force. Il y a trop de sida autour de moi, pour que je ne me sente pas *la survivante*. Parmi les ombres et les souvenirs. Je n'ai plus de roses rouges à jeter dans les flammes de leur enfer.

Épilogue

6 décembre 1990.

Dans le fouillis international de la crise du Golfe, un communiqué de presse tombe : « Le cap des 50 000 détenus dans les prisons françaises est dépassé. »

En mai 1981, je me promenais sous la pluie en chantant « changer la vie ».

Tonton Ier était redescendu à 33 000 taulards. Tonton 2 est revenu à 50 000. C'est l'inflation. On me parle de prisons privées : 13 000 places privatisées. On veut construire plus vite et moins cher : 300 000 francs maximum la place privée, contre 490 000 maximum la place publique ; dans le privé, 300 francs le prix de la journée, 30 % plus cher dans le public. Privatisons ! Faisons la prison-business ! Même si elle est contraire à l'article 12 de la Déclaration des droits de l'homme de 1789, à la Constitution et au reste. Contraire à moi en tout cas, qui redoute ce marché des captifs, ce commerce des libertés.

Les maires des petites villes se battent pour conserver leurs vieilles prisons : une prison comportant vingt-cinq gardiens équivaut à 5 millions de recettes pour la ville. C'est tout bénéfice. Donc : « Touche pas à ma taule. »

45 % de prévenus non encore jugés, en détention

provisoire, 6 000 mineurs en prison, 700 petits malins en prison pour dettes au Trésor public, 700 objecteurs de conscience, 1 200 étrangers à reconduire à leurs frontières ou à expulser.

Pendant ce temps, en Nouvelle-Zélande et en Australie – mais c'est loin... –, on vient de créer un ministère de la Prévention.

Pendant ce temps, le Conseil de l'Europe voudrait bien que les femmes enceintes accouchent dans des hôpitaux civils et que leurs enfants ne soient pas détenus comme elles, jusqu'à l'âge de dix-huit mois. Par exemple.

Pendant ce temps, le Conseil de l'Europe préconise la mise en liberté ou la grâce des grands malades. Par exemple.

J'ai glané de-ci, de-là quelques informations dont on parle peu à la messe du 20 heures, en France : les Belges proposent une semi-détention, sous forme de peine de week-end ; les Québécois proposent la surveillance électronique, avec assignation à domicile. « Home – confinement » ou « Home – incarcération ».

Certains états des U.S.A. en sont là depuis 1985. Ça s'appelle l'*Electronically Monitored*.

Toujours au Québec, l'Office du droit des détenus réclame le droit de vote.

En Suède, pas de cellule. Mais le droit au téléphone et aux cours à l'université, à l'extérieur. Là-bas, les femmes détenues font leurs courses chez les commerçants du quartier. Elles touchent le S.M.I.C., ce qui fait que les Polonaises vont en prison à Hinseberg – la seule prison pour femmes en Suède –, pour un meilleur niveau de vie.

Les Suédois médicalisent les peines. Une délinquante est avant tout une malade, c'est leur conception de la criminologie. Les matonnes s'appellent des « soigneuses ».

Bien entendu, les places coûtent cher, entre 1 500 et 2 000 francs par jour, mais il y a peu de récidives et les peines sont courtes. Moins de deux ans pour les femmes. La préventive ne dépasse pas quatorze jours... Les casiers judiciaires sont secrets et les détenues peuvent changer de nom, grâce à une loi, afin de refaire leur vie.

Le rêve pour les détenues de chez nous, qui sortent de taule avec un pécule gros comme une noix et un ticket de métro.

Je signale que les prisons françaises sont tellement infréquentables que les députés italiens ont réclamé, au nom de la Convention de Strasbourg, que les Italiennes emprisonnées en France finissent leur peine en Italie. En octobre 1989, le Parlement italien a modifié son Code de procédure pénale. La procédure devient accusatoire : fini le secret de nos instructions-inquisitions à la française. L'Italie ouvre le chemin de la transparence, en faveur des présumées innocentes.

Je suis fière d'avoir participé à ces travaux, à Rome.

Comme le dit une célèbre criminologue canadienne, Marie-Andrée Bertrand, il faut en finir avec le système des sociétés de captives, un archaïsme créé par, et pour, l'Église à la fin de l'Empire carolingien. Les souffrances des femmes détenues sont pires que celles de leurs victimes. Je ne parle pas de crime de sang, bien entendu.

D'ailleurs, qui se soucie des victimes ? Les victimes sont exclues du système judiciaire, sauf le droit de faire un petit tour en rond dans la partie civile, pour des dommages et intérêts insolvables.

La prison ne satisfait pas les victimes. C'est moi qui le prétend. Alors que le Code de procédure pénale déclare sans rire qu'elle « amende et reclasse les détenus. »

Je ne ris pas non plus. Parce que je sais les nuits de

hurlements, les fioles de tranquillisants, l'humiliation, la sortie en décomposition sous la fausse lumière d'une liberté qui n'en est plus une. Je sais les maladies. Je sais la folie lente, les querelles pernicieuses, le surpeuplement ; je sais les suicides et la mort. Et le sida.

Cette prétendue « punition du ciel », ce fléau qui s'étend dans les prisons nous aidera-t-il à mieux comprendre, mieux médicaliser, mieux aérer les prisons de femmes ?

Ce n'est que le vœu de la femme que je suis devenue, en les défendant, en les visitant. Une autre femme. En colère. L'injustice m'est physiquement insupportable.

Je remercie pour leur accueil :

G. Rouget, Musée de l'Homme ;

N. [illegible] [illegible] et Bibliothèque [illegible] ;

G. [illegible] et C. [illegible], Phonothèque ;

N. [illegible], [illegible] ;

H. [illegible], [illegible] ;

M.-A. [illegible] [illegible] ;

H. [illegible] de Bornay, [illegible] ;

[illegible]

L. Aubert, [illegible] de [illegible], le Chant des [illegible] ;

[illegible] [illegible].

Cette édition [illegible] [illegible] pour les [illegible] sur [illegible] présentés par [illegible] (juin 1985) et Albert [illegible] Lacroix.

Je remercie pour leurs ouvrages :

G. Russier, *Lettre de Prison*.
N. Gérard, *Sept ans de pénitence*.
C. Erhel et C. Leguay, *Prisonnières*.
N. Duché, *Prisons de femmes*.
H. Mathieu, *Prisons de femmes*.
M.-A. Bertrand, *La femme et le crime*.
H. Dorlhac de Borne, *Changer la prison*.
J.-C. Dague, *Le dénommé*.
D. Armogathe, *Louise Michel, le chant des captives*.
P. Roland, *Les bagnes d'Afrique*.

Sans oublier Jean Galtier-Boissière pour ses articles sur les prisons parus dans *Le Crapouillot* (juin 1953), et... Albert Londres.

Ce livre est la voix des sans voix. Mes voix du silence. Je l'ai écrit pour Alwine, Annie, Anouk, Betty, Brigitte, Carole, Catherine, Chloée, Dany, Elsa, Émilie, Évelyne, Elvira, Freddo, Georgia, Hélène, Irène, Lada, Liliane, Mada, Marilyn, Marina, Marie-Laure, Maria, Teresa, Martine, Michèle, Mireille, Nadine, Nathalie, Olga, Ornella, Paola, Ratiba, Sandra, Sophie, Toinette... et les autres, amies connues, inconnues, celles que je n'ai pas pu défendre.

Ce livre ne serait pas sans l'action d'Annesty International, de la Fédération Internationale des Droits de l'Homme, de l'Office des Droits de Détenus de Montréal et de son président, monsieur Jean-Claude Bernheim; sans l'amitié de Marie-Andrée Bertrand; sans le soutien de mes amis parlementaires italiens.

Table des matières

Cet ouvrage a été réalisé par la
SOCIÉTÉ NOUVELLE FIRMIN-DIDOT
Mesnil-sur-l'Estrée
pour le compte des Éditions Fixot
64, rue Pierre-Charron, 75008 Paris
en avril 1991

Imprimé en France
Dépôt légal : février 1991
N° d'impression : 17821
ISBN : 2-87645-099-2
50-60-5504-01